Diogenes Taschenbuch 20678

de
te
be

Georges Simenon

Die Glocken von Bicêtre

Roman

Deutsch von
Angela von Hagen

Diogenes

Titel der Originalausgabe:
›Les anneaux de Bicêtre‹

Eine deutsche Erstausgabe erschien 1964 unter demselben Titel.
Umschlagfoto: Wilfried Bauer

100/90/36/3
ISBN 3 257 20678 X

Für all diejenigen, Professoren, Ärzte, Krankenschwestern und Pfleger, die in Krankenhäusern und anderswo um Verständnis und Hilfe bemüht sind für das Wesen, dem wir am hilflosesten gegenüberstehen: dem kranken Menschen.

G. S.

Vorwort

Zu der Zeit, als ich jung war, hatten die meisten Bücher – ich lieh sie mir in einer Bücherei aus, sie waren schwarz eingebunden und rochen angenehm nach verschimmeltem Papier – ein Vorwort, und ich muß sagen, daß ich es in den über vierzig Jahren, die ich selbst schreibe, manchmal bedauert habe, daß das aus der Mode gekommen ist. Ich erinnere mich besonders gern an bestimmte Romane von Joseph Conrad, die nicht nur ein Vorwort hatten, sondern auch noch ein Vorwort zur 2., manchmal auch noch zur 3. Auflage, eine Einleitung, eine Vorbemerkung und eine ganze Reihe von Geleitworten, die mich beinahe ebenso ergötzten wie die Erzählung selbst.

War es nicht eine direkte Kontaktaufnahme des Autors mit dem Leser zusätzlich zu seinem Werk? Heute äußern sich Schriftsteller bereitwillig in Zeitungen, im Funk und im Fernsehen, aber auf diese Weise erreichen sie nur selten ihre Leser.

Es soll hier nicht von meinen schriftstellerischen Absichten die Rede sein und schon gar nicht von einer literarischen Doktrin. Ich hätte mich zur Not auch mit der Formel begnügen können, die in Filmen üblich ist: »Die berichteten Ereignisse sind ausschließlich frei erfunden, jede Ähnlichkeit mit lebenden Personen ist rein zufällig.«

Seit einer bestimmten Anzahl von Jahren ist diese Vorsichtsmaßnahme unerläßlich, wenn auch in vielen Fällen unwirksam, denn unsere Zeitgenossen erkennen einander gern in romanhaften Werken wieder, vor allem, wenn sie die Hoffnung hegen, materiellen Profit daraus schlagen zu können.

Für den Schriftsteller kann das Unannehmlichkeiten bringen. Vor fünfundzwanzig Jahren etwa schrieb ich in Paris »Le Coup de Lune«, ein Roman, dessen Handlung sich in Gabun in Libreville abspielt, insbesondere in einem Hotel, das an der Grenze zwischen Siedlung und Urwald liegt. Es war mir unmöglich, mich an den Namen des Hotels zu erinnern, in dem ich zwei Jahre zuvor gewohnt hatte, und da ich ihn nicht nennen wollte, wählte ich für mein Buch einen möglichst unverfänglichen Namen: »Hotel Central«. Ich hatte jedoch den rechten Namen getroffen, und ein paar Wochen später landete der Besitzer des Hotels in Paris, um mich zur Verantwortung zu ziehen.

Und dergleichen kam in anderem Zusammenhang häufig vor! Wie soll man einen eingängigen Namen finden, den kein Mensch auf der Welt trägt? Wenn man eine Provinzstadt beschreibt und zufällig den Namen des Präfekten, des Anwalts, des Bürgermeisters, des Kriminalkommissars nennt? Wenn man ihn fett und glatzköpfig schildert und die Person es auch tatsächlich ist? Wenn seine Frau in der Darstellung mager und geschwätzig ist ...?

Für einen meiner letzten Romane, »Les Autres«, habe ich mir vorgenommen, eine ganze Stadt neu zu erfinden, mit Fluß, Justizpalast, Kirchen, Straßen, Geschäften …

Wie aber sollte ich Bicêtre ausstatten, wo ich doch für meine Handlung einen Professor, Assistenzärzte, eine Stationsschwester brauchte?

Konnte ich die Stationsschwester als eine rothaarige oder schwarzhaarige, als eine sanfte oder eine strenge Frau darstellen, ohne zu riskieren, daß ich sie richtig traf?

Ich versichere, daß ich im Krankenhaus in Bicêtre keine der Personen angetroffen habe, wie sie in diesem Buch beschrieben sind. Dasselbe gilt für meinen Zeitungsverleger, meinen Anwalt, meine beiden Akademiemitglieder: Ich schwöre, ich habe keinen kopiert!

Mein Roman ist also kein Schlüsselroman, und ich wiederhole die wohlbekannte Formel: »Jede Ähnlichkeit mit einer lebenden Person ist rein zufällig.«

Und ich bedaure weiterhin, daß es die Vorworte aus dem letzten Jahrhundert nicht mehr gibt, die so viel persönlicher und unterhaltsamer waren.

Georges Simenon

1

8 Uhr abends. Für Millionen von Menschen, von denen jeder in seinem Haus, in seiner kleinen selbstgeschaffenen Welt lebt, die ihm vielleicht eine Last ist, geht ein bestimmter Tag zu Ende, ein kalter und dunstiger Tag, Mittwoch, der 3. Februar.

Für René Maugras gibt es weder Tag noch Stunde. Die Frage nach der Zeit, die vergangen ist, wird ihn erst später beschäftigen. Er befindet sich noch tief in einem Abgrund, der so finster ist wie die Tiefseegräben der Ozeane, ohne Kontakt mit der Außenwelt. Dennoch beginnt sein rechter Arm, ohne daß er es weiß, krampfartig zu zucken, während sich seine Wange beim Ausatmen eigentümlich aufbläht.

Das erste Signal, das von außen zu ihm dringt, hat die Form von Ringen, klingenden Ringen, die sich ausweiten und sich wellenförmig ins Endlose entfernen. Er versucht, ihnen mit geschlossenen Augen nachzugehen, zu begreifen, was sie bedeuten, und dann geschieht etwas, worüber er nie mit jemandem sprechen wird: Er erkennt die Wellen wieder, und am liebsten würde er ihnen zulächeln.

Als Kind hatte er, wenn er die Kirchenglocken von Saint-Etienne hörte, mit ernstem Blick in den blauen Himmel gezeigt und gesagt:

»Ninge!«

Das hatte ihm seine Mutter erzählt, kurz bevor sie gestorben war. Er konnte das Wort Ringe noch nicht aussprechen, es wurde in seinem Mund zu dem Wort »Ninge«, und er meinte damit die Glocken, wegen der konzentrischen Kreise, die sie in den Raum sandten.

Auch hier gibt es Glocken. Er macht nicht den Versuch, die Schläge zu zählen, er ist noch zu betäubt. Auch diese Betäubung ist ihm nicht fremd, er hat sie schon einmal erlebt, und für eine Weile verwirrt sich alles in seinem Kopf. Ist er vielleicht immer noch der kleine Junge von acht Jahren, den man mit dem Unfallwagen von der Schule ins Krankenhaus in Fécamp gebracht hat, um ihm, der schrie und sich wehrte, eine Maske aufs Gesicht zu drücken und den Blinddarm herauszunehmen?

Da war ein schwarzes Loch, dann, lange danach, ein seltsamer Geschmack im Mund, Mattigkeit im ganzen Körper, und schließlich, als alles zu verschwimmen begann, kamen die klingenden Ringe der vertrauten Glocken.

Fast hätte er jetzt gelächelt, denn der Gedanke, der ihm durch den Kopf geht, kommt ihm seltsam vor. Er glaubt nicht wirklich, daß es so ist, aber er will den Gedanken auch nicht einfach wieder verwerfen. Ist es nicht der kleine Junge aus Fécamp, der jetzt gerade in einem Krankenhauszimmer aufwacht, und wird sein erster Blick nicht auf eine dicke blonde rosige Krankenschwester fallen, die dasitzt und strickt? In diesem Falle wäre alles andere ein Traum. Er hätte unter Narkose fast fünfzig Jahre Leben geträumt.

Natürlich ist das nicht wahr. Er weiß, daß es nicht

wahr ist, daß er ein Mann von vierundfünfzig Jahren ist und daß er das kleine Haus in der Rue d'Etretat längst verlassen hat. Dennoch war für ein paar Minuten oder Sekunden, wahrscheinlicher Sekunden, die Verwirrung aufgetaucht, und trotz allem würde er gern nachprüfen, ob die Vorstellung der Wirklichkeit entspricht. Dazu braucht er nur die Augen zu öffnen, aber da geschieht etwas Seltsames; es ist keineswegs tragisch, nein, im Gegenteil, es ist fast komisch: Er tut das, was man tun muß, um die Augenlider zu heben, das, was man üblicherweise tut, nämlich vermutlich mit dem Gehirn einen Befehl an bestimmte Nerven erteilen. Die Augenlider bleiben jedoch unbewegt.

Er leidet nicht. Er ist wie ausgelöscht, und das ist nicht unangenehm, es ist, als wäre er niemand mehr. Er hat keine Probleme, keine Verantwortung mehr. Nur eines drängt ihn, seine Bemühungen fortzusetzen: Er muß wissen, unbedingt wissen, ob die dicke blonde rosige Krankenschwester an seinem Bett sitzt und strickt oder nicht.

Kann man von außen sehen, was in ihm vorgeht? Die Ringe der Glockentöne haben sich in der Ferne verloren. Er hört ein anderes Geräusch, das ebenfalls Erinnerungen in ihm wachruft. Er ist zu müde, um zu überlegen, welche es sind. Ein Stuhl hat geknarzt, als wäre jemand plötzlich aufgestanden, und es muß ihm gelungen sein, die Augenlider ein wenig zu öffnen, denn er sieht neben sich eine weiße Uniform, ein junges Gesicht und braunes Haar, das aus einem Schwesternhäubchen hervorguckt.

Es ist nicht seine Krankenschwester, und er schließt

enttäuscht wieder die Augen. Er ist viel zu müde, um Fragen zu stellen, und läßt sich lieber wieder tief in sein schwarzes Loch hinuntersinken.

Wird er später, in ein paar Stunden oder ein paar Tagen, auseinanderhalten können, was er im Koma von der Wirklichkeit wahrgenommen hat und was man ihm davon erzählt? Gibt es zum Beispiel im Gang neben seinem Zimmer ein Telefon, und er hört eine weibliche Stimme sagen:

»Professor Besson d'Argoulet ... Er ist nicht zu Hause? Wissen Sie, wo man ihn erreichen kann? Er hat darum gebeten, daß wir ihn benachrichtigen, wenn ...«

Morgen wird er erfahren, daß es neben seiner Tür tatsächlich ein Wandtelefon gibt, ein altes Modell. Es ist noch nicht von Bedeutung, und wenn es eine haben wird, wird es nur ihn betreffen.

Um halb zehn Uhr weiß er noch immer nicht, daß es halb zehn Uhr ist, und sein Erwachen ist abrupt und dramatisch, wie nach einem Alptraum; so als hätte er geträumt, er müsse sich, koste es was es wolle, an etwas Festes klammern, und nun hätten ihn seine Kräfte verlassen und bewegten sich im Leeren, ziellos, ohne seinen Willen. Er möchte schreien, um Hilfe rufen. Sein Mund öffnet sich. Er ist ziemlich sicher, daß er den Mund ganz weit öffnet, aber es kommt kein Laut heraus.

Es ist unbedingt nötig, daß er sieht, in welcher Umgebung er sich befindet. Sein Körper ist schweißbedeckt, seine Stirn ist feucht, und dennoch ist ihm kalt, es fröstelt ihn durch und durch, und es gelingt ihm nicht, sich in den Griff zu bekommen.

»Beruhige dich ... ist ja gut ... es ist alles gut ...«

Er kennt die Stimme. Er versucht, sie genau zu erkennen, und mit einem Schlag sieht er nicht nur ein Gesicht und eine weiße Mütze, sondern auch ein fremdes Zimmer mit grünlich gestrichenen Wänden.

Neben seinem Bett steht Besson d'Argoulet – er nennt ihn Pierre, denn sie sind seit dreißig Jahren befreundet –, und er bietet einen Anblick, der ihn eigentlich zum Lachen bringen müßte: Unter dem nicht zugeknöpften Kittel trägt er eine Frackweste und eine dazu passende weiße Krawatte.

»Bleib ganz ruhig, mein lieber René ... es ist alles gut ...«

Für den Professor anscheinend, der weiterhin zerstreut seinen Puls fühlt. Er, Besson, liegt ja nicht in einem Bett, das offensichtlich ein Krankenhausbett ist und an dem sich eine dunkelhaarige Krankenschwester zu schaffen macht. Er hat sich vorhin nicht getäuscht, er ist für einige Augenblicke zu Bewußtsein gekommen; er erkennt sie wieder.

»Es ist nichts Ernstes, René. Alle Untersuchungen bestätigen das ... Wir müssen noch ein paar weitere Tests mit dir machen, es wird ein bißchen lästig sein, aber es geht nicht anders. Ich erwarte Audoire jeden Augenblick.«

Wer ist Audoire? Ein Name, den er sicher kennt oder kennen müßte, denn er kennt jeden in Paris.

Die Krankenschwester hat eine Spritze auf ein Tablett gelegt, deren Nadel sehr lang und sehr dick ist. Sie scheint unruhig auf die Geräusche im Gang zu lauschen, wobei sie mit den Augen Maugras beobachtet, und als eine Tür sich öffnet und wieder schließt, läuft sie hinaus.

»Sei vor allem nicht überrascht, wenn ...«

Er sieht überrascht aus, denn er hat den Mund geöffnet. Nicht, um sich zu beklagen oder Fragen zu stellen. Er wollte eigentlich, auf die gestärkte Hemdbrust und die weiße Krawatte blickend, sagen:

»Tut mir schrecklich leid, mein Lieber, daß ich dir den Abend verdorben habe ...«

Er hat keinen Laut hervorgebracht. Er hat keine Stimme mehr. Nichts! Nicht einmal ein Röcheln. Kaum so etwas wie eine Art Pfeifen oder vielmehr Glucksen, denn seine Wange fährt fort, sich auf eine groteske Weise aufzublasen und wieder zusammenzuziehen. Als würde ein Kind versuchen, Pfeife zu rauchen.

»Du wirst wahrscheinlich ein paar Tage nicht sprechen können ...«

Im Gang wird geflüstert. Seine Sinne sind wach, jedenfalls ein paar, denn er riecht Zigarettenrauch.

»Du vertraust mir doch, ja? Du weißt, daß ich dich nicht anlüge?«

Warum fragt er ihn das, wenn er ja doch nicht antworten kann? Er würde gern ja sagen, um seinem Freund Pierre einen Gefallen zu tun. Es wäre ein Ja ohne Überzeugung. Ein höfliches, gleichgültiges Ja, denn ihm ist alles egal. Er würde lieber in sein schwarzes Loch zurücksinken, vielleicht würde er die tönenden Ringe der Glocken wiederfinden.

Nein! Er kennt Audoire nicht. Er ist ihm nie begegnet. Er würde es wissen, denn er hat ein gutes Gedächtnis für Gesichter, er kann ohne zu zögern den Namen von Leuten nennen, die er vor Jahren kaum einige Minuten lang gesehen hat. Es ist ein Arzt, denn er trägt einen weißen Kittel und eine runde Kappe auf dem Kopf. Sein Gesicht ist ausdruckslos. Maugras hat selten ein so leidenschaftsloses, ausdrucksloses Gesicht gesehen, ein so banales Gesicht auch, und so mechanische Gesten.

Die beiden Männer drücken sich die Hand und sehen sich wortlos an, als bräuchten sie nichts zu sagen, um sich zu verständigen, oder als hätten sie die Szene einstudiert. Dann wendet sich Audoire, der am Fußende des Bettes steht, an René.

»Sie sind ruhig, das ist sehr gut ... Wir werden Ihnen noch ein paar kleine Unannehmlichkeiten bereiten müssen, aber dann werden Sie ruhig schlafen ...«

Man redet mit ihm wie mit einem menschlichen Wesen, das erstaunt ihn beinahe. Gleichzeitig behandelt man ihn allerdings auch wie einen Gegenstand. Die junge Schwester schlägt seine Bettdecke zurück, und es ist ihm peinlich, als er feststellt, daß er unten nackt ist und eine Urinflasche zwischen den Beinen hat wie ein alter Mann, der sich nicht mehr unter Kontrolle hat.

Sie hält eines seiner Knie fest, das zu zittern beginnt, und Professor Audoire nimmt eine Spritze vom Tablett, nicht die große mit der langen Nadel, sondern eine kleinere, und sticht sie ihm ins Hinterteil. Er spürt nichts. Auch das würde er ihnen gern sagen. Nicht, weil es ihn beunruhigt. Im Gegenteil, er ist in seinem Leben noch nie so gleichgültig gewesen, und er sieht sie alle drei an, als hätte das, was sie hier machen, nichts mit ihm zu tun.

Es ist etwas geschehen, woran er sich nicht erinnern kann. Er weiß nicht einmal mehr, wo oder wann es geschehen ist. Er runzelt die Stirn oder glaubt zumindest, es zu tun; er ist sich keiner Sache mehr sicher, jetzt, wo er stumm ist und seine Gliedmaßen ihm nicht mehr gehorchen.

Die beiden Männer im weißen Kittel stehen abwartend da und beobachten ihn. Die Schwester hält immer noch sein Bein fest, den Blick auf ihre Armbanduhr geheftet.

Es ist kaum von Bedeutung, was mit ihm los ist. Es mußte so kommen. Er hat immer gewußt, daß es so kommen würde, und im Grunde ist er erleichtert. Es ist vorbei. Er braucht sich nicht mehr damit zu beschäftigen. Die anderen sind im Irrtum, wenn sie sich seinetwegen Sorgen machen.

Offenbar warten alle drei darauf, daß er einschläft. Weshalb? Wollen sie ihn operieren? Er hat keinerlei Schmerzen, aber irgend etwas ist zusammengebrochen, das steht fest.

»Fühlst du dich gut?«

Maugras gibt sich Mühe, einen heiteren Ausdruck in seinen Blick zu legen, um Besson d'Argoulet seine Dankbarkeit zu bezeugen, auch der Krankenschwester und auch dem Mann, den sie Audoire nennen und mit großer Ehrerbietung behandeln. Ein bedeutender Mann wohl, wie Besson, vielleicht sogar berühmter als Besson. Was ist sein Fach? Er kennt viele medizinische Kapazitäten. Er überlegt, aus reiner Neugier, dann verschwimmen seine Gedanken und er glaubt, in weiter Ferne wieder die Ringe der Glocken wahrzunehmen.

Das letzte Bild ist das von den beiden Männern, die einen Blick tauschen, als würden sie sagen:

»Es ist soweit ...«

Er ist nicht gestorben, und die Sonne scheint ins Zimmer. Statt der Krankenschwester sitzt Besson d'Argoulet an seinem Bett und raucht eine Zigarette. Der Professor ist nicht mehr im Frack und hat auch keinen weißen Kittel an. Mit seinen sechzig Jahren, ist er ein schöner Mann, vornehm, gepflegt und mit erlesenem Geschmack gekleidet.

»Wie fühlst du dich? Versuch noch nicht zu sprechen. Beweg dich nicht ... Ich kann an deinem Blick sehen, daß du den Schock sehr gut überstanden hast.«

Welchen Schock? Und warum glaubt sich sein Freund Pierre verpflichtet, in dem salbungsvollen Ton mit ihm zu reden, den er seinen Patienten gegenüber anschlägt?

»Du erinnerst dich vermutlich an nichts mehr?«

Er würde gern erwidern:

»Doch!«

Denn soeben hat er sich ganz plötzlich an das Grand Véfour erinnert, an den separaten Raum im Hochparterre über der Wendeltreppe, wo sie jeden ersten Dienstag im Monat zusammen essen. Anfangs waren sie dreizehn, jetzt sind sie zehn, die anderen sind gestorben.

Wieviel Zeit ist seitdem vergangen? Seinem Gefühl

nach kann es ebensogut ein Tag wie eine Woche her sein. Die Sonne hat nicht geschienen, so wie heute morgen. Denn an der Art, an einer gewissen Zartheit des Sonnenlichts erkennt er, daß es Morgen ist. Die genaue Uhrzeit kümmert ihn noch nicht, aber draußen vor seinem Zimmer putzen Frauen den Gang und schieben Eimer herum.

Sie waren also im Grand Véfour versammelt. Durch das halbkreisförmige Fenster sah man durch den Nieselregen auf den Hof und die Arkaden des Palais Royal. Besson saß ihm gegenüber, und fast alle waren da, Clabaud, der Anwalt, Julien Marel von der Akademie, dessen neuestes Stück gerade im Theater gegenüber gespielt wurde, Couffé, ebenfalls Akademiemitglied, und Chabut.

Er hätte genau angeben können, auf welchem Platz jeder von ihnen saß, und er sieht Victor vor sich, den Kellner, der sie seit über zwanzig Jahren bedient, wie er mit einer Riesenflasche Armagnac um den Tisch herumgeht.

Er war aufgestanden, um bei seiner Zeitung anzurufen. Das Telefon befindet sich zwischen den Damen- und den Herrentoiletten. Er hatte mit Fernand Colère telefoniert, seinem Chefredakteur, der trotz seines Namens sanft ist wie ein Lamm.

Wenn er nicht in der Zeitung ist, und sei es auch nur für eine Stunde, hat er immer das Bedürfnis anzurufen. Er gibt in sehr bestimmtem, ein wenig scharfen Tonfall genaue Anweisungen durch.

»Nein! Ändere nichts an der ersten Seite. Setz die dritte Kolumne auf die dritte ... Sag dem Innenministerium, daß da nichts zu machen ist, wir können über den Vorfall unmöglich stillschweigend hinweggehen ...«

Jetzt glaubt Besson d'Argoulet, immer noch seine Zigarette rauchend, ihm erklären zu müssen:

»Wir saßen alle im Grand Véfour beim Essen. Als die Getränke serviert wurden, bist du hinausgegangen, um zu telefonieren. Dann bist du in die Toilette gegangen, und dort muß dir schlecht geworden sein, denn als Clabaud zehn oder fünfzehn Minuten später hinging, hat er dich bewußtlos vorgefunden ...«

Wozu diese Umschweife, diese schonende Redeweise? Man behandelt ihn wie ein Kind oder wie einen Schwerkranken, eher wie einen Schwerkranken, und das ist er ja auch.

In einem Punkt irrt sich der Professor, bei aller Sicherheit, die er an den Tag legt. Und auch das ist seltsam, so seltsam, daß Maugras, selbst wenn er sprechen könnte, nichts dazu sagen würde.

Es stimmt, daß er, nachdem er den Hörer aufgelegt hatte, zu den Toiletten gegangen war. Er ging hinein und stellte sich ans Pissoir, in der allen Männern so vertrauten, lächerlichen Haltung. Er dachte an Colère und an die Machenschaften des Innenministeriums, als er unversehens anfing zu taumeln.

Er erinnert sich an das unschöne Detail, wie er sich mit aller Kraft mit beiden Händen an dem verschmierten Email des Pissoirs festhielt, bevor er losließ.

Was hat Besson eben gesagt?

»Als Clabaud zehn oder fünfzehn Minuten später hinging, hat er dich bewußtlos vorgefunden ...«

Die Worte enthalten keinerlei genauere Beschreibung seiner Lage. Er aber sieht sich quer in dem engen Raum auf den Fliesen liegen, bei dem verzweifelten Versuch, nicht etwa aufzustehen oder um Hilfe zu rufen, sondern sich die Hose zuzuknöpfen.

Es ist erstaunlich: Er sieht sich wirklich, so wie ihn jeder andere sehen konnte, er sieht sich von außen, so wie ihn Clabaud sicher gefunden hatte. Ist eine solche Spaltung möglich?

»Ich kann dir nicht verbergen, daß du uns im ersten Augenblick einen Schrecken eingejagt hast ...«

Er hat einen klaren Blick, ja, wie ihm scheint, einen schärferen Blick auf die Dinge als im normalen Leben. Er erfaßt automatisch, was um ihn herum vorgeht, die Veränderungen in der Stimme des Arztes, sein Zögern, selbst die ungewöhnliche Form seiner Manschettenknöpfe, auf denen ein griechischer Buchstabe eingraviert ist, er weiß nicht welcher, denn er hat nur ein paar Monate Griechisch gelernt. Als er sie entdeckt, fragt er sich, ob Besson d'Argoulet das Ganze nicht unangenehmer ist als ihm selbst und ob er nicht, trotz seiner Beteuerungen, immer noch so besorgt ist wie in der Toilette im Grand Véfour.

Sicher, er kann nicht sprechen, und die eine Körperhälfte ist gelähmt. Auch das hat er allein entdeckt. Hat sein Freund mit seiner Reaktion gerechnet oder vielmehr mit dem Nichtvorhandensein seiner Reaktion, mit seiner Ruhe, die an Gleichgültigkeit grenzt?

Es ist *tatsächlich* Gleichgültigkeit; als würde ihn das, was in dem kleinen, recht kargen Zimmer vor sich geht, nicht betreffen, nicht mehr, als ihn von nun an sein Körper angeht, und es erstaunt ihn keineswegs, als er eine Nadel in seinem Arm entdeckt und eine Plastikröhre, die mit einem Glasbehälter verbunden ist, halb angefüllt mit einer durchsichtigen Flüssigkeit.

Sein Blick ist dem Arzt nicht entgangen. Er beeilt sich, ihm zu erklären:

»Traubenzucker. Bis du dich morgen oder übermorgen wieder durch den Mund ernähren kannst, müssen wir verhindern, daß du schwächer wirst.«

Sicher spricht er in diesem überzeugenden Tonfall mit allen schwerkranken Patienten. Maugras, der ihn höchstens wegen irgendwelcher Wehwehchen und zur alljährlichen Untersuchung aufgesucht hat, kennt ihn nicht von dieser Seite.

Es ist, als würde Besson sich Mühe geben, seine Fragen zu erahnen und sie zu beantworten, bevor er sie stellen kann.

»Ich nehme an, du wunderst dich, warum du hier bist und nicht in der Klinik von Auteuil?«

Besson hatte ihn einmal dorthin geschickt, vor vier oder fünf Jahren, um nach einem Anfall von Depression einige Tests machen zu lassen. Wie üblich hatte er zu viel gearbeitet, sich in jeder Hinsicht zu sehr verausgabt.

»Du sollst wissen, ich habe dich auch zuerst nach Auteuil bringen lassen, genauer gesagt, ich habe dich im Ambulanzwagen dorthin begleitet. Sie haben dir gleich das Zimmer gegeben, das du schon einmal hattest, und deine Frau ist auch gleich gekommen ... Mach dir keine Sorgen wegen ihr. Ich habe ihr zu verstehen gegeben, daß du nicht in Gefahr bist. Es ging ihr sehr gut. Ich rufe sie mehrmals täglich an, und sie wartet nur auf einen Hinweis von mir, um dich besuchen zu können ...

Versuch nicht zu sprechen. Ich weiß, es ist das Unangenehmste, Entmutigendste, aber ich versichere dir, daß es sich in deinem Fall nur um eine vorübergehende Aphasie handelt ...«

Es hatte so kommen müssen. Während sein Freund redet, wiederholt sich René diese fünf Worte, so ruhig, als wären sie eine ganz banale Feststellung.

Warum hatte es so kommen müssen? Diese Frage stellt er sich nicht. Er findet das Ganze sogar eher belustigend. Verändern vielleicht selbst die Worte ihre Bedeutung? Oder bringt sie sein träger Verstand durcheinander? Anstelle von belustigend zum Beispiel würde er gern erleichternd sagen, aber das Wort gibt es am Ende gar nicht. Es ist fast ein Spiel, das er spielt, ohne daß die anderen es merken, während es so aussieht, als würde er Bessons Rede zuhören.

Seit langem schon, vielleicht schon immer, wartet er auf eine Katastrophe, und in den letzten Monaten hat er sie so nahe gefühlt, daß er bisweilen ungeduldig wurde, weil sie sich nicht einstellte.

Besson d'Argoulet schleicht um den heißen Brei herum, weil er sich vor den Silben fürchtet, die er endlich ja doch aussprechen muß: *Schlag-an-fall.*

»Erst mal in kurzen Worten, warum du nicht mehr in Auteuil bist. Nachdem ich eine mögliche Embolie der mittleren Gehirnarterie diagnostiziert hatte, habe ich meinen Kollegen Audoire angerufen, er ist Professor der Neurologie und Chefarzt in Bicêtre. Du kennst ihn sicher dem Namen nach. Du hast ihn gestern abend gesehen, er hat dir eine Lumbalpunktion gemacht ... Audoire hat es vorgezogen, dich unter eigene Aufsicht zu nehmen, mit einem besonders geschulten Personal, in das er volles Vertrauen setzt. Er hat auf seiner Station zwei Privatzimmer, eins davon war frei. Und so bist du also seit Dienstag abend hier ...«

Besson tut, als würde er scherzen.

»Ich hoffe, du bist uns nicht böse, Audoire und mir, daß wir dich an einen Ort mit so schlimmem Ruf gebracht haben ... Deine Frau war nebenbei gesagt zuerst sehr aufgeregt, und ich habe ihr erklären müssen, daß du hier besser aufgehoben bist als in einer Privatklinik, auch wenn die Umgebung weniger erfreulich ist ...«

Maugras zuckt mit den Wimpern, einfach so, wie man mechanisch mit den Wimpern zuckt, und sein Freund fragt sich, ob das ein Zeichen ist.

»Ermüde ich dich?«

Er versucht angestrengt, obwohl er seine Gesichtszüge nicht unter Kontrolle hat, zu verstehen zu geben, daß er nicht müde ist, und der Arzt scheint die Botschaft zu verstehen.

Die Tür links von seinem Bett hat matte Glasscheiben beziehungsweise feine Rillen in den Scheiben, durch die die Dinge verzerrt aussehen, und von Zeit zu Zeit sind schemenhaft vorüberwandelnde Gestalten zu sehen, Männer, die an Stöcken gehen und sich lautlos vorwärtsbewegen; es wirkt beinahe mysteriös. Vielleicht tragen sie Filzpantoffeln?

Besson hat seine kleine Rede offenbar vorbereitet; er setzt sie ohne zu stocken fort.

»Du hast genügend medizinische Kenntnisse, ich kann dir also berichten, zu welchen Schlüssen Audoire und ich gekommen sind. Ich stütze mich vor allem auf Audoire, der auf diesem Gebiet sehr viel qualifizierter ist als ich.

Wie jedermann weißt du ungefähr, was ein Schlaganfall ist, aber wie die meisten weißt du nicht, daß es verschiedene Arten davon gibt, sowohl was die Ursachen als auch was die Folgen betrifft. Jede ergibt ein eigenes klinisches Bild, und für jede gibt es eine eigene Prognose ...«

Wozu so viel reden? Will man ihm beibringen, daß sein Schlaganfall der banalste, der harmloseste ist?

»In deinem Fall ist die Lumbalpunktion einwandfrei verlaufen. Es gibt keinerlei pathologischen Befund, und das bedeutet, daß wir es mit einem simplen Ictus apoplecticus zu tun haben, mit ...«

Besson runzelt die Stirn, als wäre er gekränkt, und hält inne, um sich eine Zigarette anzuzünden.

»Hörst du mir überhaupt zu?«

Maugras macht, so gut er kann, eine bejahende Geste.

»Du glaubst mir nicht. Du denkst, ich versuch dich zu beruhigen und erzähl dir Märchen ...«

Nicht einmal! So weit denkt er gar nicht. Es ist nur so, daß er eine unsichtbare Grenze überschritten hat und sich in einer anderen Welt befindet. Es kommt ihm geradezu komisch vor, wenn er sich vorstellt, daß die hochgeachtete Persönlichkeit – Besson ist Ritter der Ehrenlegion –, die an seinem Bett sitzt und ihre Zeit mit belanglosen Erklärungen verschwendet, sein Freund ist und daß sie sich duzen. Allerdings ist er selbst auch Ritter der Ehrenlegion.

Der Unterschied ist, daß einer von ihnen beiden jetzt einen *Schlag-an-fall* hat.

Wie Félix Artaud einen gehabt hatte, sein bester Reporter. Man konnte ihn ebensogut zum Amazonas schicken wie nach Tibet oder Grönland, er hatte alle lebenden Staatsoberhäupter interviewt, der große Félix Artaud, ein niemals müde werdender Mensch, der laut redete, zwei bis drei Nächte hintereinander ohne Schlaf auskam und ohne zu schwanken eine volle Flasche Whisky austrank.

Artaud war bewußtlos geworden wie er, um drei Uhr morgens, in einem der Hotelpaläste an den Champs-Elysées, in Begleitung einer jungen Amerikanerin.

Er war geschieden. Familienangehörige in Paris waren nicht bekannt, und so hatte man, reichlich seltsam, mitten in der Nacht René Maugras angerufen, seinen Chef. Er hatte dem Arzt des Hotels und der Krankenschwester geholfen, dem Freund die Hose anzuziehen, und er war im Auto dem Krankenwagen gefolgt, der ihn ins amerikanische Hospital in Neuilly brachte.

Artaud war erst fünfundvierzig Jahre alt gewesen. Er war ein Athlet, ein ehemaliger Rugby-Spieler und immer auf der Suche nach einer Schlägerei. Es war nicht Professor Audoire, der ihn behandelte, sondern ein Chefarzt der Klinik, dessen Namen Maugras vergessen hat, ein kleiner, rothaariger, sehr magerer

Mann, der zu lange Kittel trug, so daß nur noch seine Schuhe herausschauten.

Stundenlang hatte man Untersuchungen vorgenommen mit Artaud, und auch er hatte eine Lumbalpunktion und ein Elektroenzephalogramm bekommen.

Ja richtig, hatte man bei ihm ein EEG gemacht, während er im Koma lag? Es würde schwierig sein, das zu fragen. Er ist von jetzt an auf die anderen angewiesen, es ist ihre Sache zu erraten, was er will.

Als er zu Artaud ins Zimmer kam, steckte eine Nadel in seinem linken Arm, über einen Schlauch verbunden mit einer Glasflasche wie der seinen.

Bei seinem zweiten Besuch lag der Reporter nicht mehr im Koma, aber seine Wange zitterte eigenartig, und jedesmal, wenn er zu sprechen versuchte, brachte er nur ein kullerndes Geräusch hervor.

Er starb am fünften Tag, bei Morgengrauen, zu der Stunde, zu der er gewöhnlich schlafen ging.

Maugras hat noch einen solchen Fall gekannt, Jublin, den Dichter, der immer in der Brasserie Lipp hockte. Er wurde auf dem Gehsteig des Boulevard Saint-Germain vom Schlag getroffen. Jublin mußte um die sechzig gewesen sein, und er sollte noch sechs Jahre leben, gelähmt, auf andere angewiesen, in einem Rollstuhl.

Und da war auch noch ein berühmter Filmschauspieler ... Genug! Genug! Besson d'Argoulet, der bei ihren Dienstagsessen so amüsant und ironisch ist, legt ihm umständlich dar, daß sein Fall ein anderer ist und daß er in einigen Wochen ...

»... spätestens in einigen Monaten ... Ich spreche

wohlgemerkt von der vollständigen Heilung ... Du bist ein intelligenter Mensch, ich möchte dir alles ganz genau erklären, denn Audoire und ich, wir brauchen deine Mitarbeit. Im Augenblick, ich merk es schon, glaubst du mir nicht. Du denkst, ich versuche dir Mut zu machen und will dir die Pille versüßen ... Gib's zu!«

René macht weit die Augen auf, um kundzutun, daß er gar nichts denkt, daß ihm alles ganz egal ist.

Armer Pierre! An diese Seite seiner Person hat Maugras nie gedacht. Er kennt den großen Veranstalter von öffentlichen Soireen, den skeptischen Pariser, den man bei allen Premieren findet, den Gourmet bei den Diners im Grand Véfour, den gebildeten Mann, der sich den Luxus gegönnt hat, zwischen zwei Berichten für die medizinische Akademie eine Trilogie über das Leben von Flaubert, Zola und Maupassant zu schreiben.

Er hat ihn bei den Diners von außerordentlichen »Fällen« erzählen gehört, Geschichten menschlicher Tragik.

Wird er eines Tages die seine erzählen?

Nie hat er ihn sich so wie jetzt vorgestellt, an einem Krankenbett sitzend, die rechten Worte suchend, hartnäckig bemüht, den Patienten zu überzeugen, nach der schmalen Ritze forschend, durch die er in sein Inneres gelangen könnte.

»Überanstrenge dich nicht!« würde er gern zu ihm sagen.

Besson ist mit seinem Wagen gekommen, einem englischen Sportwagen. Er wohnt in der Rue de Longchamp und ist gerade über die Champs-Elysées gefahren, als die Stadt begann, sich auf den Tag vorzubereiten. Die Luft draußen ist frisch. Gleich wird Besson wieder in sein Auto im Hof des Krankenhauses steigen und mit geschlossenem Verdeck durch die Porte d'Italie zurück zu seinen Studenten nach Broussais fahren, wo er Pathologie lehrt.

»Ich habe eine persönliche Wache für dich ausfindig gemacht, Mademoiselle Blanche. Sie hat früher schon für mich gearbeitet. Sie ist seit Dienstag abend bei dir, du kannst volles Vertrauen zu ihr haben ... Eine andere, ebenfalls erfahrene Krankenschwester wird sie über Nacht vertreten.«

In etwas lockererem Tonfall fügt er hinzu:

»Sicher hast du bemerkt, daß Mademoiselle Blanche hübsch ist. Das fördert die Heilung ... Morgen wird sie damit anfangen, dich zu füttern, vorerst mit flüssiger Nahrung. In drei bis vier Tagen wird sie dich für ein paar Minuten aus dem Bett steigen lassen ... Jetzt hast du genug, nicht wahr. Ich hoffe, daß ich Audoire heute morgen noch treffe. Er muß von einem dringenden Fall aufgehalten worden sein, aber er kommt sicher vor Mittag noch vorbei. Ich werde gegen Abend nochmal auf einen Sprung vorbeikommen ...«

Maugras versteht den Blick, den sein Freund im Hinausgehen der Krankenschwester zuwirft, recht gut! Er besagt:

»Ich habe getan, was ich konnte, leider ohne großen Erfolg ...«

Er scheint nicht übermäßig erstaunt darüber. Vielleicht ist es bei den meisten Patienten so, die einen Schlaganfall haben?

Er kehrt noch einmal um.

»Du bekommst eine Spritze, die dich für einige Stunden betäuben wird. Wenn Audoire nicht anders entscheidet, bringt man dich nachher zum Röntgen hinunter, für eine Zerebralangiographie. Nichts Gefährliches. Du wirst nicht mal was davon merken, denn du bist unter Narkose. Du darfst uns nicht böse sein, mein armer Freund, wenn wir dir diese kleinen Torturen zumuten, aber in der Medizin wie überall, wie ja auch in deiner Zeitung, gibt es eine Routine, die eingehalten werden muß.«

Maugras protestiert nicht, er hat keinerlei Bedürfnis zu protestieren. Er ist auch niemandem böse. Auch seinem Schicksal nicht.

Besson und die Krankenschwester flüstern im Gang, auf dem noch immer verschwommen die stummen Schatten vorüberwandeln. Rechts muß ein großer Krankensaal sein, aus dem Patienten kommen und gehen, und der Korridor ist anscheinend ihre Promenade.

Er wartet ungeduldig darauf, daß Mademoiselle Blanche zurückkommt, denn das Alleinsein verursacht ihm mit einem Mal eine Panik, wie er sie in der Toilette des Grand Véfour empfunden hat.

Er wartet auch ungeduldig auf die Spritze, die man ihm versprochen hat, um in die Betäubung zurücktauchen zu können und vielleicht die pulsierenden Ringe der Glocken wiederzufinden.

Er beobachtet sie mit den Augen, als sie zurückkommt, frisch, munter, lächelnd, und er denkt, daß sie bei allen Patienten so ist, die einander abwechseln, und daß sie sie alle mit demselben Gesichtsausdruck ansehen, weil sie für sie alle Jugend und Leben bedeutet.

Wenn er könnte, würde er ihr zulächeln, als sie die Bettdecke hochhebt und ihm die Spritze gibt, um ihr dafür zu danken, daß sie da ist, um sich zu entschuldigen, daß er ihr so viel Mühe macht, und vor allem dafür, daß ihn das alles gar nicht zuversichtlich macht, daß er ein schlechter Patient ist, daß er durchaus keine Lust hat zu kämpfen.

Denn er hat keine Lust zu kämpfen. Wozu auch?

2

Es ist noch immer Nacht, aber nichts läßt auf die Uhrzeit schließen. Das erste, was er fühlt, ist Angst, denn er glaubt, er sei allein im Zimmer, das nur von einem gelblichen Lichtschein erhellt wird, der aus dem Gang durch die Glastür dringt. Daß er glaubt, er sei allein, kommt daher, daß diese Tür nicht ganz geschlossen ist, so als würde er nur von weitem durch die Etagenschwester überwacht.

Als er den Kopf ein wenig dreht, stellt er fest, daß er sich geirrt hat und daß jemand zwischen seinem Bett und der Wand auf einem Feldbett schläft. Er kann die Gesichtszüge nicht erkennen, nur rotes Haar, und er erinnert sich an die Nachtschwester, die man ihm abends zuvor vorgestellt hat. Sie ist Elsässerin, heißt Josefa und spricht mit starkem Akzent. Sie ist nicht so hübsch wie Mademoiselle Blanche und lächelt nicht wie sie. Unter ihrer Schwesterntracht ahnt man einen vollen, blühenden Körper, und der gestärkte Stoff spannt sich über ihren Brüsten. Er hat eine Tante gehabt, eine Schwester seiner Mutter, die hatte ebenso festes, kerniges Fleisch, und auch sie hatte regelmäßige, jedoch reizlose Züge.

Er hat nicht bemerkt, wie Josefa sich hingelegt hat. Er wußte nicht, daß es im Zimmer ein Feldbett gibt. Vielleicht hat man es hereingebracht, während er schlief, denn nach der letzten Spritze ist er sofort in Schlaf gesunken. Was für eine Spritze ist es gewesen? Das sagen sie ihm nicht. Tags zuvor hat er mehrere bekommen, und jedesmal werden auf ein Blatt am Fußende des Bettes ein paar Worte oder Zeichen eingetragen.

Aus den Geräuschen zu schließen, die von draußen kommen, neigt sich die Nacht ihrem Ende zu. Auf der Straße, die, ausgehend von der Porte d'Italie, durch die Vorstadt führt und dann in die Nationalstraße 7 übergeht, fahren viele Lastwagen. Hundertmal ist er schon auf dieser Straße gefahren, wenn er zur Côte d'Azur fuhr, und er hat sich nie gefragt, wie sie heißt. Er weiß auch nicht mehr, ob alle Tage oder nur ein paarmal in der Woche neben der Straße der Markt ist, nicht nur mit Lebensmitteln, auch mit zerlegbaren Buden, die voller Kleider hängen.

Es ist ganz in der Nähe, kaum hundert Meter von der Anstalt, in der er sich jetzt befindet. Früher hat er manchmal im Vorbeifahren einen Blick auf die grauen Häuser geworfen, die um einen großen Innenhof herumstehen, dessen Portal wie das einer Kaserne von uniformierten Männern bewacht wird. Er hat immer gedacht, nur Alte und Unheilbare würden dorthin gebracht. Man konnte sie im Hof sehen, einzeln oder in kleinen schweigenden Gruppen. Und Geisteskranke. Ist Bicêtre außer einem Krankenhaus nicht auch eine psychiatrische Klinik?

Er fühlt sich weder gedemütigt noch erschreckt es ihn, daß er sich hier befindet. Von der Narkose tags zuvor hat er noch einen seltsamen Geschmack im

Mund, aber sein Geist ist frei und beweglich geblieben, und nun amüsiert er sich eine Weile damit, unbeweglich in seinem Bett liegend, sich den Gedanken zu überlassen, die ihm durch den Kopf gehen, oder sie wieder zu verwerfen, sie zu vermischen, um sie wieder zu trennen.

Es sind keine schwermütigen Gedanken. Im Gegensatz dazu, was sich die Menschen in seiner Umgebung sicher vorstellen, ist er nicht bedrückt; im Gegenteil, er könnte schwören, daß er niemals eine der jetzigen vergleichbare Gelassenheit gekannt hat.

Es ist nur eine ganz eigentümliche Gelassenheit, die er kaum definieren kann und auf die er nicht vorbereitet war.

Wie hätte er reagiert, wenn man ihm noch vor ein paar Tagen, am Dienstagmorgen, erklärt hätte: »In wenigen Stunden wirst du plötzlich aufhören, ein normaler Mensch zu sein. Du wirst nicht mehr umhergehen, du wirst nicht mehr sprechen. Deine rechte Hand wird nicht mehr schreiben können. Um dich herum werden sich Leute bewegen, und du wirst keinen Kontakt mit ihnen aufnehmen können ...«

Er hat nie einen Hund oder eine Katze gehabt. Im Grunde liebt er Tiere nicht, vielleicht weil er sich nie näher mit einem Tier befaßt hat. Jetzt stellt er sich plötzlich den Blick eines Tieres vor, der vermutlich irgend etwas zum Ausdruck bringen möchte und es nicht kann.

Es ist keine Bitterkeit in ihm, und wenn er sich bis auf den Grund erforschen würde, würde er feststellen, daß er auch nichts bereut. Im Gegenteil! Er ruft sich sein bisheriges Leben ins Gedächtnis, ganz bewußt, den letzten Vormittag am Dienstag, und er ist erstaunt, daß er dieses Leben geführt hat, daß er es so wichtig genommen hat, daß er ein Spiel gespielt hat, das ihm kindisch vorkommt.

Wie um seinen Seelenzustand zu verdeutlichen, taucht ein Bild vor ihm auf aus der Zeit seines Lebens, in der er noch Muße hatte, Gemäldegalerien zu besichtigen. Es ist ein Bild von de Chirico und stellt eine kunststoffartige Figur dar, eine Schneiderpuppe mit einem Holzkopf, in kaltes Mondlicht getaucht.

In einem ebenso unerbittlichen Licht erscheint ihm sein letzter Tag als sozusagen normaler Mensch. Er wohnt in Paris seit etlichen Jahren in einer Suite in dem Flügel des George V, der Gästen vorbehalten ist, die lange bleiben, und den man »La Résidence« nennt. Das erspart seiner Frau die Sorge um den Haushalt.

Als sie noch in der Rue de la Faisanderie wohnten, hatte sie versucht, den Haushalt zu führen. Sie tat es mit gutem Willen und Energie, aber nach zwei Jahren befand sie sich am Rande einer schweren Depression.

Nein, nicht am Rande! Es war eine ausgewachsene Depression. Sie weigerte sich wochenlang, ihr Zimmer zu verlassen, in dem sie Tag und Nacht in der Dunkelheit zubrachte.

Es war nicht Linas Schuld, es war seine. Er hatte sie sich ausgesucht und ihr seine Art zu leben aufgezwungen.

Sie hat ihn gestern besucht, als man ihn vom Röntgen zurückbrachte. Er war noch nicht ganz aus dem

Nebel der Narkose aufgetaucht und hatte sich noch unbeteiligter gefühlt als jetzt.

Dennoch hat er bemerkt, daß sie unter ihrem nerzgefütterten Gabardine ein schwarzes Seidenkleid trug. Das ist die Mode in dem Milieu, in dem sie verkehren, vor allem in dem Milieu, in dem Lina verkehrt: Aus einer umgekehrten Art von Snobismus verbirgt man den teuren Nerz unter einem scheinbar gewöhnlichen Stoff.

Es muß etwa sechs Uhr sein. Die Nacht schwindet nur langsam, und Nebel hängt vor den Fensterscheiben.

Am Abend zuvor hat er auch die Stationsschwester kennengelernt, denn sie hat Lina zu ihm hereingeführt. Er mag die Frau nicht. Sie ist um die Sechzig, hat graues Haar und ein beinahe ebenso graues Gesicht, ein noch unpersönlicheres als Professor Audoire.

Kopiert sie den Chefarzt? Sie stand mitten im Zimmer, das nicht sehr groß ist, und ihre Präsenz war, wie bei manchen Schauspielern, derart stark, daß sonst nichts mehr zu existieren schien. Ihr unbewegter Blick beobachtete alles, erfaßte alles, kritisierte alles.

Ein Monolith, der die Last des ganzen Krankenhauses hätte tragen können.

Lina war es unangenehm, sie zögerte, bevor sie sich zu ihm hinunterbeugte und ihn küßte, und wie er erwartet hatte, roch sie nach Alkohol. Sicher hatte sie ein oder zwei Whisky getrunken, bevor sie die Résidence George v verließ, und er hätte schwören mögen, daß sie kurz vor dem Krankenhaus Léonard, den Chauffeur, vor der nächstgelegenen Bar anhalten ließ, um auch dort noch einen zu kippen.

Auch daraus macht er ihr keinen Vorwurf. Er ist daran gewöhnt. Noch am Dienstag erschien es ihm ganz natürlich, wie alles, was er selbst tat. Jeder von ihnen hat sein Zimmer und sein Bad; der Salon bildet das neutrale Territorium.

Diese Aufteilung hat sich als notwendig erwiesen, denn sie gehen selten zur selben Zeit schlafen, und Lina liegt morgens noch lange im Bett, während Maugras um halb neun Uhr in den Bentley steigt, der ihn unten erwartet, um ihn zur Zeitung zu bringen.

Er hat es immer eilig. Seit unzähligen Jahren hat er es eilig. Er nimmt sich nicht die Zeit, das Schauspiel zu betrachten, das sich auf der Straße abspielt. Kaum, daß er wahrnimmt, ob die Sonne scheint oder ob es regnet. Er sitzt im Fond des Wagens und arbeitet, wirft einen ersten Blick in die Morgenblätter und streicht Artikel mit dem Rotstift an.

Er ist ein bedeutender Mann, und noch am Dienstag ist er sich dessen voll bewußt gewesen. Seine Gesten, seine Stimme, seine abgehackten Sätze, die Art, wie er seine Gesprächspartner ansah, so, als würde er sie gar nicht wahrnehmen, waren die eines bedeutenden Mannes. Minister riefen ihn an und sprachen vertraulich und respektvoll mit ihm, und in Krisenzeiten rief ihn der Ministerpräsident sofort ins Matignon.

Minister, Parteivorsitzende, Bankiers, Akademiker, Stars – er empfing sie jeden Sonntag auf seinem Besitz in Arneville bei Arpajon, einem richtigen Schloß, genauer gesagt einem Lustschlößchen, erbaut von einem Generalpächter im 18. Jahrhundert.

»Guten Tag, Herr Direktor ...«

So begann es beim Portier der Zeitung, und so ging es weiter beim Liftboy und bei den Angestellten.

»Guten Tag, Monsieur Maugras ...«

Wenn er die Redaktionsetage erreichte, wechselte der Ton und wurde weniger steif:

»Guten Tag, René ...«

Er fand Fernand Colère vor, seinen Chefredakteur, der ebenso alt ist wie er und schon sein Mitarbeiter gewesen ist, als Maugras mit fünfundzwanzig Jahren bei einer kleinen Zeitung, die »Le Boulevard« hieß und jetzt nicht mehr existiert, die Klatschspalten unter sich hatte.

Noch am Dienstag ist er überzeugt gewesen, daß Colère ihm immer treu ergeben war, daß er ihn bewunderte und ihm praktisch sein Leben geweiht hatte. Konnte er nicht alles von ihm verlangen? Beschränkte er sich nicht darauf, den Kopf zu senken, wenn der Chef, aufgebracht wegen irgendeines Irrtums, eines Versäumnisses, einer Verwechslung beim Satz, ihm die beleidigendsten Vorwürfe an den Kopf schleuderte?

Auf einmal sieht er seinen Chefredakteur in einem anderen Licht, das dem Licht auf dem Bild von de Chirico gleicht. Er ist nicht mehr der gutmütige dicke Bursche, ein bißchen schwammig und nachlässig gekleidet, sondern ein Zeuge, der ihn dreißig Jahre lang Schritt für Schritt begleitet hat und der unter seiner scheinbaren Unterwürfigkeit Neid und Haß verbirgt.

Er ist das menschliche Wesen, das ihn am besten kennt, fast alles über ihn weiß, zwangsläufig alles registriert hat.

Maugras ist überrascht gewesen, als er ihn kurz nach Lina hereinkommen sah. Sie hatte ihm nicht nur Blumen, sondern auch eine Kristallvase mit schmalem Hals mitgebracht. Wie immer sind es gelbe Nelken, seine Lieblingsblumen. Es sind nur sechs, er mag keine Buketts. Auf seinen Schreibtisch in der Zeitung stellt seine Sekretärin jeden Morgen eine einzelne Blume. Lina war davon ausgegangen, daß es im Krankenhaus keine Vase gab, die schmal genug war für sechs Nelken, und so hatte sie eine aus dem George v mitgebracht.

Seit wieviel Jahren leben sie zusammen? Sieben Jahre, acht Jahre? All die Zeit über war er überzeugt gewesen, daß er sie liebte. Aber er hat sie angeschaut, ohne etwas dabei zu empfinden, fast so, wie er die Stationsschwester angeschaut hat und danach Fernand Colère.

»Pierre benachrichtigt mich mehrmals am Tag, wie es dir geht ...«

Pierre, das ist Besson d'Argoulet. Auch sie nennt ihn bei seinem Vornamen. Sie nennt die Leute gern bei ihrem Vornamen, vor allem wenn sie berühmt sind.

»Bisher hat er mir verboten, dich zu besuchen. Anscheinend hat Professor Audoire strikte Anweisungen gegeben. Ich hatte die größten Schwierigkeiten, bis zu deinem Zimmer vorzudringen ...«

Das war Linas Monolog, und als Colère eintrat,

machte sie zwei Schritte zum Fenster, um ihm den Platz neben dem Bett abzutreten.

»Na, René, ist das eine Art, seine Freunde zu erschrecken?«

Colères Stimme klang falsch. Sie klingen alle falsch. Besson, Lina, Josefa und sogar Mademoiselle Blanche, die ihm allerdings seinem Gefühl nach näher steht als die anderen.

Am Dienstag hat sein Chefredakteur, während man ihn in die Klinik nach Auteuil brachte, in der Zeitung sicher fieberhaft eine Ersatz-Titelseite vorbereitet, vielleicht mit schwarzem Rand, mit einem Artikel über fünf Spalten, mit seinem Bild und mit einem Nachruf.

Wen hatte man mit diesem Artikel beauftragt? Sicher einen aus der Runde im Grand Véfour, höchstwahrscheinlich einen von der Akademie, vielleicht Daniel Couffé. Er sieht ihn deutlich vor sich, wie er sich im Salon, in dem sie eben gespeist haben, an die Arbeit macht. Es eilte. Ein Radfahrer der Zeitung hat im Gang auf das Manuskript gewartet, um es rechtzeitig abzuliefern.

Er ist sich ziemlich sicher, daß sie den Artikel nicht weggeworfen haben, er kann von einer Stunde auf die andere gebraucht werden.

»Du weißt, René, es ist nicht einfach, bis zu dir zu gelangen ...«

Fast dieselben Worte wie Lina.

»Sie haben unten so eine Absperrung aufgebaut ...«

Er hat fast vergessen, daß das Leben während der Tage, die er bald im Koma, bald in vagem Dahindämmern verbracht hat, weitergegangen ist, man hat über ihn gesprochen, sich nach ihm erkundigt, ihn zu erreichen versucht.

Es verursacht ihm weder Vergnügen noch Mißmut. Ebensowenig wie die Feststellung, daß auch Colère in Schwarz gekleidet ist oder jedenfalls in sehr dunkles Grau, um für alle Fälle bereit zu sein. Hat Lina nachgedacht, als sie ihr Kleid auswählte? Hat sie an die Photographen gedacht, die gewiß über sie herfallen würden, wenn das Ereignis plötzlich eintraf?

»Man erlaubt mir nur einige Minuten für meinen Besuch. Die Ärzte haben mir gesagt, daß alles gut geht und daß du in ein paar Wochen wieder auf den Beinen bist. Ich erzähl dir also nur ein paar zusammenhanglose Neuigkeiten, denn wie ich dich kenne, machst du dir Sorgen um die Zeitung ...«

Das stimmt nicht. Er hat nicht ein einziges Mal an die Zeitung gedacht.

»Ich denke, es entspricht deinem Wunsch, daß ich deinen kleinen Unfall nicht an die Öffentlichkeit gebracht habe, und ich habe auch die Kollegen angerufen und sie gebeten, nichts darüber verlauten zu lassen. Desgleichen die französische und die beiden amerikanischen Agenturen. Bis jetzt haben sich alle an die Weisung gehalten ... Dann hab ich alle unsre Mitarbeiter versammelt, von ganz oben bis ganz unten, und ich ...«

Lina, die am Fenster stand, blickte durch den Nebel auf ein graues Dach von einem Flügel des Krankenhauses, das René von seinem Bett aus sehen kann. Es ist ein Schieferdach mit Mansarden, das an das Dach eines Schlosses von Ludwig XIV. erinnert. Bicêtre stammt aus der Zeit Ludwigs XIV.

»Es scheint, daß sich am Dienstag abend im Hof und unter dem Eingangsgewölbe an die fünfzig Reporter und Fotografen gedrängelt haben. Trotz der Verschwiegenheit von Presse, Funk und Fernsehen laufen bei der Zeitung und auch hier unaufhörlich Telegramme ein. Die Anrufe sind so zahlreich, daß die unten sich beschweren, daß durch die verstopften Leitungen dringende Anrufe verhindert werden ...«

Hat Colère geglaubt, ihm damit Freude zu machen, ihn ein wenig zu trösten? Dann hat er sich geirrt. Es hat Maugras völlig gleichgültig gelassen, und ebenso ungerührt stellt er sich heute morgen im Halbdunkel des Zimmers die kleinsten Einzelheiten seiner Beerdigung vor.

Eine Glocke ertönt. Ein einzelner Schlag. Die halbe Stunde. Welcher ganzen Stunde? Er kommt nicht vom Krankenhaus, obwohl es da eine Kapelle geben muß, sondern von zwei- bis dreihundert Meter weiter entfernt, jenseits der Straße, auf der die Geräusche von schweren Lastwagen und Vorstadtbussen immer dichter werden. Dort ist eine Kirche oder ein Kloster, wahrscheinlich eher eine Kirche, denn die Glocken von Klöstern haben gewöhnlich einen dünneren Klang.

In dem Maße, in dem sich die Dunkelheit auflöst, hört er immer mehr Geräusche aus dem großen Krankensaal am Ende des Ganges. Offenbar steht dort die Tür offen. Die Geräusche bleiben undeutlich und vereinzelt. Die Patienten wachen einer nach dem anderen auf, warten, bis es an der Zeit ist, wälzen sich in ihren Betten hin und her.

Eine Krankenschwester geht vorbei, dann noch eine. Von der dem Saal gegenüberliegenden Seite her sind bald darauf Stimmen zu hören, das Klirren von Tassen und Untertassen. Der Kaffeeduft dringt bis zu ihm.

Auch Josefa bewegt sich. Sie setzt sich geräuschlos auf und macht eine Taschenlampe an, um auf ihre Armbanduhr zu schauen. Er sieht, wie sie sich wieder auf den Rücken legt, ausgestreckt liegen bleibt, als würde sie sich noch ein wenig Ruhe gönnen wollen, und dann aufsteht. Er schließt sofort die Augen, aber er hat noch die Zeit gehabt festzustellen, daß sie in Kleidern geschlafen hat.

Er vermutet, daß sie nun die Decke und die Tücher zusammenfaltet. Ein Knarzen zeigt ihm an, daß sie das Bett zusammenklappt und in einen Wandschrank schiebt, dessen Vorhandensein er lediglich erraten kann.

Sie beugt sich über ihn und ergreift sanft sein Handgelenk, um ihm den Puls zu fühlen. Sie riecht nach Schweiß. Er erkennt den eigenartigen Geruch, wenn jemand in Kleidern geschlafen hat. Er hat noch keine Lust, mit der Außenwelt Kontakt aufzunehmen, und stellt sich schlafend.

Schließlich geht sie auf Zehenspitzen hinaus. Eine Tür öffnet und schließt sich, die Wasserspülung läuft, dann, nach ziemlich langer Stille, sie pudert sich wohl ein wenig, öffnet sich die Tür wieder, und Josefa begibt sich zu den anderen Nachtschwestern, die zusammen Kaffee trinken.

So wird er langsam mit der Routine des Krankenhauses vertraut. Das beschäftigt ihn gedanklich. Er erkennt daran vor allem, daß sein Gehirn und seine Sinne nicht mehr so stumpf sind wie am Tag zuvor.

Und noch eine Entdeckung macht er: Das krampfhafte Zucken seiner Wange, das so beängstigend war, hat fast aufgehört. Und er kann unter der Bettdecke die Finger seiner linken Hand bewegen. Es gelingt ihm sogar, die Hand anzuheben, den Ellbogen abzuwinkeln, und ein wenig später bewegt er auch ein Bein.

Mit der rechten Seite dagegen mißlingt der Versuch.

Die Zeit nutzend, die er noch allein ist, macht er den Versuch zu sprechen. Ein dünner spitzer Ton kommt hervor, der an das Miauen einer jungen Katze erinnert.

Draußen vor dem Fenster wird wie am Vortag wieder der Nebel sichtbar, und alsbald ist die Schieferbedeckung des Daches zu erkennen. Zwei Fenster sind erleuchtet, und hinter dem einen macht eine Frau Bewegungen wie jemand, der sich eilig anzieht.

Im Hof fahren Autos ein. Sie parken nebeneinander unten am Hauptgebäude, in dem er liegt. Nicht weit von seinem Zimmer befindet sich eine Treppe, deren Stufen knarren. Die Kirchenglocke schlägt sechsmal, dann läuten die Glocken zur Frühmesse.

Die Welt um ihn herum gerät, noch sehr langsam, in Bewegung. Auf dem Pflaster drunten werden Mülltonnen hin- und hergeschleppt. In ziemlicher Entfernung klingelt schwach ein elektrisches Läutwerk, vielleicht ein Wecker, und in den Küchen im Erdgeschoß oder im Untergeschoß hantiert das Personal lärmend mit großen Kesseln.

Er denkt an die Zeitung, wenn frühmorgens im Maschinensetzraum Schichtwechsel ist, wenn sich die Metteure an den Stehsatz und die Setzer an die Setzkästen begeben und in der Redaktion die Tagschicht der Journalisten und der Sekretärinnen die Nachtschicht ablöst.

Ihm ist nicht bekannt, zu welcher Uhrzeit hier der Schichtwechsel stattfindet. Er hört Josefas Schritte und schließt wieder die Augen. Er möchte nicht behelligt werden. Sie kommt an sein Bett und betrachtet ihn aus der Nähe. Sie hat bereits einen anderen Geruch. Die Pause, die er ihr läßt, benutzt sie dazu, in den Gang zu gehen und sich eine Zigarette anzuzünden.

Bald hat er herausgefunden, daß der Schichtwechsel um halb sieben Uhr stattfindet, zu der Zeit, zu der die Kranken geweckt werden. Überall gleichzeitig beginnt ein Herumlaufen und Türenschlagen, und er stellt fest, daß das Stockwerk, in dem er sich befindet und das ihm in den letzten Tagen so still vorkam, in Wirklichkeit laut und belebt ist.

Seit ein paar Minuten wandeln vor der durchscheinenden Tür die Schatten der Kranken vorbei, als Josefa, die ihre Zigarette zu Ende geraucht hat, hereinkommt und ihm ein Thermometer unter den linken Arm steckt.

Rasche, abgehackte, wie gehämmerte Schritte im Gang, Schritte, die sich abheben von dem gedämpften Gleiten, das er tagsüber hört. Sie enden vor der noch immer einen Spaltbreit offenen Tür, die sich ein wenig weiter öffnet, und durch seine halbgeschlossenen Augenlider, die ihm das Gefühl geben, als würde er etwas vortäuschen, erkennt er Mademoiselle Blanche in eleganter Straßenkleidung.

Sie macht Josefa ein Zeichen, und diese folgt ihr. Beide entfernen sich leise sprechend im Gang und gehen in den Umkleideraum, wo die Schwester ihre Kleider wechselt und ihre Schuhe mit den spitzen Absätzen gegen flache tauscht. Sicher hat sie ein kleines Auto, er stellt es sich in einer hellen Farbe vor, blau oder mattgrün.

Als sie wiederkommt, ist sie allein. Sie nimmt ihm das Thermometer ab, und da er die Augen nicht schnell genug wieder geschlossen hat, bemerkt sie, daß er aufgewacht ist.

»Guten Tag!« sagt sie fröhlich zu ihm. »Wie ich höre, hatten Sie eine gute Nacht. Wenn Sie brav sind, werde ich gleich sehen, ob ich Ihnen einen Orangensaft bringen darf ...«

Warum redet sie mit ihm wie mit einem Kleinkind? Sie ist intelligent und sie weiß, daß er es auch ist. Wären sie sich anderswo als im Krankenhaus begegnet, hätte sie ihn mit Ehrerbietung angesprochen, und es wäre ihr nicht eingefallen, so idiotische Worte zu gebrauchen wie:

»Wenn Sie brav sind ...«

Er reagiert nicht, er folgt ihr lediglich mit den Augen, wie sie auf das Blatt am Fußende des Bettes schaut und seine Temperatur darauf einträgt. Er als einziger weiß nicht, was auf diesem Blatt Papier steht, und dabei betrifft es ihn am meisten.

Alles in allem ist er zu einem Objekt geworden. Es

ist offenbar üblich, daß die Türen ein Stück weit offen bleiben, nicht nur die seine, auch die im großen Krankensaal, denn er hört Geräusche von dort.

Ein älterer Mann, bekleidet mit einem grobleinenen lila Morgenrock, macht jetzt die Glastür auf und betrachtet ihn neugierig. Hat auch er einen Schlaganfall gehabt und befindet sich nun auf dem Wege der Heilung? Mit seinem leeren Blick und dem langsamen Wackeln seines Kopfes konnte man ihn eher für einen Geisteskranken halten. Mademoiselle Blanche kümmert sich nicht um ihn, und nach einer vollen Minute, die der neugierige Mensch schweigend stehengeblieben ist, geht er wieder weg, wie er gekommen ist.

Rollwagen fahren vorbei mit großen, lärmenden Kannen. Noch einmal öffnet sich die Tür, und die Stationsschwester kommt herein in Begleitung eines jungen Assistenzarztes.

»Ist hier alles in Ordnung? Hat er eine ruhige Nacht gehabt?«

Nicht bei ihm erkundigt man sich, wie es ihm geht. Allerdings wäre er auch nicht in der Lage, eine Antwort zu geben. Mademoiselle Blanche reicht der Oberschwester die Fieberkurve, die auf einem Holzbrettchen befestigt ist. Sie liest sie und gibt sie dem Arzt weiter, der keinen Kommentar dazu abgibt. Dann gehen beide zu dem Ständer mit der Infusionsflasche, an die er wieder angeschlossen wird.

»Was meinen Sie«, fragt Mademoiselle Blanche, »soll ich den Friseur holen zum Rasieren?«

An seinen Bart, der in den vier Tagen auffällig gewachsen ist, denn sein Haar ist dicht und braun wie das seiner Mutter, hat er gar nicht gedacht. Sie denken an seiner Stelle daran, aber dankbar ist er ihnen dafür nicht. Er fühlt, daß diese Aufmerksamkeiten nichts mit seiner Person zu tun haben, daß er lediglich für kürzere oder längere Zeit ein Patient ist, der ein Bett belegt, und daß die Rituale für jeden beliebigen anderen die gleichen wären. Am einen Tag: Elektroenzephalogramm ... Am anderen Tag: Lumbalpunktion ... Am nächsten Tag: Röntgen ... Dann der Bart, dann der Orangensaft ...

Wenn Besson d'Argoulet nicht eher sein Freund wäre als sein Arzt, hätte vermutlich keiner mit ihm über seine Krankheit gesprochen, man hätte ihm lediglich nahegelegt, er solle ruhig und zuversichtlich sein.

Besson hat ihm sehr freundlich alles Wissenswerte erzählt, und für einen so vielbeschäftigten Mann wie ihn ist es sehr aufwendig, extra quer durch Paris und über die Ported'Italie zu ihm zu kommen.

»Es ist Zeit fürs Waschen ... Heute morgen, als ich herkam, habe ich mir schon überlegt, ob man Ihnen nicht ein kleines Radio bringen kann. Ich bin sicher, der Professor hat nichts dagegen, und es wäre eine Zerstreuung für Sie.«

Er hat keine Lust, Radio zu hören, er hat keine Lust, sich zu zerstreuen, und es ist nicht ihre Sache, an seiner Stelle zu denken. Das Leben draußen interessiert ihn nicht. Er begnügt sich mit dem, was in seiner unmittelbaren Nähe geschieht, dem Hin- und Hergehen auf dem Gang, den Geräuschen auf dem Stockwerk, die er nach und nach unterscheiden kann.

Er ist nicht besonders groß, er ist auch nicht das, was man dick nennt, wie Colère, aber er hat einen massigen Körper und wiegt achtzig Kilo. Und doch bereitet es Mademoiselle Blanche, die nicht mehr als fünfzig Kilo wiegt, keine Schwierigkeiten, ihn umzudrehen, ihn von Kopf bis Fuß zu waschen, sie schafft es sogar, das Leintuch unter ihm zu wechseln, ohne daß er aufstehen muß.

Das Waschen ist das unangenehmste vom ganzen Tag. Er schließt die Augen, denn er schämt sich. Er ist kein schöner Mann, weder sein Körper noch sein Gesicht sind schön. Er ist nie schön gewesen. Schon als junger Mann hatte er die unbestimmten Konturen und das weiche Gesicht, mit einer Nase darin, die man unausgewachsen hätte nennen können. Bisweilen hat er darunter gelitten. Als er dann ein einflußreicher Mann geworden war, hat er kaum mehr daran gedacht, und es hätte ihm nicht einmal etwas ausgemacht, ausgesprochen häßlich zu sein.

Erst hier, als die Schwester ihn wäscht und abtrocknet, kommen ihm wieder die Schamgefühle, die er als junger Mann gehabt hat.

»Ich muß Sie mit Alkohol einreiben. Ich habe mir gedacht, daß Sie vielleicht lieber Kölnisch Wasser haben, und eine kleine Flasche davon mitgebracht.«

Er müßte ihr zu verstehen geben, daß er dankbar ist, aber er kann sich nicht dazu entschließen. Sie kann das nicht verstehen. Die anderen auch nicht. Sie werden annehmen, daß er verbittert ist, oder daß er meint, ihm stünde ohnedies alles zu, weil er die größte Zeitung von Paris nebst zwei Wochenblättern besitzt. Das stimmt nicht. Die Wahrheit ist viel komplizierter und läßt sich nicht erklären.

Außerdem freut er sich durchaus nicht darüber, daß das Bett und das Zimmer auf einmal nach Kölnisch Wasser riechen anstatt nach der etwas dumpfen, aber nicht unangenehmen Ausdünstung von Krankheit und Medikamenten. Es ist fast so, als wollte man ihm etwas vormachen. Ist er froh, daß jemand kommt und ihn rasieren wird? Er ist sich dessen nicht sicher.

»Ruhen Sie sich aus, ich rufe inzwischen den Friseur an, ob er Zeit hat.«

Der Friseur der Unheilbaren, der Gelähmten, der Geisteskranken und der Toten! Es ist heller Tag. Der Nebel lichtet sich, die Sonne wird bald durchbrechen. Zwei Mädchen in blauen Schürzen, die italienisch reden, brechen mit Eimer und Bürste ins Zimmer ein und verrichten, ohne ihn zu beachten und ohne Neugier, ihre tägliche Arbeit.

Als der Friseur schließlich eintrifft, ist das Zimmer sauber, das Wasser in der Vase mit den sechs gelben Nelken erneuert, und durch das Oberlicht oben am Fenster kommt frische Luft. Der Mann ist schon ziemlich alt und schaut selber aus wie ein Unheilbarer. Am Ende ist er sogar einer. Seine gelblichen Finger riechen nach Nikotin, er hat schlechte Zähne, und er arbeitet schweigend und mit beunruhigender Konzentration.

»Die Haare werden wohl nicht geschnitten?«

Mademoiselle schüttelt den Kopf. Er steht da mit seinem kleinen Köfferchen in der Hand und scheint auf etwas zu warten. Sie versteht endlich und nimmt einen Schein aus ihrer Tasche.

Als sie wieder allein sind, erklärt sie:

»Ich habe sein Trinkgeld vergessen. Keine Sorge: Wir regeln die kleinen Abrechnungen später.«

Diese Nichtigkeit macht ihn betroffen: Er ist nicht mehr in der Lage, irgend etwas selbst zu bezahlen, fast ist es so, als hätte er kein Geld. Er hat mehrmals denselben Traum gehabt: Er befand sich in einer fremden Stadt, wühlte in den Taschen und entdeckte, daß er nicht einen Centime bei sich hatte.

Seine Frau ist sicher noch nicht aufgestanden. Ist sie gestern abend ausgewesen? Möglich, daß sie zu Hause geblieben ist, es sieht nicht gut aus, wenn man in ein Restaurant oder ein Nachtlokal geht, wenn der Mann im Krankenhaus liegt. In diesem Fall hat sie zumindest eine Freundin eingeladen, wahrscheinlich mehrere. Sie ist unfähig, auch nur eine Stunde allein zu bleiben. Und auf dem kleinen Tischchen steht ständig die Whiskyflasche mit Gläsern. Sie nimmt sie mit, wenn sie in ihr Zimmer geht, manchmal auch mit ins Badezimmer.

Gestern hat sie ihn gefragt, ziemlich hastig und ziemlich leise, als würde sie sich in etwas einmischen, was sie nichts angeht:

»Möchtest du, daß ich Colette anrufe?«

Sie hat sein Zeichen offenbar verstanden, denn sie hat nicht mehr danach gefragt. Colette ist seine Tochter aus früherer Ehe. Er war damals dreiundzwanzig Jahre alt, so daß sie jetzt dreiunddreißig ist, fünf Jahre älter als ihre Stiefmutter.

Die beiden Frauen sind sich nie begegnet, und das ist

weder Colettes Schuld noch die von Lina. Es ist seine Schuld.

Nach der Scheidung hielt er es für angebracht, das Kind, das erst drei Jahre alt war, in der Obhut seiner Mutter zu lassen. Colette lebte bereits auf dem Land, weit weg von Paris, bei einer alten Verwandten, die ihn haßte. Manchmal ist er hingefahren, um sie zu besuchen, ohne große Freude, denn er wurde nicht freundlich aufgenommen. Es war eine lange Reise dorthin, und er durchlief gerade die schwierigste und wichtigste Phase seiner Karriere ...

Colette hinkt, von Geburt an. Eine Operation ist ergebnislos verlaufen. Sie haben es nacheinander mit den kompliziertesten orthopädischen Apparaturen versucht. Unglücklicherweise ähnelt sie auch noch ihrem Vater, sie ist breitschultrig und hat sein ein wenig formloses Gesicht.

Ein- oder zweimal im Jahr besucht sie ihn in der Zeitung, wenn sie in der Nähe ist, und da sie beide wissen, daß sie sich nichts zu sagen haben, verlaufen diese Besuche eher mühsam als erfreulich.

Sie bittet ihn um nichts und will nichts von ihm annehmen. Sie lebt allein, in Puteaux in einem Arbeiterviertel, und arbeitet in einer Schule für behinderte Kinder, die ein Dr. Libot gegründet hat, eine Art Apostel, in den sie heimlich verliebt zu sein scheint.

Die Karriere ihres Vaters hat sie nie beeindruckt. Auch ihre Mutter, die Schauspielerin ist, sieht sie nur selten. Mit achtzehn Jahren hatte diese die Atelierkurse von Dullin besucht, und nun hat sie ihre ehrgeizigen Pläne verwirklicht.

Colette spielt gern, nach dem Vorbild von Dr. Libot, die Heilige. Er frägt sich trotzdem, ob sie mit ihrem Klumpfuß und ihrem maskulinen Körper nicht ein Gefühl befriedigter Rache hätte, wenn sie ihn zur Unbeweglichkeit und zu kläglichem Schweigen verurteilt sähe.

Hat er unter der Mißbilligung gelitten, die sie ihm immer entgegengebracht hat? Lange hat er geglaubt, es sei so. Lieben nicht gewöhnlich die Eltern ihre Kinder und die Kinder ihre Eltern?

Er hat nicht das Bedürfnis, sie zu sehen. Er hat überhaupt kein Bedürfnis, irgend jemanden zu sehen, nicht einmal Besson, der nur wieder versuchen wird, ihn zu überzeugen, daß alles bestens läuft und daß er bald wieder ein Mann sein wird wie alle anderen.

Dasselbe hat man auch Colette gesagt, als sie noch ein junges Mädchen war. Sie wurde operiert und man versprach ihr, sie würde danach normal gehen können.

Im Gang marschiert mit lautem Getrappel und Stimmengewirr eine Gruppe vorbei.

»Der Professor macht Visite im großen Saal«, erklärt Mademoiselle Blanche.

Audoire geht an der Spitze, etliche Schritt vor den anderen, den Assistenten und den etwa dreißig Studenten, unter ihnen drei bis vier Frauen. Es erinnert an eine religiöse Zeremonie, jedenfalls hat es etwas Feierliches. Wahrscheinlich sitzen die Patienten in ihren Betten, und der kleine Trupp bewegt sich von einem zum anderen.

Vor ein paar Jahren hat ihn Besson, als er in Broussais arbeitete, überredet, an einer solchen Zermonie, die er alle drei Wochen abhielt, teilzunehmen. Die Kranken lagen fast alle im Bett, einige von ihnen lagen im Sterben, Besson, im makellos weißen Kittel, das silbergraue Haar hervorgehoben durch die weiße Mütze, sah noch besser, noch eindrucksvoller aus als bei einem offiziellen Diner.

War es nicht eine grausame Vorführung? Eine gleichgültige Hand schlug eine Bettdecke zurück und entblößte einen fiebernden Körper, Mißbildungen, Schorf, während der Professor mit Kathederstimme seine Beobachtungen darlegte und die Studenten sich Notizen machten.

Die Gruppe bewegte sich langsam von einem Bett zum anderen, gefolgt von den Blicken der Kranken, einige Augen hatten kaum mehr etwas Menschliches, sie drückten nur noch animalische Angst aus. Jeder wartete, bis er an die Reihe kam, spitzte die Ohren und gab sich Mühe, die Bemerkungen des Arztes zu verstehen, die ebensogut hätten lateinisch sein können.

Dennoch war Besson menschlich. Er kannte die meisten seiner Patienten bei ihrem Namen und sprach vertraulich mit ihnen.

»Ah! Da ist mein alter Freund, der mir wieder eine Menge Fragen stellen wird ...«

Manchmal legte er ihnen die Hand auf die Wange oder auf die Schulter, vor allem wenn er wußte, er würde bei der nächsten Visite wahrscheinlich das Bett leer oder von einem anderen Patienten belegt vorfinden.

Es ängstigt Maugras, daß die Gruppe in Weiß gleich

anschließend über sein Zimmer herfallen wird. Seine Augen verraten ihn offenbar, denn Mademoiselle Blanche, die seine Reaktionen aufmerksam beobachtet, beruhigt ihn.

»Sie brauchen nichts zu befürchten. Der Professor geht mit seinen Studenten nie in die Privatzimmer. Er wird höchstens von einem Assistenten begleitet, aber das glaube ich auch nicht.«

Wenn er richtig nachrechnet, ist heute Freitag. Er notiert das in seinem Gedächtnis wie alle Details des Krankenhauslebens. Mit ihm persönlich hat es nichts zu tun, aber es stellt eine Übung für ihn dar.

»Es dauert nicht mehr lang«, sagt die Schwester, die einen Blick in den Gang geworfen hat. »Am Freitag (er hat sich also nicht geirrt!) dauert die Visite nie lang. Die am Dienstag ist die längste.«

Er registriert: Dienstag ...

Sie ordnet ein wenig ihr Haar vor dem Spiegel und streift ihn dabei mit ihrem Kittel, denn der Spiegel hängt über dem Waschbecken links von seinem Bett.

Der Professor kommt allein zu ihm ins Zimmer, und die Studenten im Gang laufen währenddessen herum und lärmen wie Schulkinder, wenn sie aus dem Klassenzimmer kommen. Audoire begrüßt ihn mit einem Kopfnicken, ohne sich um ein Lächeln zu bemühen wie Besson; bereits dieser erste Blick hat etwas ganz und gar Professionelles.

Mademoiselle Blanche reicht ihm die Fieberkurve, und er gibt sie ihr gleich wieder zurück, als könne sie ihm nichts Neues mitteilen, als sei der Verlauf der Krankheit ein für allemal festgelegt. Sein Murmeln ist eher an sich selbst gerichtet als an den Patienten, zu dem er ans Bett kommt:

»Na, dann sehen wir mal ...«

Maugras hat eine Schlafanzugjacke mit den eigenen Initialen an, offenbar hat man sie, ohne daß er es mitbekommen hat, aus dem George V kommen lassen, aber noch immer keine Hose. Audoire holt ein kleines Hämmerchen aus seiner Tasche und klopft seine Knie ab, seine Ellbogen, dann kratzt er mit einem spitzen Instrument an seinen Fußsohlen. Er wiederholt seine kleine Komödie zwei- bis dreimal, mit interessierter Miene.

»Haben Sie ihm Manitol gegeben?«

»Gestern abend um neun Uhr. Heute morgen habe ich erst Ihre Visite abgewartet. Ich wollte Sie auch fragen, ob ich ihm ein bißchen Orangensaft geben kann.«

Er zuckt die Achseln ohne zu antworten, was wohl heißen soll, daß er nichts dagegen hat und daß es in seinen Augen ohne Bedeutung ist.

»Beginnen Sie heute nachmittag mit der Krankengymnastik. Nicht länger als fünf Minuten, dreimal am Tag.«

Er scheint Maugras' Blick auszuweichen, und dieser fragt sich mit einem Mal, ob er vielleicht unbeholfen oder schüchtern ist. Ohne Kittel und Mütze, in einer anderen Umgebung, im Omnibus zum Beispiel oder in der Metro, sieht er vermutlich wie ein gewöhnlicher kleiner, unscheinbarer Beamter aus.

Mit der Krankheit steht er auf vertrautem Fuß. Dem Kranken gegenüber fühlt er sich jedoch unbehaglich, er entzieht sich. Ein scherzhafter Gedanke kommt Maugras in den Sinn, über den er sich insgeheim amüsiert: Wäre nicht für bestimmte Mediziner der Wunschtraum die Krankheit ohne Kranken?

»Hat er zu sprechen versucht?«

»Nicht, seitdem ich im Dienst bin.«

»Sagen Sie ein paar Silben ...«

Nun ist Maugras von Angst gepackt, wie Bessons Patienten bei der Visite in Broussais. Eben erst hat er mit diesem Gedanken gespielt, und jetzt bedeckt sich seine Stirn mit Schweiß. Er zögert, öffnet dann den Mund.

»Aaaaa ...«

Es ist bereits nicht mehr das seltsame Miauen von heute morgen, obwohl er den Klang seiner Stimme nicht wiedererkennt.

»Haben Sie keine Angst. Sagen Sie etwas, irgend etwas ...«

Das erstbeste Wort, das ihm in den Sinn kommt, ist Monsieur.

»Mon ...«

Audoire ermutigt ihn mit einem Kopfnicken.

Das Wort ist fast normal herausgekommen.

»Mon-sieur ...«

»Na, sehen Sie! Sie müssen üben, auch wenn es anfangs wenig ermutigend ist. Sie müssen auch Ihre linke Hand benutzen. Sie sind nicht Linkshänder? Ist auch nicht so wichtig. Sie werden sich schnell daran gewöhnen ... Mademoiselle, geben Sie ihm einen Schreibstift und Papier. Achten Sie aber darauf, daß er sich nicht überanstrengt.«

Er steht vom Bettrand auf, wo er gesessen hat, und geht zur Tür. Während er sie öffnet, dreht er sich noch einmal um und scheint überrascht, einem fast feindlichen Blick zu begegnen.

»Ich komme heute abend nochmal vorbei«, sagt er schnell noch.

Auch Mademoiselle Blanche ist verwundert. Und niedergeschlagen. Es ist etwas geschehen, was ihr Verständnis übersteigt, etwas, für das sie keine Erklärung hat, und sie hat einige Mühe, ihr Lächeln wiederzufinden und ihre zwanglosen Gesten.

Auch ihr kommt es so vor, als sei Maugras ohne erkennbaren Grund von einer Minute zur anderen feindselig geworden.

Wie soll er ihnen erklären, daß sie ihm lästig sind, daß er sich mit seinem Zustand abgefunden hat, daß er keine Ermutigungen braucht, daß das, was geschehen ist, hatte so kommen müssen, daß er es akzeptiert, daß er erleichtert ist, daß es eingetroffen ist?

Wozu also soll es gut sein, ihn in seinen eigenen Augen lächerlich zu machen, ihn stammeln zu lassen:

»Mon-sieur . . .«

Alles was sie erreicht haben, ist, daß ihm nach Heulen zumute ist.

Aber er wird nicht heulen, nicht, solange die Schwester im Zimmer ist, noch solange irgendwer anderer im Zimmer ist. Er zieht es vor, reglos an die Decke zu starren.

3

Man gönnt ihm keine Ruhepause, und darüber ist er ungehalten, denn ihm ist klar, daß es absichtlich geschieht, daß es zur Behandlung gehört. Ist es hier nicht ein wenig wie in den Kurorten, wie in Vichy, in Aix-les-Bains oder anderen? Menschen, sonst, was ihre Unabhängigkeit betrifft, sehr empfindlich, lassen es sich gefallen, daß man ihre Zeiteinteilung regelt, es werden kindische Maßnahmen getroffen, die verhindern sollen, daß sie sich langweilen, angefangen von dem Heilwasser, das sie an Buden genau abgemessen aus Gläsern trinken müssen, bis zur sanften Musik in den Empfangshallen, den Bridge-Runden und anderen Wettbewerbsveranstaltungen und dem fast unvermeidlichen Casino.

Bei ihm versuchen sie zu verhindern, daß er nachdenkt. Sobald er ruhig, mit halb geschlossenen Augenlidern in seinem Bett liegt und seinen Gedanken oder Erinnerungen nachhängen will, schaut Mademoiselle mit einer Neigung des Kopfes, die ihm allmählich vertraut ist, auf die Uhr, und er hat eine Spritze zu bekommen oder muß die Lage wechseln, oder sie bringt ihm gegen Mittag den Orangensaft.

Er hat sich gefragt, was sie machen würde, wenn seine Kiefer und seine Kehle genausowenig reagieren würden wie sein Arm und sein Bein.

Lächelnd, offenkundig sicher, es werde ihn amüsieren, hat sie ihm eine komische Tasse mit einem Porzellanrohr gebracht.

»Die Schnabeltasse! Sie werden sehen, es ist sehr praktisch. Und ab morgen werden Sie Püree mit dem Löffel essen ...«

Immer dieser muntere Tonfall, auf den er zu seinem Ärger mit Verstocktheit und Gereiztheit reagiert. Es ist ihm gelungen, fast den ganzen Orangensaft lustlos hinunterzuschlucken.

Dann hat sie an dem Griff gedreht, mit dem man die obere Hälfte seines Bettes anheben kann. Ein anderer ist für den unteren Teil. Von Zeit zu Zeit wird seine Lage verändert. Jetzt sitzt er beinahe, und zum ersten Mal hat er keine Urinflasche mehr zwischen den Beinen; nur eine Gummifolie liegt noch unter dem Leintuch, wie bei einem Baby.

Die Sonne scheint, wie im Frühling. Die Luft, die in feinen Schlieren durch das gerippte Oberlicht kommt, wird lau und riecht nach Benzin, vom Verkehr auf der Nationalstraße 7 her.

In der neuen Lage blickt er nicht nur auf das Dach und die Mansardenfenster des rechten Flügels, sondern auch auf die hochgelegenen Fenster des ersten Stockwerks, die ohne Vorhänge sind. Er erkennt das Weiß der in einer Reihe stehenden Betten, die Schatten, die sich langsam umherbewegen wie vor seiner Tür auf dem Gang, ab und zu eine Krankenschwester, deren flinke Bewegungen in Kontrast dazu stehen. Männer sitzen mit erstaunlicher Reglosigkeit auf Stühlen. Einige rauchen wortlos Pfeife und blicken starr vor sich hin.

Sind es auch Patienten, die einen Schlaganfall hatten? Oder ist im rechten Flügel die psychiatrische Abteilung? Später wird er dahinterkommen. Er hat Zeit. Das Fenster, das dem Hauptgebäude, in dem er sich befindet, am nächsten liegt, ist als einziges offen, dahinter sitzt ein Assistenzarzt vor einem hellen Schreibtisch und redet mit einer Krankenschwester oder einer Studentin, die ab und zu in Lachen ausbricht und über dem Hof ihre Zigarette abschnippt.

Die Rollwagen mit den riesigen Töpfen sind im Gang vorbeigekommen, und Mademoiselle Blanche hat zu ihm gesagt:

»Ich lasse Sie einen Augenblick allein, es ist Essenszeit. Sie brauchen sich nicht zu ängstigen, ich bin nicht weit.«

Sie hat ihm in die linke Hand, die fast normal funktioniert, eine kleine Klingel gegeben.

»Wenn Sie irgend etwas brauchen, drücken Sie ruhig auf den Knopf.«

Nun ist er allein. Es drängt ihn gar nicht so sehr danach, so ganz allein zu sein. Heute morgen beim Aufwachen zum Beispiel hat er eine unbestimmte Angst empfunden, bevor er Josefa entdeckte, die neben seinem Bett auf dem Klappbett lag. Und es ist ihm nicht unangenehm, daß untertags Mademoiselle Blanche am Fenster sitzt oder im Zimmer hin- und hergeht.

Vielleicht ist es ihnen bestimmt, lange Zeit so zusammen zu sein, von außen abgeschirmt, in einer Vertrautheit, die Mann und Frau nicht immer kennen. Er blickt gern in ihr junges und heiteres Gesicht, es gefällt ihm, daß sie hübsch und kokett ist.

Eine Qual wäre es für ihn gewesen, mit einer älteren Frau wie der Stationsschwester allein zu sein oder mit einer, wie er sie draußen vorbeigehen sieht, Frauen, die den Eindruck machen, als müßten sie eine unerfreuliche Pflicht erfüllen oder hart ihr Leben verdienen. Er verdankt die Auswahl von Mademoiselle Blanche seinem Freund Besson, und es besteht kein Zweifel, daß diese Wahl Teil der Behandlung ist.

Eben das ist es aber, was ihn stört und sein Vergnügen beeinträchtigt. Man will an seiner Stelle denken. Oder vielmehr stellt man sich vor, daß er dieses oder jenes denkt, weil es als ausgemacht gilt, daß einer, der einen Schlaganfall hatte, am so- und sovielten Tag jenes Stadium durchmacht, sich in diesem oder jenem Seelenzustand befindet.

Er weiß mit Bestimmtheit, daß angeordnet wurde:

»Überlassen Sie ihn vor allem nicht seinen Gedanken.«

Sie nehmen an, daß er nicht mehr leben möchte, aber das ist nur die halbe Wahrheit. Das Sterben beschäftigt ihn nicht. Der Tod, so wie er sich ihm darstellt, hat eher etwas Hassenswertes. Vor allem der Geruch des Todes. Und das, was man Leichenwäsche nennt. Der Zerfall. Der Gedanke, anderen diese Widerwärtigkeiten zuzumuten, peinigt ihn. Und schließlich, das gibt er gerne zu, ist da der Sarg. Er weiß sehr wohl, daß er dann nichts mehr spürt, trotzdem leidet er schon jetzt unter Klaustrophobie.

Sobald er wieder sprechen kann, falls er eines Tages die Sprache wiederfindet, oder sobald er gelernt hat, mit der linken Hand zu schreiben, muß er seinen Willen kundtun, daß er eingeäschert wird. Er möchte auch nicht, daß man ihn mit Blumen umstellt, sie strömen einen unheilvollen Geruch aus in einem Totenzimmer. Keine Kerzen, keine Trauerbehänge, keinen Buchsbaumzweig, den man in Weihwasser taucht.

Das Ideale wäre, wenn ihn, nachdem er seinen letzten Seufzer getan hat, irgendwelche anonymen Beamten ins Krematorium bringen, ohne daß die Menschen, die ihn gekannt haben, ihn noch einmal sehen.

Den Tod akzeptiert er, nicht aber das ganze Drumherum. Es macht ihm wenig aus, ob das Ende in ein paar Stunden kommt, also am vierten oder fünften Tag wie bei Félix Artaud, oder in ein paar Jahren wie im Fall von Jublin.

Er sieht ihm gefaßt entgegen, ohne Schrecken und ohne Gemütsbewegung. Ist es das, was sie verhindern möchten? Denken sie weiter, und kennt ihn Audoire, der ihm kaum ins Gesicht sieht, besser, als es den Anschein hat?

Das wäre sehr wichtig. Wichtig für ihn, nicht für die anderen. Für die anderen, für die Ärzte, das Personal von Bicêtre, für die Freunde im Grand Véfour, die Mitarbeiter in der Zeitung, ist das Ganze lediglich ein Unfall. Die Ärzte werden sagen:

»Da war nichts mehr zu machen.«

Die beiden Italienerinnen werden das Zimmer für einen anderen Patienten des Professors herrichten, der vielleicht schon darauf wartet. Die Freunde werden vor sich hinmurmeln:

»Der Arme!«

Und sie werden hinzufügen, wie er es bei derlei Gelegenheiten auch getan hat:

»Wie alt war er eigentlich?«

Diejenigen, die unter vierzig sind, werden es letztlich ziemlich normal finden, daß er mit vierundfünfzig abtritt. Die Älteren werden eine kleine Unruhe verspüren, die sich bald wieder verflüchtigt.

Lina wird vollkommen niedergeschlagen sein, sie wird zur Whiskyflasche greifen, und wie so oft wird man den Arzt vom George V rufen, der wird ihr eine Spritze geben und sie in einen langen Schlaf versenken.

Sie wird sich damit abfinden. Er ist nicht unentbehrlich. Er fragt sich, ob er nicht eher ein Unglück für sie war und ob sie nicht vielleicht glücklicher, ausgeglichener sein wird, wenn sie Witwe ist.

Eine einzige von den drei Frauen, die in seinem Leben eine Rolle gespielt haben, hat sich ohne Schaden zu nehmen wieder von ihm zurückgezogen, Hélène Portal, eine Journalistin, die noch immer für ihn arbeitet. Sie hat ihn nicht heiraten wollen.

Sie war darauf bedacht, sich ihre eigene Persönlichkeit zu bewahren, sie hat nie darauf eingehen wollen, ganz mit ihm zusammenzuleben, und jeder von ihnen beiden behielt all die Jahre über seine eigene Wohnung und seinen Freundeskreis.

Das ist es, was er braucht: in Ruhe nachdenken, ohne daß ihn ständig jemand beobachtet, ohne daß jemand sich beeilt, ihn aus seinem inneren Monolog zu holen. Er betreibt keine Gewissenserforschung, er versucht auch nicht, eine Bilanz zu ziehen. Bisweilen ist es, als würde er auf gut Glück in einem Bilderbuch blättern, ohne sich um die zeitliche Abfolge zu kümmern.

Heute morgen, kurz vor dem Orangensaft und der Schnabeltasse, hat er sich als Siebzehnjährigen auf dem Quai Bérigny in Fécamp gesehen. Er hatte sich eben einen Schnurrbart wachsen lassen, den er dann nur ein paar Wochen behielt.

Es war Herbst, Ende Oktober oder Anfang November, denn die Neufundlandfischer begannen zurückzukehren, die meisten noch mit dem Segelschiff.

Er trug einen grauen Überzieher mit rötlichen Tupfen. Das Leinen war von schlechter Qualität, er hatte ihn von der Stange gekauft, aber das hinderte ihn nicht daran, einigermaßen stolz auf ihn zu sein.

Der Himmel war schwer verhangen von Regen, wie es dort häufig vorkam, das Wasser des Hafenbeckens war fast schwarz. Den Quai entlang standen Wagen, es wurde Kabeljau verladen, dessen Geruch die ganze Stadt durchzog.

Die Matrosen waren morgens an Land gegangen und hatten sich am Arm ihrer Frauen entfernt, die sie am Ende der Mole erwarteten und Tücher schwenkten, als das Schiff durch die Fahrrinne einfuhr.

Nicht alle hatten Frau und Kinder. Viele hatten Monate auf den Neufundlandbänken verbracht, sie saßen jetzt in den Hafencafés und tranken Kaffee mit Schnaps oder Rum.

Warum dieses Bild und kein anderes? Es war so eintönig und nichtssagend wie eine billige Postkarte und hatte auch deren schonungslose Deutlichkeit. Er hat jede einzelne Häuserfassade vor Augen, die über die Läden und Restaurants gemalten Namen, das Haus, das alle anderen überragte und in dem die Büros von Monsieur Firmin Remage lagen, dem Reeder, für den sein Vater arbeitete.

Er ließ seine Gedanken spielen, um die Jahreszahl herauszufinden – 1923! Fünf Jahre zuvor war der Krieg zu Ende gewesen, zehn Jahre zuvor war seine Mutter gestorben, und eineinhalb Jahre zuvor hatte er das Gymnasium Guy-de-Maupassant verlassen und war bei Maître Raguet eingetreten, dem Notar in der Rue Saint-Etienne.

Seit einigen Monaten war er zudem Korrespondent des »Phare du Havre« in Fécamp, und er hatte einen Presseausweis in der Tasche mit seinem Foto, der ihm einen gewissen Stolz einflößte.

Sein Vater stand an jenem Morgen zwischen den Wagen und dem Schoner, der mit der Flut gekommen war, der »Sainte-Thérèse«, dieser Name fiel ihm wieder ein. Alle Schiffe von Monsieur Remage trugen den Namen eines Heiligen. Mit einem dunkelblauen Stift in der Hand zählte sein Vater die Kabeljaubündel, die in die Waggons verladen wurden.

Wenn auch er sich am Quai aufhielt, anstatt in der Anwaltskanzlei zu sitzen, so deshalb, weil sich an Bord während der Fahrt auf offener See ein Unfall ereignet hatte. Ein Mann war unter unerklärlichen Umständen verschwunden, und die Polizei stellte an Bord Nachforschungen an.

Er erinnert sich an alles, an die Masten und die Rahen, an die schwarzen, nebeneinander vertäuten Motortrawler. Er glaubt die Hammerschläge auf den hölzernen Rumpf eines im Bau befindlichen Bootes am Quai de la Marne zu hören.

Sein Vater trug einen dunkelblonden Schnurrbart. Er hatte den sanften und ernsten Gesichtsausdruck eines Mannes, der seine Aufgabe ernst nimmt. Wenn er im schmierigen Schmutz des Quais herumwatete, trug er gewachste Holzschuhe.

Er war keiner von Monsieur Remages Mitarbeitern, die etwas zu sagen hatten, er war nur ein sehr bescheidenes Rädchen im Getriebe, ein sogenannter Kanzleischreiber, und er verdiente weniger als die Matrosen.

René wartete an einer Ankerbeting, bis der Kommissar mit der Befragung des Schiffskapitäns fertig war, um ihm seinerseits Fragen zu stellen.

Er war jung. Abgesehen von einer Blinddarmentzündung war er noch nie krank gewesen.

An diesem Morgen jedoch, genau an diesem Morgen, überfiel ihn mit einem Mal eine Niedergeschlagenheit, die ihm völlig ausweglos erschien. Er blickte auf die kleine graue Stadt, die Reklameschilder, die Schoner und die Trawler, die er schon seit seiner Kindheit in den Hafenbecken sah, auf die Werft auf der anderen Seite der Schleuse, auf das Meer in der Ferne, das sich gleichmütig hob und senkte, und schließlich auf seinen Vater, der seine Unterwürfigkeit oder seine Mittelmäßigkeit mit stillem Einverständnis trug, und von einer Sekunde zur anderen ging ihm die Sinnlosigkeit von allem auf.

Eine sinnentleerte Welt umgab ihn, er hatte den Eindruck, daß er nicht mehr zu ihr gehörte, daß er vielleicht nie zu ihr gehört hatte. Er betrachtete sie nicht mehr von der Mitte aus, sondern von außen, als Fremder.

»Wozu das alles?«

Nach all den vielen Jahren, die vergangen waren, wußte er genau, daß er sich diese Frage gestellt hatte, mit eben diesen Worten. Wozu das alles? Wozu hatte er sich damit abgemüht, Dinge zu lernen, mit denen er nichts anfangen konnte, weil er das Gymnasium vor dem Abitur verlassen mußte? Wozu die trostlosen Stunden, die er bei Maître Raguet verbrachte, der nur trockene und verächtliche Worte für ihn hatte? Wozu schickte er Artikel an den »Phare du Havre«, von denen kaum ein Viertel veröffentlicht wurde, mit dem wiederholten Vermerk: »Kürzer! Lernen Sie, kurze Artikel zu schreiben!«

Wozu leben?

Noch des öfteren hatte er seitdem diese Leere verspürt, vor allem dann, wenn er sich kräftemäßig am meisten verausgabt hatte und sein Erfolg am offenkundigsten war.

Wozu leben? Wozu traf er an jedem ersten Dienstag im Monat im Grand Véfour ein Dutzend Leute, die er seine Freunde nannte und die ihm nichts bedeuteten?

Jeden Monat stellte einer von ihnen das Menu zusammen und beglich die Rechnung. Außer Dora Ziffer, der einzigen Frau in der Gruppe, die nur durch reinen Zufall dazugestoßen war, befanden sich alle in gehobenen Positionen und verfügten über reichlich finanzielle Mittel. Sie hatten sich im Verlauf ihrer Karriere kennengelernt, einige zu Anfang ihrer Laufbahn.

Wenn sie sich auf diese Weise versammelten, taten

sie es nicht, um sich ihrer selbst zu versichern, um jeden Monat die hinter sich gebrachte Strecke auszumessen? Stellte nicht jeder insgeheim Vergleiche zwischen sich und seinen Kollegen an? Es hatte sich ja geradezu ein Wettstreit ergeben: Wer würde das seltenste und kostspieligste Essen anbieten!

In der gepflegten Atmosphäre des Salons im Hochparterre überhäuften sie sich unter Schultergeklopfe und Umarmungen mit Komplimenten.

»Na, mein Lieber? Wie geht es Yolande? Und was macht dein Stück?«

Oder dein Roman. Oder deine Geschäfte. Oder auch das im Bau befindliche Landhaus, die Villa in Cannes, in Saint Tropez. Drei von ihnen gab es bereits nicht mehr. Und die Reihen würden sich weiterhin mit zunehmender Schnelligkeit lichten, denn sie erreichten alle das kritische Alter, und während der geräuschvollen Diners, bei denen alle fröhlich waren und mitunter kindische Witze machten, beobachteten sie sich gegenseitig und dachten dabei:

»Der ist ja ganz schön gealtert. Lang macht der's nicht mehr ...«

War jetzt er an der Reihe, einen leeren Platz bei Tisch zu hinterlassen?

»Er hat sich überarbeitet. Er hat die Kerze an beiden Enden angezündet ...«

»In der letzten Zeit war es, als würde er sich mit dem Leben beeilen, als wäre er von einem Vorgefühl getrieben ...«

Besson würde unweigerlich eine ärztliche Erklärung liefern:

»Sein Blutdruck war schon stark überhöht. Ich habe ihn gewarnt. Ich habe ihm dringend nahegelegt, sich die Zeitung nicht allzusehr zu Herzen zu nehmen ...«

»Was wird jetzt aus Lina?«

Sie würden verständnisinnige Blicke tauschen. Alle wußten, daß Lina unglücklich war und daß ihre Art zu trinken einem langsamen Selbstmord gleichkam.

Würden sie sich über Lina unterhalten?

»Glaubst du, daß er sie geliebt hat?«

»Er hat jedenfalls für sie getan, was er konnte.«

»Ich frage mich, ob sie überhaupt jemals ein vollkommen ausgeglichener Mensch war.«

»Sie ist ein tapferes Mädchen.«

»Er hat versucht, etwas aus ihr zu machen, wie er es früher bei Marcelle versucht hat.«

»Ja, übrigens, was macht Marcelle eigentlich?«

»Sie ist auf Tournée. Man möchte glauben, sie wird nie älter.«

»Sie kann nicht viel älter sein als fünfundvierzig.«

»Dreiundfünfzig. Sie ist zwei Jahre jünger als er. Ich erinnere mich noch daran, wie ihr Kind geboren wurde. Sie waren sehr arm, und weil sie keine Wiege hatten, schlief das Baby in einer Kommodenschublade.«

»Es war ein Mädchen, nicht?«

»Sie ist behindert auf die Welt gekommen.«

»Ja, er sprach nur ungern darüber.«

Das Gespräch würde nicht lange so weitergehen. Sie würden bald das Thema wechseln, um über die Weine zu diskutieren, über das Gericht, das eben serviert wurde, über das Stück von Julien Marel oder über das letzte Plädoyer von Clabaud, über die nächsten

Wahlen in der Académie Française, oder es würde, nach den drei Büchern, die Besson d'Argoulet über Flaubert, Zola und Maupassant geschrieben hatte, die Rede davon sein, ob man ihn nicht aufnehmen sollte, nachdem er bereits Mitglied der medizinischen Akademie war.

War es wirklich der Mühe wert, sich die Bürde des Lebens aufzuhalsen? Wofür leben? Für die Zeitung, für zwei Wochenblätter, die dem schlechtesten Geschmack des Publikums schmeichelten, für den Radiosender, dessen Verwaltungsrat er vorstand?

Für die Sonntage in Arneville, die, obwohl weniger intim, den Diners im Grand Véfour ähnelten, nur daß dort mehr über Politik und Finanzen gesprochen wurde?

Für sein Appartement im George v, das trotz des ganzen Luxus so unpersönlich war wie ein Bahnhof oder ein Flughafen?

Er benutzt weiterhin die Zeit, die ihn Mademoiselle Blanche allein läßt, dazu, in seinem Bilderbuch zu blättern, und wieder stößt er auf die Seite mit dem Bild von Fécamp und dem Hafen, dem Morgen der Ankunft der »Sainte-Thérèse«, eine Seite in schwarzweiß oder vielmehr in schwarzgrau. Es gibt auch farbenfrohe Seiten, aber heute drängt sich ihm diejenige des Quai Bérigny auf, vielleicht, weil sie die bezeichnendste und weil sie über all die Jahre hinweg am engsten mit seinem jetzigen Leben verbunden ist.

Sein Leben? Würden ihm seine Mundmuskeln besser gehorchen, er würde fast lächeln. Nicht unbedingt ironisch! Eher ein wenig gerührt über den jungen

Mann im rauhen Überzieher, der sich den Schnurrbart wachsen ließ, um seriöser auszusehen.

Er hat die Szene ganz dicht vor sich. Die Zeit seither ist schnell vergangen, und er würde gern ein Inventar dessen aufstellen, was davon geblieben ist.

Im großen Krankensaal wird gegessen. Seltsam, niemand spricht, man hört nur, wie die Löffel oder Gabeln auf den Tellern scharren.

Vermutlich unterhalten sich die Krankenschwestern im Schwesternzimmer, vielleicht reden sie über ihre Patienten, und da er ein bekannter Mann ist, das, was man in Paris eine Persönlichkeit nennt, ist es sehr wahrscheinlich, daß sie Mademoiselle Blanche ausfragen.

Beklagt sie sich darüber, daß er keinen guten Willen und keine Dankbarkeit zeigt? Gibt sie intime Einzelheiten über ihn zum besten, etwa über seinen Körper, oder über sein Verhalten?

Wozu? fragt er sich, wie er es sich schon auf dem Quai in Fécamp gefragt hatte.

Trotz allem fühlt er sich wohl unter seiner Bettdecke. Soeben hat ein Sonnenstrahl eine Ecke des Zimmers erreicht, und aus der oberen Fensteröffnung kommen zitternde Luftschwaden.

Tja, nun ist es wieder vorbei! Er erkennt ihren Schritt. Sie bleibt einen Moment stehen, vielleicht, um sich eine Zigarette anzuzünden, vielleicht auch, um ihrem Gesicht den fröhlichen Ausdruck zu verleihen, der zur Behandlung gehört.

Im Hereinkommen sagt sie scherzend:

»Habe ich Ihnen gefehlt? Hätten Sie etwas gebraucht?«

Ohne sich nach seiner Meinung zu erkundigen, zieht sie das Tuch von der Urinflasche, mit dem sie bedeckt ist, hebt das Bettuch hoch und schiebt das Gefäß zwischen seine Beine. Nicht einmal mehr darüber kann er bestimmen!

Die ersten Bewegungsübungen, die ihm Professor Audoire verordnet hat, enttäuschen ihn. Nicht, daß er ein Wunder erwartet hätte, eine großartige Therapiemethode, aber es wird tatsächlich nur sein gelähmter Arm ein paar Zentimeter hochgehoben und wieder aufs Bett zurückgelegt, dann der Unterarm, dann die Hand, und schließlich auch sein steifes Bein. Bevor es anfing, haben seine Augen unwillkürlich seine Furcht verraten, die kreatürliche Furcht vor allem, was unbekannt ist, und Mademoiselle Blanche hat ihn beruhigt:

»Keine Angst, ich verspreche Ihnen, daß es nicht weh tut.«

Sie hat sich auf den Bettrand gesetzt und beschäftigt sich mit seinem rechten Bein; dabei liegt sein Geschlecht frei, und das ist ihm um so peinlicher, als er, ohne jeden Anflug einer erotischen Vorstellung, wahrscheinlich aus gewissermaßen mechanischen Gründen, eine halbe Erektion bekommt. Sie scheint es nicht zu bemerken, und wie ein Gymnastiklehrer zählt sie die Bewegungen:

». . . fünf . . . sechs . . . sieben . . . acht . . .«

Bei zwölf hört sie auf. Dann zieht sie die Bettdecke wieder zurecht.

»Genug für heute. Hat es Sie ermüdet?«

Er macht ein verneinendes Zeichen.

»Soll ich Ihnen Papier und einen Schreibstift bringen?«

Er erklärt sich folgsam einverstanden, ohne Begeisterung, ohne Freude. Er wird tun, was man ihm sagt, jedoch ohne Überzeugung. Wenn sie nur aufhören wollten, ihn wie ein Kind zu behandeln! Sie fängt bereits wieder damit an, übertrieben heiter, und er beobachtet sie gespannt.

»Wir werden eine kleine Unterhaltung zusammen führen. Ich stelle Fragen, und Sie antworten mir schriftlich. Sie werden sehen, man gewöhnt sich sehr schnell daran, mit der linken Hand zu schreiben.«

Sie legt einen Notizblock auf das Bett und gibt ihm einen Bleistift.

»Seit gestern kommen im Büro ununterbrochen Blumen für Sie an. Ich wollte sie nicht heraufbringen lassen, bevor ich nicht mit Ihnen gesprochen habe. Manche Patienten mögen Blumen im Zimmer, manche nicht. Es sind sehr viele Blumen, ein kleines Vermögen. Was meinen Sie dazu?«

Der erste Strich ist unbeholfen, zittrig, der zweite ist schon kräftiger, und es gelingt ihm, in Großbuchstaben zu schreiben: NEIN.

»Möchten Sie, daß ich Ihnen die Karten bringe, die bei den Blumen sind?«

Er ist nicht neugierig darauf zu wissen, wer sie geschickt hat. Seit gestern hat er nicht ein einziges Mal die sechs gelben Nelken seiner Frau angesehen. Nachdem Mademoiselle Blanche darauf besteht und sich nicht mit einer Kopfbewegung zufriedengibt, schreibt er noch einmal dasselbe Wort aufs Papier.

»Was soll ich mit den Karten machen? Soll ich sie Ihnen für später aufheben?«

Er zögert, beginnt ein I zu schreiben, aber er ist zu faul, um einen ganzen Satz zu bilden, streicht das I wieder aus und faßt die Aussage in einem einzigen Wort zusammen: EGAL.

Das soll heißen:

»Ist mir egal!«

Sie runzelt ein wenig die Stirn, dann lacht sie.

»Sie sind ein eigenartiger Mensch. Man weiß nicht, was man mit Ihnen machen soll. Sind Sie immer so?«

Beunruhigt hört er draußen auf der Treppe dasselbe Getrappel wie bei der Schichtablösung um halb sieben Uhr morgens. Diesmal sind die Schritte von lauten Stimmen begleitet, und in seiner instinktiven Angst wird ihm plötzlich die Panik eines Hundes an der Kette begreiflich. Er dachte, die Krankenhausroutine sei ihm bekannt, und der unerwartete Lärm verunsichert ihn.

»Es ist nur Besuchszeit«, erklärt sie ihm. »Die Patienten können jeden Nachmittag um zwei Uhr ihre Familie und ihre Freunde empfangen.«

Männer, Frauen und Kinder kommen von draußen herein, ihre Stimmen und ihr Benehmen sind von draußen, sie überfallen das Stockwerk, laufen an seiner Tür vorbei, verteilen sich im großen Krankensaal. Zwei Stunden lang wird er sie hören und sie in Begleitung ihrer kranken Angehörigen im Gang herumwandeln sehen.

»Machen wir mit unserem kleinen Spiel weiter. Sehn wir mal! Welche Frage könnte ich Ihnen denn noch stellen? Es sei denn, daß Sie mir eine stellen wollen ...«

Nein! Diesmal schreibt er es nicht, er begnügt sich mit einem Kopfschütteln. In jedem Falle wären die Fragen, die er ihr gern stellen würde, zu schwierig. Sie würde denken, daß er sich besonders für sie interessierte, und das entspricht nicht den Tatsachen. Ihre Antworten würden ihn nur in dem Maße interessieren, als es Antworten auf Fragen sind, die er sich selbst stellt.

Zum Beispiel hat er sich, während sie auf seinem Bett saß, um die Übungen mit ihm zu machen, gefragt, warum sie sich dafür entschieden hat, ihr Leben unter Kranken zu verbringen.

Er ist selten jungen Frauen von solcher Frische, Ausgeglichenheit und Lebensfreude begegnet. Sie macht einen seelisch und körperlich sauberen Eindruck. Alles an ihr ist rein und gesund.

Sie muß ungefähr zwanzig Jahre alt sein. Das ist das mittlere Alter der jungen Mädchen, die in der Zeitung arbeiten, und er schätzt den Unterschied ab, der zwischen ihnen und ihr besteht.

Auch die reizvollsten Mädchen dort sehen aus, als wären sie von etwas gezeichnet, sie entbehren der Spontaneität, es ist, als hätten sie einen fremden Rhythmus übernommen, anstatt dem eigenen zu folgen. Sie bewegen sich nicht in ihrem Element. Sie leben wie im Fieber, überreizt, in einer künstlichen Atmosphäre.

Warum, auf Grund welcher Umstände hat sich Mademoiselle Blanche für ihren Beruf entschieden?

Bei seiner Tochter Colette versteht er es. Bei ihr nicht. Er überlegt sich, wie sie wirklich ist, wohin sie geht, wenn sie um halb sieben Uhr abends Bicêtre in dem kleinen Auto verläßt, das sie seiner Vorstellung nach hat.

Sie trägt keinen Ehering. Hat sie einen Verlobten, einen Liebhaber? Lebt sie bei ihren Eltern oder allein in einer Wohnung, um die sie sich nach der Arbeit kümmert?

Geht sie ins Kino, zum Tanzen? Trifft sie sich mit Freunden und Freundinnen?

Während sie Bleistift und Papier wegräumt, steigt die Erinnerung an eine bizarre Begebenheit in ihm auf. Vor zwei Jahren hatte es in der Zeitung eine junge Stenotypistin gegeben mit einem langen, schmalen Gesicht, zugleich geheimnisvoll und banal, wie man es an den kitschigen Gipsmadonnen im Stil von Saint Sulpice sehen kann.

Sie hatte den lachhaften Vornamen Zulma, und ihre Kolleginnen im Büro, zu denen sie kaum Beziehungen hatte, betitelten sie mit Madonna und ersparten ihr keine Stichelei.

Maugras kannte sie nur flüchtig, er hatte ihr einmal ein paar Briefe diktiert, als seine Sekretärin nicht da war. Er hat sie neugierig angesehen, so wie er jetzt die Krankenschwester ansieht, und dann wieder vergessen.

Damals war es in den Kabaretts am Montmartre üblich, zwei- oder dreimal pro Woche einen Striptease-Abend für Nichtprofessionelle zu veranstalten. Nach einer Premiere hatten ihn Freunde in eins dieser

Kabaretts mitgeschleppt, und die junge Frau, die als dritte hereinkam und sich auszuziehen begann, war niemand anderes als Zulma, die Madonna aus der Zeitung, im klassischen Schneiderkostüm, mit bleichem Gesicht, die hellblauen Augen ins Leerc gerichtet.

Er hat sich in den Schatten zurückgelehnt, um sie nicht zu verunsichern. Die Vorsichtsmaßnahme war überflüssig, denn sie sah überhaupt nichts, sie war ganz mit Ausziehen beschäftigt, mit dem immer weiteren Bloßlegen ihres bleichen Körpers.

Die vorherigen Nummern hatten Gelächter ausgelöst. Bei Zulma herrschte Schweigen, Nervosität breitete sich aus im Saal, Angst beinahe, als hätte jeder das Gefühl, daß es schlimm enden könnte.

Ihre Bewegungen waren linkisch, abgehackt. An ihren leeren Pupillen, dem Nichtvorhandensein jeglichen Gesichtsausdrucks war zu erahnen, daß sie eine Art Ritual, ja geradezu Exorzismus für sich allein vollführte.

Maugras war nicht bekannt, ob man den Mädchen, bevor man sie auf die Bühne ließ, bestimmte Accessoires zur Verfügung stellte. Immer wenn die letzten Kleidungsstücke fielen, erschien unten am Bauch ein Dreieck aus Silberpailletten, das an Fischschuppen erinnerte, und ein Stern, ebenfalls silbrig, zitterte auf den Spitzen der Brüste.

Zulma arbeitete noch einen Monat in der Zeitung, dann kündigte sie. Niemand wußte später zu sagen, was aus ihr geworden war.

Warum fällt ihm Zulma ein, die mit Mademoiselle Blanche überhaupt nichts gemein hat? Der Mund der

Krankenschwester gefällt ihm, ihre vorgewölbte Unterlippe, die Rundung ihrer Wangen und ihres Nakkens.

Er begehrt sie nicht. Wenn er in seinem Zustand imstande wäre, eine Frau zu begehren, würde er sich für Josefa entscheiden. Sie würde sich lachend wehren, bevor sie die Schenkel öffnete.

Was wäre geschehen, wenn er vor sieben oder acht Jahren statt Lina Mademoiselle Blanche begegnet wäre? Hätte er ihr im normalen Leben Beachtung geschenkt? Er stellt sich diese Frage, ohne unbedingt nach einer Antwort zu suchen.

Im Flur läutet das Telefon. Jemand hebt ab. Dann erscheint ein Frauenkopf im Türrahmen.

»Es ist für Sie«, wird der Schwester mitgeteilt.

Er folgt ihr mit den Augen, nachdenklich und mißvergnügt, daß er schon wieder aus seiner Zurückgezogenheit gerissen wird. Sie kommt gleich darauf wieder zurück.

»Madame Maugras ist am Apparat und fragt, ob es Ihnen Freude machen würde, wenn sie Sie heute nachmittag besuchen käme ...«

Wie in der Zeitung! Sie kam nie bei ihm im Büro vorbei, ohne ihn vorher telefonisch um Erlaubnis zu fragen.

Er reagiert nicht sofort und überlegt. Lina hat Furcht vor Krankenzimmern, Beerdigungen, sogar vor Hochzeiten. Sie glaubt, es sei ihre Pflicht, nach Bicêtre zu kommen, weil es so üblich ist, daß man den ans Bett gefesselten Gatten besucht.

Gestern, als sie nach seinem Einverständnis nicht

fragen konnte, hat sie das der Ärzte eingeholt. Wenn sie auch heute kommt, wird sie es sich zur Gewohnheit machen und jeden Nachmittag im Krankenhaus erscheinen.

Er macht schließlich eine verneinende Geste.

»Sind Sie sicher?«

Sie scheint erstaunt und etwas verwirrt.

»Dann werde ich ihr sagen, daß Sie sich zu müde fühlen. Nein! Sie wird sich Sorgen machen. Daß Sie jeden Augenblick den Professor erwarten.«

Als sie wieder hereinkommt, ist sie nachdenklich. Sie setzt sich auf ihren Platz am Fenster, schaut lange hinaus, dann fragt sie ihn:

»Sind Sie schon lange verheiratet?«

Er zeigt die fünf Finger der linken Hand und dann noch zwei.

»Sieben Jahre?«

Hat sie gestern bemerkt, daß seine Frau angetrunken war? Hat sie, die Krankenschwester, gemerkt, daß da etwas brüchig ist, daß Linas Fieberhaftigkeit unnatürlich ist, daß ihr Blick eine latente Unruhe ausdrückt, als würde sie sich nirgends am rechten Fleck fühlen?

Nach einigen Minuten Schweigen, immer noch auf den Hof blickend, stellt sie eine weitere Frage.

»Lieben Sie sie?«

Hat sie vergessen, daß er seiner Stimmbänder nicht mächtig ist? Sein Schweigen verwundert sie, da fällt ihr ein, sich zu ihm umzudrehen, und er wiederholt seine bejahende Geste.

Es ist wahr und auch wieder nicht wahr. Weder Lina noch er wissen, woran sie sind. Noch vor zwei Monaten hat es eine heftige Szene zwischen ihnen gegeben, auf dem Heimweg nach einem der seltenen Soupers, zu denen sie nach langer Zeit gemeinsam gegangen waren.

Sie war betrunken, und er hatte seinerseits mehr getrunken als gewöhnlich, obwohl viel weniger als sie. Er hielt sich für ruhig.

Es ist nicht so wichtig, was sie sich gesagt haben, der Inhalt der Worte zählt nicht. Jeder von ihnen beiden war davon überzeugt, wegen des anderen sein Leben verpfuscht zu haben. Mit dem Unterschied, daß Lina ihre Meinung anders zum Ausdruck brachte. Sie machte sich Vorwürfe, daß er unter ihr zu leiden hätte, und das verschaffte ihr die Möglichkeit, über sich selbst zu jammern.

Am nächsten Morgen ist er wie immer in die Redaktion gegangen. Zum Mittagessen ging er nie nach Hause, sie sahen sich immer erst abends wieder, in einer Bar oder einem Restaurant. In die Résidence gingen sie nur, wenn sie sich umziehen wollten.

Sie war um acht Uhr zu Bett gegangen, und die Krankenschwester des George v saß im Halbdunkel bei ihr. Sie haben nie über diese Nacht gesprochen. Aber zum ersten Mal war das Wort Scheidung gefallen, und zum ersten Mal auch hatte er in den Augen seiner Frau Haß zu lesen geglaubt.

»Weil du eine große Zeitung hast und die Leute vor dir auf dem Bauch liegen, glaubst du, du bist ein großer Mann und kannst dir alles erlauben.«

Sie gebrauchte die verletzendsten Worte. Und ein paar Minuten später kam sie auf Knien zu ihm, um ihn um Verzeihung zu bitten und sich aller Sünden anzuklagen ...

In solchen Nächten geht man wegen eines Ja oder eines Nein nah am Selbstmord vorbei. Vielleicht hätte er sich auch getötet, wenn er eine Waffe in Reichweite gehabt hätte. Das Leben kam ihm so leer und sinnlos vor wie an dem Morgen in Fécamp.

Seit jenem grauen Morgen, als die »Sainte-Thérèse« zurückkehrte, hatte er wie ein Wilder gearbeitet, bis Besson d'Argoulet eines Tages erschrak und ihm von da an bei jeder Untersuchung riet, seine Arbeit nicht so furchtbar ernst zu nehmen und einen Teil seiner Verantwortung abzugeben.

Was wäre aus ihm geworden, wenn er die Dinge nicht ernst genommen hätte, auch wenn er nicht an sie glaubte?

Es ist eine ähnliche Frage wie die von Mademoiselle Blanche:

»Lieben Sie sie?«

Er hat nur mit Ja antworten können. Vielleicht stimmt es. Vielleicht ist es die Liebe, deren ein Mann fähig ist.

Seit zwei Monaten fliehen sie einander fast, Lina und er, sie vermeiden es, miteinander allein zu sein, und vor allem, einander etwas über sich zu erzählen. Lina trinkt immer mehr, und das erregt seine Besorgnis, er befürchtet eine neue Depression, die möglicherweise schlimmer wäre als die erste. Ihre Augen machen ihm Angst, es sind die Augen eines Menschen, der sich verfolgt glaubt oder von einer fixen Idee besessen ist.

Sie scheint vor einem Gedanken davonzulaufen, den

sie ihm halsstarrig verbirgt. Ist nicht auch er sein Leben lang vor etwas davongelaufen? Seit jenem Morgen in Fécamp. Seitdem er zum ersten Mal die Leere um sich herum empfunden hat.

Denkt Mademoiselle Blanche, die versonnen und schweigend dasitzt, immer noch an Lina? Sie verharren beide lange Zeit reglos, er nimmt das Kommen und Gehen im Gang, das ja ziemlich laut ist, gar nicht mehr wahr. Er ist weit weg. Es wäre ihm unmöglich zu sagen, woran er denkt. Er vergißt, daß er in einem Krankenhausbett liegt, und er fährt zusammen, als er mit verschleiertem Blick Besson elegant und lässig ins Zimmer kommen sieht.

»Na, was tut sich hier? Mutlos?«

Der Blick des Arztes sucht den seinen, er versucht, in ihn einzudringen.

»Deine Frau hat mich angerufen, gerade als ich aus der Sprechstunde kam. Sie war besorgt, weil du sie heute nicht sehen willst. Ich habe sie beruhigt. Ich habe ihr erklärt, daß du in den nächsten acht Tagen noch deine Hochs und Tiefs haben wirst.«

Schon wieder! Für jeden Tag wissen sie, was voraussichtlich sein Seelenzustand ist, ebenso wie sie wissen, wie sein Gesundheitszustand ist. Warum haben sie es nicht schon im voraus auf das Blatt am Fußende des Bettes geschrieben, auf das Besson nur einen zerstreuten Blick wirft, bevor er sich zu ihm ans Bett setzt?

Mademoiselle Blanche, die beim Eintreten des Professors aufgestanden ist, wartet einen Augenblick, für den Fall, daß er etwas von ihr braucht, dann verläßt sie unauffällig das Zimmer.

»Und nun zu uns beiden, mein Guter ...«

Besson hat das Stichwort im gespielt herzlichen, falschen Tonfall eines Boulevard-Theaterstücks hingeworfen, und Maugras betrachtet ihn mit derselben kalten Geistesklarheit wie zuvor Audoire. Er entdeckt, daß der große, mit Medaillen überhäufte Mann letztlich nichts weiter ist als eine komische Figur.

4

Es geht dir inzwischen gut genug, damit man ernsthaft mit dir reden kann. Eben hat mich Audoire angerufen ...«

Schon als Besson eintrat, hat Maugras gefühlt, daß er mit einer bestimmten Absicht gekommen ist, und seine Worte bestätigen es. Die beiden Ärzte haben am Telefon über ihn gesprochen. Lina hat Besson angerufen. Lauter Verschwörer sind um ihn herum, alle gehören dazu, auch die Stationsschwester und Mademoiselle Blanche. Er selbst liegt reglos in seinem Bett und ist auf die Gnade von Menschen angewiesen, die sich ihre Beobachtungen mitteilen, seinen Fall diskutieren, Urteile über ihn fällen.

Eben hat Besson den Spaßmacher gespielt, wie es ihn auf dem Theater gibt: Auftritt familiär, herzlich, fehlt nur noch das derbe Schulterklopfen.

Jetzt hat er den besorgten Tonfall angenommen, gleich wird er grimmig werden, und all das ist im voraus festgelegt. Es handelt sich um eine vorbereitete Szene, die Rollenverteilung ist mit dem Kollegen abgesprochen!

Immer wieder ist es wie bei Kindern! Wenn ihre eigene Überzeugungskraft nicht ausreicht, sagt die Mutter zu ihrem Mann:

»Versuch du es doch mal! Du hast mehr Autorität

als ich. Wenn du ihn dir ein bißchen vorknöpfst, vielleicht ...«

Besson knöpft ihn sich vor.

»Wenn du ein Dummkopf wärst, würde ich nicht mit dir reden, wie ich es tue. Manchen Patienten müssen wir etwas vorgaukeln, sie sind unfähig, etwas zu begreifen. Aber bei dir ist das nicht der Fall.«

Es interessiert ihn kaum, wie die Rede weitergeht. Der Mann ist es, den er sich ansieht, mit neuen Augen, als würde er ihn nicht schon dreißig Jahre lang kennen.

»Audoire ist unzufrieden mit dir. Er findet, daß du nicht mitarbeitest, daß du dich in dir selbst vergräbst, daß du dich darauf versteifst, dich in deine Krankheit einzuschließen. Und du müßtest doch wissen, daß es für den Arzt schwierig, wenn nicht gar unmöglich ist, den Patienten gegen seinen Willen zu heilen ...«

Wann lügen sie, wann sagen sie die Wahrheit?

»Wohlgemerkt, ich verstehe deine Haltung, besser als Audoire, weil ich dich seit langem kenne. Ich kann mir ohne weiteres die Auswirkungen vorstellen, die ein Trauma, wie du es erlitten hast, auf einen Mann ausübt, der so ungemein aktiv ist wie du.«

Hier irrt er sich bereits. Was ihn jedoch nicht daran hindert, zufrieden mit sich zu sein und seine Sätze weiter ablaufen zu lassen, als würde er einen Vortrag an der medizinischen Akademie halten.

»Du mußt einsehen, verstehst du, daß du nicht der erste bist, dem das zustößt. Audoire hat viele dieser Fälle erlebt, hier in diesem Zimmer, er hat Erfahrung mit den Reaktionen eines Kranken. Gib zu, daß du dem nicht traust, was wir sagen, er und ich ...«

Was haben sie ihm bisher gesagt? Daß er nicht sterben, daß er gesund werden, daß er nicht für den Rest seiner Tage ein Krüppel sein wird. Daß er in einigen Wochen, höchstens in einigen Monaten seinen Platz unter den Menschen wieder einnehmen wird, die jenseits des Fensters geschäftig ihr Leben weiterleben.

Aber wie gleichgültig ist ihm das!

»Ich habe dir gestern kurz den Unterschied erklärt zwischen einem Schlaganfall und dem anderen. Ich bin sicher, daß du trotzdem einen Hintergedanken im Kopf hast ... Glaubst du am Ende, du hast einen Gehirntumor?«

Besson wartet auf eine Reaktion, und als keine erfolgt, nimmt er die schlaue Miene von einem an, der richtig geraten hat.

»Das ist es, nicht wahr? Ich wette, du denkst an unseren Freund Jublin.«

Er verneint, um das Thema zu beenden.

»Jublins Fall war von dem deinen völlig verschieden. Soll ich dir technische Einzelheiten nennen?«

Nicht noch mehr! Er hat genug davon. Wozu das Ganze, da er doch das Schicksal des gemeinsamen Freundes akzeptiert? Er hört kaum zu. Er hört Bessons Stimme, die Worte, die er sagt, ohne sich im geringsten für sie zu interessieren, ganze Sätze entgehen ihm, weil er gar nicht erst versucht, ihnen einen Sinn beizulegen.

»Hör mir gut zu, René. Ich will ja nicht behaupten, daß wir am ersten Tag nicht besorgt waren, auch in der ersten Nacht. Es hing alles von einer Reihe von Tests und Analysen ab. Das ist der Grund, warum dich Audoire lieber in seiner Nähe hatte, obwohl du in Auteuil eher in der gewohnten Atmosphäre gewesen wärst ...«

Irrtum! Er ist nirgendwo in der gewohnten Atmosphäre.

»Dein Puls hat uns beruhigt, er war bei sechzig, und wenn es dich interessiert, er ist heute achtundsechzig, also normal. Dein Blutdruck ist nicht über hundertsechzig, also kaum höher als dein normaler Blutdruck.

Ich weiß, ich geh dir auf die Nerven, aber es ist unbedingt vonnöten, daß du mir zuhörst, damit kein Zweifel in dir zurückbleibt.

Zwei Tage lang hast du nichts von dem wahrgenommen, was um dich herum vorging. Danach hattest du nur verschwommene oder verzerrte Eindrücke. Ich fasse also zusammen, was wir alles gemacht haben.

Erst einmal haben wir dir eine Ampulle Euphyllin gespritzt zur Entspannung der Atemwege. Das ist üblich so. Es geht darum, eine Lungenstauung zu vermeiden. Da immer eine Lungenentzündung eintreten kann, hast du eine Million Einheiten Penicillin bekommen ...«

Maugras ist immer noch weit weg.

»Dein Cholesterinspiegel ist mit 220 normal, besser als der meine, der über 260 hinausgeht ... Was den Blutzucker betrifft ...«

Er folgt ihm schon lange nicht mehr, und Besson wäre erstaunt, wenn er wüßte, warum er ihn so intensiv ansieht. In Wirklichkeit versucht er, hinter dem heutigen Chefarzt den jungen Assistenzarzt wiederzufinden, den er früher gekannt hat.

Wieder taucht ein Bild vor ihm auf, wie das von Fécamp, im Gegensatz dazu ist es ein farbiges und belebtes Bild, mit verschwommenen Flecken wie in einem Amateurfilm.

Sein Gedächtnis ist ungenau, was das Datum betrifft. 1928? 1929? Er ist aber sicher, daß sie noch in der Rue des Dames wohnten, Marcelle, seine erste Frau, und er, in dem kleinen Zimmer im vierten Stock des Hôtel Beauséjour. Es war die Zeit, die er für sich selbst nach dem nahegelegenen Boulevard Batignolles benennt. Seine wechselnden Wohnungen sind die besten Markierungspunkte, um die Ereignisse zeitlich festzumachen.

Seine Tochter muß bereits geboren gewesen sein, er hat sogar sicher schon mit Besson über ihre Mißbildung gesprochen. Zwei oder drei Wochen vor der Geburt von Colette sind sie in eine Wohnung in der Rue des Abbesses gezogen, nur ein paar Schritte vom Théâtre de l'Atelier, wo Marcelle weiterhin kleine Rollen spielte, bis ihre Schwangerschaft sie daran hinderte.

Das ist nicht so wichtig. Er schrieb Artikel für die Klatschspalte des »Boulevard«, vorrangig ein Theaterblatt. Schauspieler, Journalisten und Nachtschwärmer trafen sich nach der Vorstellung in der Brasserie Graf. Das Lokal war hell erleuchtet und voller Lärm, und er saß immer auf demselben Platz beim Eingang, von wo aus er die Leute beobachten konnte, die auf dem Boulevard de Clichy auf- und abgingen.

Julien Marel, dessen erstes Stück gerade aufgeführt wurde, machte ihn mit einem jungen Anwalt bekannt, Georges Clabaud, Sohn eines Staatsrats und damals

Praktikant bei einem berühmten Zivilrechtler. Clabaud, der später rund und dick wurde, war damals sehr mager und verfügte bereits über seinen beißenden Spott. Über jeden hatte er sein unbarmherziges und fast immer sehr witziges Urteil.

Und über Clabaud schließlich ...

Es amüsiert ihn, diese Kette von Zufällen zurückzuverfolgen und dabei Besson d'Argoulet zu beobachten. Was er da für sich in Erinnerung ruft, ist im großen und ganzen das Entstehen der Gruppe des Grand Véfour.

Clabaud wohnte bei seinem Vater am Ende des Boulevard Raspail, beim Lion de Belfort, in einem seltsam verbauten Haus mit unvermuteten Treppen, geheimnisvollen Schlupfwinkeln, grundlos von Stufen unterbrochenen Korridoren. Er hatte dort eine niedrige Wohnung im Zwischenstock, in der er seine Freunde empfing.

Irgendwer, Maugras weiß es nicht mehr, hat ihm eines Abends einen Assistenzarzt von Bichat zugeführt, den Clabaud später seinen Kameraden bei Graf vorstellte.

»Sie werden sehn! Das ist ein Bursche, der einen harmlosen Eindruck macht, aber er ist ehrgeizig. Ich bin überzeugt, daß er einmal von sich reden macht. Jedenfalls ist es gut, einen Onkel Doktor zum Freund zu haben.«

Sie haben an diesem Abend an einem der hinteren Tische Zwiebelsuppe gegessen. Am Tisch neben ihnen saß Mistinguett in Begleitung eines Mannes, der das Gehabe eines Notars oder Anwalts hatte und nach dem Essen auf die Rückseite der Speisekarte Zahlenkolonnen schrieb.

Besson war bereits ein gutaussehender Mann, weniger stattlich als jetzt, mit weniger sicherem Auftreten, aber er hatte dieselbe Art, sich selbst beim Reden zuzuhören und ab und zu eine kleine Pause einzulegen, um seinen Worten mehr Gewicht zu verleihen.

Nachher, wenn er wieder seine Ruhe hat, wird Maugras versuchen, die ganze Reihe der Stammgäste des Grand Véfour zurückzuverfolgen. Es war eine unruhige Zeit damals. Die Veränderungen im Leben der einzelnen vollzogen sich schneller, unvorhersehbarer. Jeder stand am Beginn seiner Laufbahn, und bald war der eine, bald der andere weiter vorn und wurde mit Neid betrachtet. Es kam auch vor, daß man sich aus den Augen verlor, um sich zwei oder drei Jahre später zufällig wieder zu begegnen.

Von gesicherten Verhältnissen konnte noch nicht die Rede sein. Die Schicksalsverläufe blieben ungewiß, und von denen, die Maugras zu dieser Zeit kannte, sind viele, ähnlich wie Zulma, ganz plötzlich aus dem Gesichtsfeld verschwunden.

Er weiß, daß Besson d'Argoulet noch nicht so imposant und salbungsvoll war wie heute. Aber während er sich genau an Mistinguett und ihren Gesetzeshüter am Nachbartisch erinnert, gelingt es ihm nicht, sich seine Erscheinung deutlich vorzustellen. Wahrscheinlich weil sie zusammen alt geworden sind, hat er jetzt nur den Mann von sechzig Jahren vor Augen.

»Was die Spritzen betrifft, so handelt es sich,

abgesehen von den Sedativa, die dir ruhige Nächte verschaffen sollen, falls es dich interessiert ...«

Es interessiert ihn durchaus nicht.

»... handelt es sich, falls es dich interessiert, um ein Antikoagulans, Marcumar, es soll das Blut verflüssigen ...«

Er hat nicht alles mitbekommen. Besson hat ihm noch das Ergebnis des Enzephalogramms und der Angiographie mitgeteilt.

»Gut! Soweit das klinische Bild. Wenn es was gibt, was du nicht verstanden hast, oder wenn du Fragen hast, gebe ich dir Papier und Bleistift ... Nein? Wie du willst! Aber du bist doch sicher, daß ich dir die Wahrheit sage und daß die Diagnose Gehirntumor endgültig aus dem Feld geschlagen ist, oder?«

Sie befinden sich nicht auf derselben Ebene. Es ist ein Gespräch zwischen Menschen, die taub sind, wenn man es überhaupt ein Gespräch nennen kann. Besson spricht von Tumoren und Angiographien, während René, wenn er eine Frage zu stellen hätte, wenn es möglich wäre, einem Menschen, auch wenn es ein Freund ist, eine solche Frage zu stellen, fragen würde:

»Bist du mit dir zufrieden?«

Ist das nicht, bei allem äußeren Anschein, viel wichtiger als alles andere? Ist ein Besson d'Argoulet mit sich selbst im reinen? Fühlt er sich auf sicherem, festen Boden? Glaubt er an die Wichtigkeit, die er sich zuschreibt, an den Wirklichkeitsbezug dessen, was er tut, seiner Vorlesungen in Broussais, seines Ansehens in der medizinischen Welt, seiner Auszeichnungen, seiner Wohnung voller erlesener Möbel und Kunstwerke, seiner Stellung in der Pariser Prominenz?

Man könnte diese Frage auch allen anderen Menschen stellen, nicht nur den Mitgliedern des Grand Véfour.

Sind nicht ihre Aktivitäten, wie die seinen auch, gewissermaßen eine Flucht? Sind sie sich, und sei es auch nur momentweise, dessen bewußt, daß sie etwas verraten haben?

Allerdings was? Das weiß er nicht, und es ist nicht der Augenblick, ein so fundamentales Problem zu durchleuchten.

»Das ist das eine. Kommen wir jetzt zu deiner inneren Verfassung ...«

Kommt Besson jetzt zu dem Punkt, auf den es ankommt? Maugras hat einen Schimmer von Hoffnung, von Verwunderung auch, denn das würde das Bild, das er sich eben von seinem Freund gemacht hat, verändern. Ein nicht sehr schmeichelhaftes Bild. Er ist überzeugt, daß Besson, als er in Paris angekommen ist, eine genaue Vorstellung hatte von seiner Karriere, von dem Ziel, das es zu erreichen galt, und von den Mitteln, die er anwenden mußte, und daß er entschlossen war, jeden notwendigen Schritt zu tun.

Seine Familie ist nicht wohlhabend, wenn auch besser gestellt und bürgerlicher als die von Maugras. Sein Vater war, bis er starb, Landarzt in Virieu im Département Isère. Pierre besuchte das Gymnasium von Moulins, bevor er sich an der medizinischen Fakultät in Paris einschrieb.

Glänzend begabt, wie man das nennt, wurde er der Lieblingsschüler von Elémir Gaude, dem damals berühmten Psychiater und Nachfolger von Imbert an der Salpêtrière.

War es Zufall, daß er die Tochter seines Chefs heiratete? War es unter allen jungen Mädchen, denen er begegnete, wirklich gerade diese, die er liebte? Könnte er bezeugen, daß bei dieser Wahl keinerlei Berechnung mit im Spiel war?

Dank seines Schwiegervaters wurde er mit zweiunddreißig Jahren Oberarzt in der Klinik Bichat, dann in Broussais, und gab die Psychiatrie auf zugunsten der Inneren Medizin. Die Psychiatrie bringt wenig ein. Als Internist hatte er fast sofort Kunden aus der besseren Gesellschaft.

War es weiterhin Zufall, daß er bald bei allen Premieren zugegen war und sich allmählich einen Platz in der Pariser Prominenz eroberte? Wer weiß? Vielleicht war schon ein Hintergedanke dabeigewesen, als er früh ihrer Gruppe beitrat? Befanden sich nicht vielleicht unter den Leuten, die sich in der Brasserie Graf trafen, einige zukünftige Koryphäen?

Hatte sein Schwiegervater die Hand im Spiel, als er mit vierunddreißig Jahren einer der jüngsten Dozenten in Frankreich wurde, als er drei Jahre später einen Lehrstuhl bekam, als er endlich nach Gaudes Tod in die medizinische Akademie aufgenommen wurde?

Es sind für René, der reglos in seinem Bett liegt und immer noch seinen Freund mustert, nicht die Handlungen oder die Absichten, die zählen. Was er wissen möchte, ist, ob sich sein Freund Gedanken macht. Es ist eine Frage nach Aufrichtigkeit und Klarsicht.

Als er noch im normalen Leben stand, hat er sich die Frage oft in bezug auf andere gestellt, vor allem bei Politikern. Je nach Laune fielen ihm verschiedene Antworten ein, aber die Frage hat nicht dieselbe Dringlichkeit gehabt wie jetzt.

»Das erste Stadium nach einem Schlaganfall – Audoire könnte es dir fachkundiger sagen als ich – ist eine fast totale Depression, man sieht quasi dem Tod ins Auge oder, wenn er nicht gleich in den ersten Tagen eintritt, einer bleibenden Gebrechlichkeit. Gelähmt, oft ohne Sprache, stellt sich der Patient vor, er sei nun für immer von der Außenwelt abgeschnitten. Gib zu, daß du daran gedacht hast . . .«

Es stimmt, aber nicht so, wie Besson es sagt.

»Die Folge davon ist, ganz gleich, ob es sich um einen gebildeten oder um einen eher primitiven Menschen handelt, ein Mißtrauen dem Arzt und der ganzen Umgebung gegenüber . . . Das ist also die erste Phase, die schwierigste. Es ist wichtig, sie so schnell wie möglich zu überwinden. Und das ist der Punkt, in dem du mich enttäuschst. Wir haben den Eindruck, Audoire und ich, und auch das Pflegepersonal . . .«

Alle also, die um ihn herum so etwas wie einen Geheimbund bilden, die Fröhlichkeit und Zuversicht vortäuschen und ihn dabei mit kaltem Blick beobachten, die hinter den Türen flüstern, sich auf geheimnisvolle Weise Berichterstattungen übermitteln, Telefonate austauschen!

». . . wir haben wie gesagt den Eindruck, daß du

nicht gesund werden willst, daß du uns feindlich gesonnen bist.«

Nicht feindlich. Gleichgültig. Und auch das ist nicht das richtige Wort. Er sieht sie anders, als sie sich sehen. Er hat nicht mehr dieselben Probleme wie sie. Er bewegt sich auf einer anderen Ebene.

Es würde zu nichts führen, wenn er den Versuch machte, sich ihnen mitzuteilen, und die kleine Komödie, die Besson hier bei ihm aufführt, während Mademoiselle Blanche irgendwo eine Zigarette raucht, vielleicht im Hof, wenn sie nicht hinter der Tür steht, diese kleine Komödie hat eine ganz andere Wirkung auf ihn, als sie es sich erwarten.

Je mehr Besson redet, desto ferner fühlt Maugras sich ihnen.

Sie ziehen das Problem von Einzelheiten her auf, sie beginnen bei den Toiletten im Grand Véfour, ohne zu ahnen, daß man viel weiter zurückgehen muß, zurück bis Fécamp.

So wie es bei Besson vermutlich nötig wäre, in Allier nach den Ursprüngen des Mannes zu suchen, der er heute ist.

»Ich will nicht behaupten, daß es keine Ausnahmefälle gibt, daß alle Patienten gleich reagieren. Trotzdem ist es für jemanden wie dich gut, über die Auswirkungen deiner Krankheit Bescheid zu wissen. Es wird dir helfen, die falschen Vorstellungen zu verscheuchen, die du dir offenbar machst ...

Angst und Depression also im ersten Stadium, und häufig, ich spreche es offen aus, die Überzeugung von einem unausweichlichen Schicksalsschlag. *Es mußte ja so kommen.* Fast alle machen diese Krise durch, überzeugt, trotz aller Versicherungen der Ärzte, daß das Ende unabwendbar ist.

Bei vielen geht mit dieser Sicherheit eine gewisse Erleichterung einher oder eine morbide Resignation ... Ich würde nicht so mit dir sprechen, verstehst du, wenn du nur irgendein Patient wärst.«

Maugras ist böse auf ihn, daß er richtig getippt hat, oder beinahe richtig, und daß er eine Miene aufsetzt, die besagt, daß er richtig getippt hat. Wenn das alles auf den ersten Blick wahr erscheint, so ist es doch nicht weniger danebengegriffen, was ihn betrifft.

»Ich habe Fälle gekannt, da glaubte der Kranke, daß er eine gerechte Strafe erleidet, daß er für Fehler büßt, die er begangen hat ...«

Immer und immer denkt man für ihn, man nimmt ihn auseinander, man gibt sich Mühe, die dunkelsten Ecken seines Bewußtseins ans Tageslicht zu zerren.

»Du weißt also jetzt, daß du keine Ausnahme bist und dem klinisch üblichen Verlauf der Krankheit folgst. Der Moment ist da, wo du aus deiner Versunkenheit in düstere Gedanken auftauchen und mit uns zusammenarbeiten solltest.

Du hast Orangensaft bekommen. In zwei oder drei Tagen wirst du fast wieder normal essen können. Die Krankengymnastik, die dir kindisch vorkommt, ist trotzdem eine wichtige Etappe auf dem Weg der Wiederherstellung.

Wenn du den Willen aufbringen würdest, du könntest schon von heute an ganze Sätze sprechen, du würdest dich höchstens ein bißchen in den Worten verheddern. Zugegeben, du wirst Geduld brauchen, aber du wirst erstaunt sein, wenn du am Montag aufrecht neben deinem Bett stehen kannst.

Es ist unabdingbar, daß du daran glaubst, daß du Vertrauen hast, anstatt uns skeptisch anzuschauen, wie du es jetzt tust. Bei dir liegt die Entscheidung, ob du wieder wirst wie vorher oder nicht.«

Der arme Besson! Kleine Schweißtropfen glänzen auf seiner Stirn, und er hat vergessen, sich seine Zigarette anzuzünden.

»Um den achten Tag herum werden normalerweise die Fortschritte spürbarer, oft auffallend. Als Freund wie als Arzt bitte ich dich, uns bis dahin Vertrauen zu schenken, Audoire und mir.«

Er erhebt sich, als sei er völlig erschöpft, und nimmt zum Abschluß den Ton wieder an, mit dem er hereingekommen ist:

»Das war's, was ich dir sagen wollte, mein lieber René. Alle unsre Freunde warten darauf, dich besuchen zu dürfen, und rufen mich unaufhörlich an, um sich nach dir zu erkundigen. Du glaubst, du seist allein – dem ist nicht so. Es sind viele, die auf dich zählen, verstehst du, angefangen bei Lina, die dich sehr braucht, wie du weißt.«

Er gibt ihm die Hand und lächelt. Er scheint bewegt. Wahrscheinlich ist er es auch. Auch Schauspieler empfinden echte Bewegung, wenn sie ihren Text rezitieren.

Wozu ihm Kummer bereiten? Maugras holt den linken Arm unter der Bettdecke hervor und gibt ihm seinerseits die Hand.

»Du brauchst nichts zu versprechen, aber vergrabe dich wenigstens nicht absichtlich.«

Absichtlich!

Als Besson hinausging, ist er mit der Hand auf der Klinke kurze Zeit an der Tür stehengeblieben. Er hat ihm den Rücken zugekehrt, aber René brauchte sein Gesicht nicht zu sehen, um zu merken, daß er seine Fassung verloren hatte. Er hat sich Vorwürfe gemacht, und er macht sie sich immer noch. Wenn er gekonnt hätte, er hätte ihn zurückgerufen und ihn für sein Verhalten um Verzeihung gebeten.

Es hat kein Geflüster gegeben im Gang zwischen dem Arzt und Mademoiselle Blanche. Sie ist sofort ins Zimmer gekommen. Eine Geste, ein Blickwechsel, als sie aneinander vorbeigingen, hatten offenbar genügt.

Einen Augenblick lang schien sie auf Maugras' Gesicht nach der Bestätigung für den Fehlschlag zu suchen. Auch sie ist enttäuscht. Sie läuft mehr als nötig herum, räumt auf, leert den Aschenbecher aus, bereitet die nächste Spritze vor.

Welcher Satz von Besson hat ihn am meisten getroffen?

»Du arbeitest nicht mit. Wir können dich nicht heilen, wenn du nicht willst ...«

Es waren nicht genau diese Worte, aber sinngemäß, und sie erinnern ihn an seinen Mathematiklehrer am Gymnasium Guy de Maupassant.

»Sind Sie anwesend, Monsieur Maugras?«

Er ist zusammengefahren, und der Anschnauzer hat jedesmal Gelächter ausgelöst. Der Lehrer, Monsieur

Marengrot, hatte recht. Schon wieder war er, ohne es zu merken, der Wirklichkeit entflohen. Das Verwirrendste war, daß er unmöglich hätte sagen können, woran er gedacht hatte.

»Sie beehren uns mit Ihrer physischen Gegenwart, aber Sie lehnen es ab, sich in den Unterricht einzufügen. Ich kann Ihnen beim besten Willen keine Mathematik beibringen, wenn Sie nicht wollen.«

Er konnte nichts dagegen tun. Zu Anfang der Stunde nahm er sich vor, ihr aufmerksam zu folgen, und dann war er überraschter als die anderen, wenn er den unvermeidlichen Satz hörte:

»Sind Sie anwesend, Monsieur Maugras?«

In seinen Schulheften waren Bemerkungen zu lesen wie: *Konzentration mangelhaft, Fleiß ungenügend, Intelligenter, aber zerstreuter Schüler ...*

Es tut ihm leid, daß er Mademoiselle Blanche Kummer bereitet. Was könnte er auf den Block schreiben, um sie zu besänftigen?

»Sie lassen mich nicht aus den Augen, Sie folgen den Bewegungen meiner Lippen, und dennoch wette ich, daß Sie den letzten Satz nicht wiederholen können, den ich gesagt habe.«

Das war sein Englischlehrer, der ihn nicht mochte und ihm Verstocktheit vorwarf.

Mangel an gutem Willen. Noch eine Bemerkung in seinem Schulheft. Hat er nicht immer im Leben guten Willen bewiesen? Und ist er nicht heute im Recht, wenn er einen anderen Willen zeigt, den, sich ihnen zu widersetzen?

Wenn jemand in diesem Augenblick hereinkäme,

müßte er den Eindruck haben, als seien Mademoiselle Blanche und er ein Ehepaar, das sich wegen einer Lappalie schmollt. Zum ersten Mal heute hört er die Glocken läuten, denen er während all der Ereignisse keine Aufmerksamkeit geschenkt hat. Sie läuten mit voller Kraft.

Für gewöhnlich finden mitten am Nachmittag keine Trauungen statt, und so nimmt er an, daß es sich um eine Beerdigung oder um eine Taufe handelt. Werden bei einer Taufe die Glocken geläutet? Er weiß es nicht mehr.

Auch Besson hat an ihren Freund Jublin gedacht. Da er wußte, daß Maugras seinen Fall und den des Dichters unweigerlich zusammenbringen würde, ist er ihm zuvorgekommen.

Wichtig ist nicht, daß Jublin einen Gehirntumor hatte. Es ist nicht das Physische, worauf es ankommt. Das Eigentliche sind die fünf außergewöhnlichen Jahre, die er erlebt hat und um die ihn René beinahe beneidet.

Leider würde sein Fall, selbst wenn er halbseitig gelähmt bliebe und nur noch unvollkommen über die Sprache verfügte, anders verlaufen.

Jublin muß gegen 1928 zu der Gruppe gestoßen sein, kurz vor Besson d'Argoulet, jedenfalls zu der Zeit, als sie noch die Brasserie Graf besuchten. Er war ein langer, spindeldürrer Junge, der auf einem Kostümball, den ein Maler in seinem Atelier am Boulevard Rochechouart gab, als Valentin-le-Désossé erschien, der berühmte Quadrille-Tänzer vom Moulin Rouge, den Toulouse-Lautrec gemalt hat.

Sein kreidebleiches Gesicht blieb auch dann unerschütterlich, wenn er die extravagantesten Bemerkungen losließ. Vier bis fünf Jahre älter als Maugras, hatte er noch an der Dada-Bewegung teilgenommen, um dann den Surrealisten Gefolgschaft zu leisten.

Er verbrachte seine Tage im Café, er beschränkte sich weder auf eine Gruppe noch auf ein Pariser Stadtviertel, er besuchte ebenso das Deux-Magots am Boulevard Saint-Germain wie die Bars auf den Champs-Elysées und die Bistros am Montmartre. Er kannte alle Welt, ihn jedoch kannte niemand wirklich.

Niemand hätte etwa zu sagen gewußt, wo er wohnte oder wovon er lebte, und es bedurfte eines Zufalls, daß ihn Maugras in einem Glasverschlag in der Druckerei der Börse entdeckte, wo Jublin seinen Lebensunterhalt als Korrektor verdiente.

Er sprach niemals über seine Gedichte, und dabei waren bereits zwei oder drei Bände erschienen. Später, als sich die Kritik mit ihm zu beschäftigen begann, stellte ihn ein Verleger an der Rive Gauche als Lektor an, um ihm mehr freie Zeit zu verschaffen.

Wie hatte er nach dem Krieg wieder zu der Gruppe des Grand Véfour zurückgefunden? Hatte sich die ganze Gruppe nicht aus reinem Zufall gebildet?

Besson d'Argoulet hat ohne sein Wissen den Grundstein dazu gelegt. Maugras wurde zum Ritter der Ehrenlegion ernannt, und Besson, der das Ordensband bereits hatte, hatte es erwirkt, ihm die Insignien überreichen zu dürfen.

Er konnte nichts dafür. Er war hingerissen von Zeremonien, Ehrenbezeigungen, Titeln, Orden, und was er an seinem Posten als Chefarzt sicher am meisten schätzte, war, wenn er, gefolgt von einigen Dutzend ehrfürchtigen Studenten, seine Runde durch die Säle von Broussais machen durfte.

Die Place Blanche und die Brasserie Graf hatten sie längst hinter sich gelassen. Es gab keine homogene Gruppe, jeder verfolgte seinen Weg, und man traf sich auf gut Glück, aufgrund der Zufälle des Pariser Lebens.

»Sieh mal an! Was machst du so?«

Viele arrivierte Männer gingen häufig in den Grand Véfour unter den Arkaden des Palais Royal. Maugras, der mittlerweile Chefredakteur war, ging dort häufig essen; er hatte im Erdgeschoß einen reservierten Tisch. Eines Tages rief Besson ihn in seinem Büro an.

»Hast du nächsten Dienstag Zeit, essen zu gehen?«

Er hatte bejaht, ohne sich viel dabei zu denken, und als er am Dienstag darauf ins Restaurant kam, war er erstaunt, als der Besitzer ihn ansprach:

»Die Herren erwarten Sie bereits oben.«

Man hatte eine Überraschung für ihn vorbereitet. Pierre Besson hatte einige ihrer ältesten Freunde versammelt, die, die es zu etwas gebracht hatten, um sein Ritterkreuz zu feiern. Es war beschlossen worden, daß nur Männer zugegen sein sollten.

Zufällig hatte Marel, der Bühnenautor, ein Mann, der keinem etwas abschlagen kann, als er aus dem Taxi stieg, eine der bissigsten Pariser Journalistinnen getroffen, zugleich auch eine der häßlichsten, Dora Ziffer, die bei einer Zeitung der extremen Linken die

Gerichtsreportagen und die Theaterkritik unter sich hatte.

»Eilig?« rief er ihr zu.

Und er erzählte ihr von dem Überraschungsessen. Sie ist im selben Alter wie sie alle, und sie hatte beim »Boulevard« mitgearbeitet, der dann eingegangen war.

»Stört es Sie, wenn ich kurz mit hinaufkomme?«

Natürlich hat sie sich dann mit den anderen hingesetzt. Als das Essen vorüber war und die Liköre gereicht wurden, bemerkte jemand:

»Wir sind dreizehn am Tisch ...«

Das weitere ist ihm nicht mehr gegenwärtig. Es war in dem Augenblick, wenn nach einem guten, allzu reichlich begossenen Essen die Gesichter glühen und alle durcheinanderreden.

»Warum treffen wir uns nicht jeden Monat hier?«

»Die Tafelrunde der Dreizehn!«

Sie hatten das nicht so ernst genommen. Aber die Tradition besteht nach all den Jahren noch immer. Jublin gehörte dazu, Jublin, von dem man nie wußte, ob er ernsthaft redete oder scherzte, der vielleicht ein Genie war und vielleicht nur ein Witzbold. Denn so wurde er im Grand Véfour eingeschätzt, bis er seine Gehirnblutung hatte.

Sie hielten ihn für unverheiratet, für einen Bohemien, der von einem möblierten Zimmer zum anderen zieht oder in der malerischen Unordnung einer Junggesellenwohnung haust.

Im Krankenhaus tauchte dann zu ihrer Verwunderung eine Frau von etwa vierzig Jahren auf, rundlich, einfach gekleidet, und fragte:

»Wo ist mein Mann?«

Jublin war nicht nur verheiratet, er bewohnte auch eine recht bürgerliche Wohnung in der Rue de Rennes, nicht weit von der Gare Montparnasse.

Maugras ist zweimal dort gewesen, nicht öfter. Das erste Mal war es zu früh. Jublin, der sich mit seinem körperlichen Zusammenbruch noch nicht abgefunden hatte, wollte niemanden sehen, schon gar nicht seine alten Freunde.

Er erinnert sich an das kleine Wohnzimmer mit den geblümten Papiertapeten, eine Grünpflanze stand in einer Ecke, und Madame Jublin erklärte mit leiser Stimme:

»Sie dürfen es ihm nicht übelnehmen. Er ist Ihnen allen dankbar, daß Sie sich nach ihm erkundigen, aber er bleibt lieber allein. Er gewöhnt sich nur langsam daran.«

Sie sagte das eigentümlich ruhig.

»Vielleicht hat er später einmal wieder das Bedürfnis nach Gesellschaft.«

Jublin ist zwanzig Jahre lang verheiratet gewesen, ohne daß es jemand geahnt hatte. Der Nachtschwärmer vom Graf, vom Deux Magots, von der Brasserie Lipp hatte einen heimischen Hafen, er lebte in einer Wohnung, wie sie einem bescheidenen Beamten hätte als Rahmen dienen können. Und er hatte eine von den Frauen, die vormittags in der Umgebung einkaufen gehen und alle gleich aussehen.

Als Maugras später noch einmal in die Rue de Rennes kam, hatte er einen bestimmten Grund. Er wußte, daß Jublin kein Vermögen hatte; der Haushalt wurde von den spärlichen Autorenrechten bestritten. Und es gab den Preis der Stadt Paris, der von einem Scheck über eine Million alter Francs begleitet ist und vom Stadtrat jedes Jahr einem Schriftsteller, einem Maler oder einem Bildhauer verliehen wird.

Es kostete Maugras lediglich ein paar Telefonanrufe, um die Partie zu gewinnen. Zum zweiten Mal steht er vor der Wohnungstür. Ein dünnes Läuten ertönt im Innern. Die Tür öffnet sich lautlos, und Madame Jublin, die sich die Hände an ihrer Schürze abtrocknet, sieht ihn erstaunt an, ohne ihn wiederzuerkennen.

Er ruft sich die kleinsten Einzelheiten ins Gedächtnis, wie bei dem Morgen in Fécamp. Sein Besuch fällt in die Zeit des Winteranfangs, es ist fünf Uhr nachmittags und ein regnerischer Tag. Die Lichter der Straßenlaternen und der Schaufenster sind soeben angegangen, und die Passanten sehen alle schwarz aus. Im Treppenhaus ist es dunkel. Es brennt nur eine einzige Lampe im Wohnzimmer, und sie verbreitet ein orangefarbenes Licht. Eine Stimme, die er nicht wiedererkennt, sagt auf einmal:

»Komm rein.«

Jublin kommt in einem Rollstuhl, dessen Räder er dreht, aus seinem Büro. Eine Schottendecke liegt über seinen Beinen. Maugras kommt es so vor, als würde er ihn nur mit einem Auge ansehen, und das irritiert ihn. Jublins Frau setzt sich sofort neben ihn, wie um ihn zu beschützen.

»Na, mein Lieber?«

Das eine Auge funkelt. Nicht theatralisch, aber immer noch schalkhaft, ironisch.

»Mache ich altes Wrack einen so gewaltigen Eindruck auf dich?«

Man muß sich anstrengen, um ihn zu verstehen, manche Konsonanten kommen nicht zustande, manche Silben überpurzeln sich.

»Ich bin gekommen, um ...«

Durch eine offene Tür sieht man in einen Arbeitsraum, wo zwei Holzscheite im Kamin brennen. Licht und Dunkel mischen sich, die Schatten sind groß und schwarz. Bisweilen taucht nur noch Jublins verzerrtes Gesicht aus dem Halbschatten.

»Ich bin gekommen, um dir mitzuteilen, daß die Stadt Paris ...«

Sein Freund wird sofort spöttisch:

»Erzähl mir bloß nicht, daß sie mir den Preis gegeben haben!«

»Genau das ...«

»Das heißt, daß ich aus dem letzten Loch pfeife. Mach dir nichts draus. Ich habe damit gerechnet. Sehr nett von diesen Herren, ich habe ja schließlich nichts für sie getan ... Nur schade, daß sie immer erst im letzten Moment an einen denken. Denk nur mal an die Liste der Preisträger.«

»Überanstreng dich nicht, Charles«, versuchte ihn seine Frau sanft zu beschwichtigen.

Keiner seiner Freunde hat ihn jemals Charles genannt. Sein Vorname war überhaupt nicht bekannt, er stand auch nicht auf dem Umschlag seiner Bücher.

»Ihr Preis ist so was wie die Letzte Ölung, von Laien verabreicht ... Ich weise ihn deshalb nicht zurück. Mein Frau kann das Geld gut brauchen.«

Jublin ist im Frühjahr darauf gestorben, und man erfuhr, daß er in der Einsamkeit seiner fast lächerlich banalen Wohnung mit der linken Hand seine besten Gedichte geschrieben hat. Nicht nur innerhalb seines Werks die besten Gedichte. Immer mehr Leute behaupten, es seien die besten Gedichte der letzten fünfzig Jahre.

Er hat fünf Jahre allein mit einer Frau gelebt, die äußerst durchschnittlich aussah, vermutlich auch nur über durchschnittliche Geistesgaben verfügte, und hat alle Zeit zum Nachdenken gehabt, dazu, in seinem Bilderbuch zu blättern. Wenn er aus dem Fenster sah, sah er auf die grauen Fassaden gegenüber, und sein Tagesablauf wurde begleitet vom Lärm der Autobusse und Taxis in der Rue de Rennes, die Nächte vom Pfeifen der Züge der Gare Montparnasse.

Seine Frau lebt noch, in derselben Wohnung, in der sich nichts geändert hat, jedes Buch, jeder Gegenstand ist an seinem Platz geblieben, einschließlich der Pfeife, die sie ihm gestopft und angezündet hat. Der Rollstuhl steht noch immer in der von seinem Besitzer bevorzugten Ecke.

Sie arbeitet, um ihren Lebensunterhalt zu verdienen. Maugras hatte ihr angeboten, sie bei der Zeitung zu beschäftigen. Er hätte einen ruhigen Posten für sie finden können. Auch andere hatten sich erboten, sich um sie zu kümmern. Sie antwortete auf alles nur verlegen mit einem höflichen Dankeschön.

Sie nahm eine Stelle als Kassiererin in einem Laden in ihrer Straße an, hundert Meter entfernt von ihrer Wohnung, von jenen paar Kubikmetern dumpfer Atmosphäre, in denen Jublin sie vorfand, wenn er des Umherstreifens in den Cafés und Nachtlokalen müde war.

Hätte er Besson vorhin sagen können, daß er das Los seines Freundes beneidete? Wo ist Lina jetzt? Nicht so wichtig. Auch nicht, ob sie gerade trinkt.

In seinem Leben gibt es keine Rue de Rennes, gibt es keine rundliche, gewöhnliche Hausfrau, die vormittags in den Läden der Umgebung einkaufen geht, und es gibt keine Bücher, keine Verse, die die Menschen noch in vielen Jahren aufsagen werden.

Besson war im Unrecht, als er Jublin erwähnte.

Er hat, ohne es zu merken, die Augen geschlossen. Er merkt auch nicht, daß Mademoiselle Blanche, die über seine lange Reglosigkeit beunruhigt ist, sich über ihn beugt. Er erschrickt, als er sie ganz leise, mit belegter Stimme sagen hört:

»Weinen Sie?«

5

Sein letzter Gedanke gestern abend, als Josefa, die ihn schlafend glaubte, unter der Bluse ihren Büstenhalter aufhakte, war gewesen:

»Wenn ich rechtzeitig aufwache ...«

Er war schon am Einschlafen gewesen. Es ist eigenartig, daß er, kaum erleichtert, der einen Routine entronnen zu sein, gleich das Bedürfnis verspürt, eine neue einzuführen. Tagsüber sind die Stunden dicht zusammengedrängt, da ist das Waschen, die Krankenpflege, die Visite, das, was sich im Gang ereignet. Einige Dinge sind angenehm, andere weniger.

Das Beste, seitdem er hier ist, ist das Aufwachen am Freitagmorgen gewesen, die halbe Stunde, die er allein dem Klang der Glocken und den Geräuschen im Krankenhaus gelauscht hat.

Er möchte das wiederholen, möchte aus dieser halben morgendlichen Stunde, die noch wie jungfräulich ist, die halbe Stunde machen, die ihm gehört.

Sein Schlaf ist unruhig gewesen. Die Schwester ist zweimal aufgestanden, um ihn zuzudecken, aber er erinnert sich nur verschwommen daran. Immer noch, obwohl er die Augen geöffnet hat, ist ein Rest Benommenheit in seinem Kopf und in seinem Körper.

Er empfindet nicht die Klarheit des gestrigen Morgens. Jedoch ist die Benommenheit beinahe eine lustvolle. Er weiß nicht, wie spät es ist. Er wartet ab und hofft, daß es nicht mitten in der Nacht ist.

Über eine Minute lang horcht er gespannt auf ein monotones Geräusch, das ihn stutzig macht. Es ist ihm vertraut, aber er kann es nicht gleich erkennen, bis er darauf kommt, daß Regen gegen die Scheiben schlägt und nicht weit von seinem Fenster Wasser in eine Dachrinne tropft.

Als er noch klein war und mit seinen Eltern in Fécamp in dem Häuschen in der Rue d'Etretat wohnte, wurde das Regenwasser für die Wäsche in einer Tonne gesammelt, die in einer Ecke des Hofes stand – Regenwasser ist weicher, sagte seine Mutter –, und das war ein ganz eigenartiges Geräusch.

An seine Mutter erinnert er sich kaum. Er sieht sie nur krank vor sich, in einem Korbsessel neben dem Herd in der Küche sitzend, und er hört noch immer ihre Hustenanfälle. Er war sieben Jahre alt, als sie an Tuberkulose starb. Viele starben damals an diesem Brustleiden, wie man es nannte.

Später ist er erstaunt gewesen, als sein Vater ihm erklärte, sie sei nur zwei Jahre krank gewesen und sie sei zuvor mit ihm spazierengegangen wie andere Mütter, erst lag er im Kinderwagen, dann führte sie ihn an der Hand durch die Straßen, und wenn nicht allzu stürmisches Wetter war, am Hafendamm entlang. Dann brachte sie ihn jeden Morgen in den Kindergarten und holte ihn von dort wieder ab.

Ihm ist heiß, sein Körper ist feucht. Vielleicht haben sie ihm ein neues Mittel gegeben, das die Benommenheit hervorruft, die Sprünge in seinen Wahrnehmungen. Er gibt sich Mühe, nicht wieder einzuschlafen, bevor er die Kirchenuhr hat schlagen hören. Hoffentlich schlägt sie sechsmal, wie am Tag zuvor, und er hat seine halbe Stunde.

Sein Nacken ist so steif, daß er kaum den Kopf wenden kann; er möchte sich vergewissern, daß Josefa auf dem Klappbett liegt. In dem trüben gelben Licht, das durch die Glastür kommt, sieht er sie friedlich schlafen. Ihre Haare fallen ihr über einen Teil des Gesichts, und ihr Mund öffnet sich leicht bei jedem Atemzug, es sieht aus, als würden ihre Lippen anschwellen.

Es ist irritierend, jemandem beim Schlafen zuzusehen, vor allem wenn es eine Frau ist, die man kaum kennt. Bei Lina ist er gerührt. Die mehr oder weniger unangenehmen Charakterzüge verschwinden, auch das Alter, ein wenig ist es so, als sei sie wieder ein Kind, ein kleines Mädchen, das noch nichts erlebt hat, das über keine Erfahrungen verfügt und über keine Abwehrhaltung.

Josefa hat ihre Bluse oben aufgeknöpft, noch wach oder erst im Schlaf, und er entdeckt die bläuliche Spitze ihres Unterrocks, der die Brust nur halb bedeckt. Sie schwillt an wie ihre Lippen, im selben Rhythmus, zugleich fest und fleischig.

Sie liegt auf der Seite, ihm zugekehrt, eine Hand liegt in der feuchten Wärme zwischen ihren Schenkeln vergraben.

Erotische Bilder kommen ihm. Auch Lina schläft manchmal so, vor allem gegen Morgen, und als sie noch im selben Bett schliefen, ist Maugras manchmal von einem regelmäßigen schweren Atmen aufgewacht, das immer schneller wurde, bis es ganz aufhörte.

Ist es auch bei Josefa so? Sie ist mehr Weibchen als Mademoiselle Blanche, sie braucht Männer. Sicher trifft sie untertags welche und schläft mit ihnen, gesund und wild, dabei fröhlich, ohne sich in belastende Gefühle zu verstricken.

Er ist glücklich, als er die Glocken läuten hört, die heute vor den sechs Schlägen der Uhr ertönen. Ist es ein Zufall, daß er zur selben Zeit aufgewacht ist wie gestern, oder muß er darin ein mechanisches Eingreifen des Unbewußten sehen?

Er atmet mit einer gewissen Beklemmung. Aber das bekümmert ihn nicht, im Gegenteil. Wenn er kränker ist, wenn sich Komplikationen einstellen, wird ihnen das zeigen, daß er recht gehabt hat.

Was Besson betrifft, so hat er sich gestern vielleicht geirrt, und das verursacht ihm Gewissensbisse. Er hat seinem Freund Berechnung unterstellt, er hat einen zynischen Ehrgeizling aus ihm gemacht. Haben andere nicht dieselbe Meinung über ihn selbst? Auch er hat einen fulminanten Aufstieg hinter sich, einen erstaunlicheren noch als Besson, wenn man den Ausgangspunkt bedenkt.

Als er von Fécamp wegging, waren da nicht einige überzeugt, er wolle »Paris erobern«, wie man ironisch sagt?

Er betrachtet immer noch Josefa, fasziniert von der Hand, die sie in der Unschuld des Schlafs auf ihr Geschlecht gedrückt hält. Er denkt an mehreres gleichzeitig, an Josefa, an die Frauen im allgemeinen, an Lina, an den jungen Mann in Fécamp, der sich mit sechzehn Jahren seine erste Pfeife kaufte, weniger, um mehr Selbstsicherheit zu bekommen, als deswegen, weil er sie als Symbol betrachtete.

Wie sein Ehrgeiz von damals aufkam und zu welcher Zeit genau, das wüßte er nicht mehr zu sagen. Seine jetzigen Freunde würden sich über ihn wundern. Er hat keineswegs vorgehabt, in Paris zu leben, in das er noch nie einen Schritt gesetzt hatte. Schon der Name der Hauptstadt flößte ihm Furcht ein.

Sein Ziel war viel naheliegender und recht bescheiden gewesen. Er dachte sich sein Leben in Le Havre, wohin er manchmal mit dem Fahrrad fuhr, um spazierenzugehen, sich in den belebten Straßen den Wind um die Nase wehen zu lassen und sich in die Terrassencafés zu setzen.

Er wollte nicht in Fécamp bei der Zeitung bleiben, für die er aufgrund eines glücklichen Zufalls einen Presseausweis bekommen hatte. Er würde dorthin gehen und ein richtiger Journalist werden. Jeden Morgen ginge er mit der Pfeife im Mund und den Händen in den Hosentaschen in die Redaktionsbüros und würde sich auf seinen Platz setzen, zufrieden mit sich, mit seiner Arbeit, einverstanden mit der Welt.

Theoretisch gesehen hätte es sich auch so ergeben müssen. Daß es anders kam, dafür waren mindestens zwei Zufälle verantwortlich.

Er wollte erst seinen Militärdienst hinter sich bringen, bevor er seine Bewerbung einreichte. Ein paar Wochen vor der Musterung jedoch wurde er krank. Sein Herz fing ohne jeden ersichtlichen Grund an, wild zu klopfen, während zugleich seine Beine weich wurden und sein Körper sich mit Schweiß bedeckte.

Er ging zu Dr. Valabron, dem Hausarzt, der schon seine Mutter behandelt hatte. Die Meinungen über Valabron waren geteilt, denn er verbrachte ein gut Teil seiner Zeit beim Kartenspielen in Cafés und war nicht gerade ein gepflegter Mann.

Der Arzt verschrieb ihm einige Wochen Ruhe, Tropfen, die er dreimal täglich einnehmen sollte, und versicherte ihm, derartige Störungen seien häufig bei jungen Menschen, die zu schnell wachsen.

Zwei Monate lang tat er nichts als lesen, gemächlich spazierengehen, die Schiffe im Hafen betrachten, und er schickte seiner Zeitung Lokalnachrichten, die man ihm jeden Morgen im Polizeikommissariat zukommen ließ.

Er hat wenig Bilder behalten aus dieser Zeit, zwei oder drei, eins davon der Strand, das unvergeßliche Geräusch der Brandung und seiner Schuhe auf dem Kies, ein anderes die Krabben in den Pfützen, die die Flut zurückgelassen hatte.

Als er sich im Rathaus zur Musterung stellte, widmete ihm zu seiner Verwunderung der Arzt mehr Zeit als den anderen, er machte ein ernstes Gesicht, stellte ihm viele Fragen über seine Mutter und entließ ihn schließlich als dienstuntauglich.

»Der Major ist ein Idiot!« entschied Valabron. »Ich kann mir schon vorstellen, was er diagnostiziert hat, ein angeborenes Herzleiden oder sowas. Ich war dabei, wie du geboren bist, und ich schwöre dir, dein Herz ist so kräftig wie das irgendeines anderen.«

Weitere Einzelheiten erklärte Valabron ihm nicht. Ihn hielt nun nichts mehr in Fécamp als sein Vater, der immer mehr trank und den er kaum einmal zur Essenszeit sah.

Er fuhr nach Le Havre. Das Personal, entgegnete ihm der Chefredakteur, sei vollzählig, was weiter nicht verwunderlich war, da drei Personen vollauf genügten, um die Zeitung herzustellen.

Er dachte an Rouen, wo er aber auch nicht mehr Erfolg hatte und wo man ihm nicht die geringste Hoffnung ließ. Was blieb anderes übrig als Paris?

Man kann also nicht behaupten, daß er dorthin gewollt hätte. Im Gegenteil, er hatte sich heftig dagegen gesträubt. Er hatte alles versucht, um in der Provinz bleiben und das bescheidene Leben zu führen, für das er sich bestimmt glaubte.

Und als er in Paris ankam, war es da nicht sein Wunsch gewesen, Sekretär in einer Redaktion zu werden, eine Art Beamter des Journalismus, mit geregelter Arbeitszeit und monotoner Arbeit?

Im großen Krankensaal entsteht Bewegung, und im Hof ertönt der Lärm der Mülltonnen. Nichts entgeht ihm von diesem beginnenden Tag. Was ihn nicht daran hindert, von einem Gedanken zum anderen zu springen, ohne Josefa aus den Augen zu lassen, die hoffentlich noch nicht so bald aufwacht.

Wenn er eines Tages wiederhergestellt ist, oder jedenfalls fast wiederhergestellt, möchte er mit Josefa schlafen, auch wenn es nur ein einziges Mal wäre, denn sie stellt einen von den beiden Frauentypen dar, die ihn immer angezogen haben. Aus einer unerklärlichen Widerspruchshaltung heraus hat er sich immer für Frauen ganz verschiedenen, fast entgegengesetzten Typs interessiert.

Machen ihm Frauen Angst? Es wäre die einleuchtendste Erklärung für sein Verhalten. Im Grunde ist er überzeugt, daß sie falsch ist, aber mit seinen vierundfünfzig Jahren ist er außerstande, eine neue zu finden.

Er fühlt die richtige Erklärung, aber das ist nicht dasselbe. Würde es seine Freunde nicht zum Lachen reizen, wenn er zugeben würde, daß die Frau für ihn, trotz all der Jahre und vieler Erfahrungen, ihr Geheimnis, ihren Nimbus bewahrt hat, und daß er, wenn er an die Liebe denkt, noch immer versucht ist, die Worte aus dem Katechismus zu verwenden: »Das Werk des Fleisches«?

Nicht nur in bezug auf Frauen hat ihn der Katechismus geprägt. Er hat den Abbé Vinage wieder vor Augen, einen kaum dreißigjährigen Mann, der die Kinder in der Sakristei um sich versammelte und zu ihnen sagte:

»Alles zählt vor der Ewigkeit, nichts geht verloren, nicht einmal unsere geheimsten Gedanken, und eines Tages werden wir jede Minute unseres Lebens auf den Waagschalen des Gerichts wiederfinden ...«

Er ist getauft worden, hat die Erste Heilige Kommunion empfangen und die Firmung. Er ist jeden Sonntag zum Hochamt gegangen und hat von Zeit zu Zeit kommuniziert. Erst als er achtzehn Jahre alt war, hat er nach und nach aufgehört, in die Kirche zu gehen, ohne daß ein Bruch oder eine Krise stattgefunden hätten.

Als ihn um das fünfzehnte Lebensjahr herum sein sexuelles Verlangen allzu sehr quälte, strich er mehrere Abende lang um das öffentliche Haus, das damals am Hafen stand und dessen rote Laterne ihn derart erregte, daß es ihm die Brust zusammenzog, wenn er sie nur von weitem betrachtete.

Das Haus lag zwischen den beiden Hafenbecken, die Maste und die Rahen knarrten die ganze Nacht hindurch, es stand einzeln da, und die Fischer strichen darum herum, mit schweren, oft schwankenden Schritten.

Es hatte zwei Eingänge, einen unter der Laterne, der in den großen Salon führte, wo sich die Kunden unter die kurzberockten Frauen setzten, der andere war versteckter und den »besseren Herren« vorbehalten.

Diese Tür war es, die er eines Abends im Nieselregen aufstieß. Die Besitzerin, Madame Jeanne, eine immer noch appetitliche Frau, zögerte, das merkte er.

Er war so aufgeregt in diesem Moment, daß er hoffte, sie würde ihn zu jung finden. Schließlich lächelte sie aber und rief eins ihrer Mädchen. Er ist mit ihr hinaufgegangen, wie man das nannte.

Vielleicht ist das die genaueste Erinnerung in seinem Leben, genauer noch als der Morgen mit der »Sainte-Thérèse«: die Frau mit geöffneten Schenkeln über dem Bettrand, wie für ein Opfer, die fahle Haut, die scharf sich abzeichnenden Haare, von denen er nicht den Blick wenden konnte.

Am nächsten Morgen ist er zur Beichte gegangen, und er durchlebte schreckliche Wochen in der Angst, daß er sich vielleicht angesteckt hatte. Trotzdem ist er wieder hingegangen. Während seiner ganzen Jugend in Fécamp hat er keine anderen Frauen gekannt als diese. Er ist nie auf den Gedanken gekommen, sich eine Freundin zuzulegen wie die meisten Jungen in seinem Alter oder abends zum Ausgang der Konservenfabrik zu pilgern und darauf zu warten, daß die Mädchen herauskamen.

Lag es an einer gewissen Faulheit seinerseits? Schüchternheit? Furcht davor, sich lächerlich zu machen? Oder davor, der Situation nicht gewachsen zu sein?

Dennoch gab es auch die Idealfrau in Fleisch und Blut, und es läßt sich durchaus behaupten, daß er auf seine Art verliebt war. Er war verliebt in eine Frau von fünfunddreißig Jahren, Madame Remage, die Frau des Reeders, bei dem sein Vater arbeitete.

Ähnelt ihr Mademoiselle Blanche nicht ein bißchen, nur daß sie jünger und mitteilsamer ist? Madame Remage war eine Chabut, die einzige Tochter der Chabut aus Le Havre, Besitzer der Galeries Nouvelles, des großen Kaufhauses der Stadt.

Der Reeder wohnte mit seiner Frau in einem neuen Haus an der Straße nach Yport über der Steilküste. Sie hatten zwei Kinder, die man im Garten auf dem Rasen spielen sehen konnte, wenn man vorüberkam.

Sie hieß Odile. Er begegnete ihr oft in der Stadt, wo sie Einkäufe machte, gefolgt von Wagen und Chauffeur, immer war sie ruhig und lächelte, als hätte sie nur an angenehme Dinge zu denken. Ihr Gesicht mit dem hellen Teint, den feingezeichneten Lippen strahlte eine innere Heiterkeit aus, ein friedvolles Vertrauen in das Schicksal und die Menschen.

Wie sie heute wohl aussieht? Sie ist eine alte Dame geworden, er hat sie nie wieder gesehen, und so kann er sich das Bild von früher bewahren.

War sie wirklich im Besitz der Heiterkeit, die er ihr in seiner Erinnerung zuschreibt? Wenn er an sie denkt, fallen ihm die Worte Sauberkeit, Reinheit ein, wie bei Mademoiselle Blanche.

Mit einem Unterschied allerdings, der wohl daher kommt, daß er älter geworden ist. Als junger Mann hat er versucht, sich Odile Remage im Bett vorzustellen, in Posen, die die Mädchen in dem Haus am Hafen einnahmen, wenn er zu ihnen kam. Es ist ihm nicht gelungen. Dabei hatte sie zwei Kinder, zwei Mädchen, die jetzt verheiratet sind, ihrerseits Mütter und fast schon alte Damen.

Bei Mademoiselle Blanche gelingt es ihm, fast zu seinem Bedauern. Hat der Katechismus die Sehnsucht nach einer gewissen Reinheit in ihm hinterlassen?

Josefa hat ihre Hand zurückgezogen, und die Uniform ist an der Stelle, wo sie gelegen ist, ein wenig zerknittert. Sie wird wohl bald aufwachen. Ihr Atem geht schneller, und Wogen gehen über ihr Gesicht, die an das Zittern eines Sees erinnern, wenn der Wind sich erhebt.

Ihm ist heiß. Vor dem Fenster ist es schon nicht mehr ganz schwarz. Der Regen fällt stärker, und das Wasser plätschert wie ein Bach in die Dachrinne. Autos halten im Hof, Wagentüren schlagen zu, Leute laufen schnell auf das Eingangstor zu.

Er vernimmt wieder dieselbe Abfolge von Geräuschen wie am Tag zuvor, Schritte auf der Treppe, in den Gängen, in den Sälen, aus denen er nur etwas hört, die er nie gesehen hat.

Auch der Kaffeegeruch dringt zu ihm, und vor der Tür ziehen Schatten vorbei.

Josefa erhebt sich heute mit einem Ruck, gerade, als er nicht hinschaut. Das bedauert er. Als er den Kopf zu ihr wendet, mit geöffneten Augen, knöpft sie bereits ihren Schwesternkittel wieder zu, der Knitterfalten hat wie ihre Wange.

Es geniert sie nicht, daß er sie im Schlaf betrachtet hat.

»Haben Sie gut geschlafen? Sind Sie schon lange wach? Brauchen Sie etwas?«

Für sie ist das Nebeneinanderschlafen etwas Natürliches. Für ihn nicht. Wenn er allerdings genau darüber nachdenkt, schon. Dennoch kommt es ihm so vor, als hätte sie ihm ein wenig von ihrem Intimleben überlassen. Sie denkt so wenig daran, daß sie sich kaum umwendet, als sie ihre Strümpfe am Strumpfhalter festmacht.

Ist er mit vierundfünfzig Jahren noch immer so naiv, daß er für so simple Kleinigkeiten empfänglich ist?

»Ich bin spät dran heute morgen«, sagt sie, als sie die halbe Stunde schlagen hört. »Meine Kollegin ist sicher schon da.«

Sie fährt sich durch das Haar und läuft hinaus. Dabei läßt sie die Tür halb offen. Er überlegt, ob er mit seiner halben Stunde zufrieden oder enttäuscht ist. Es gibt so viele Fragen, auf die er gern eine Antwort hätte, Fragen, wie man sie im normalen Leben wegschiebt oder vermeidet, die jedoch in einem Krankenhausbett große Bedeutung annehmen.

Er möchte nicht fortgehen, ohne eine Antwort gefunden zu haben. Fortgehen ist ein Euphemismus, den er aus Schamgefühl benutzt. Gestern, als er mit Mademoiselle Blanche gegen Ende des Tages allein war, ist ihm ein Gedanke gekommen.

Anders als an den anderen Spätnachmittagen hat sie nicht die Lampe angezündet, vielleicht weil sie gesehen hat, daß er tief bewegt war, und ihm Zeit lassen wollte, sich wieder zu fassen, vielleicht, weil sie selbst tief bewegt war angesichts der Tränen eines Mannes in seinem Alter.

Denn für sie ist er ja fast schon ein alter Mann. Eine Zeitlang sind sie so im Halbdunkel geblieben, das einzig von dem gedämpften Licht aus dem Gang erhellt wurde. Für kurze Zeit hat er sich für Jublin nehmen können, in seiner dumpfen Wohnung in der Rue de Rennes.

Hat Jublin seine fünf Jahre Einsamkeit dazu benutzt, Bilanz zu ziehen, eine Art Revision seines verflossenen Lebens vorzunehmen?

Er befindet sich in der gleichen Lage wie sein Freund, davon ist er überzeugt, trotz der optimistischen Beteuerungen von Besson, und er möchte eine Bestandsaufnahme seines Lebens machen.

Es handelt sich nicht um eine Beichte, auch nicht um eine Gewissenserforschung.

»Mein Vater, ich bekenne ...«

Nein! Er möchte mit größtmöglicher Objektivität feststellen, was von vierundfünfzig Jahren eines Männerlebens übrigbleibt.

Abbé Vinage behauptete in gutem Glauben:

»Alles zählt. Nichts geht verloren ...«

Und doch gibt es ganze Zeiträume, an die er nur eine verschwommene, eher unerfreuliche Erinnerung bewahrt hat. Ebenso wie es ihm nicht gelingt, Besson wieder so zu sehen, wie er ihn zur Zeit der Brasserie Graf gekannt hat, ist es ihm unmöglich, sich in die Haut desjenigen zurückzuversetzen, der er selbst zu bestimmten Zeiten seines Lebens gewesen ist.

Er hat sich im Leerlauf bewegt. Er schämt sich für manche seiner Begeisterungsanfälle ebenso wie für manche Verzagtheiten, die ihm jetzt belanglos und lächerlich vorkommen.

Wenn alles zählt, wenn nichts verloren geht von unseren Taten, nicht einmal von Augenblicksgedanken, müßte er dann nicht in seinem Inneren tiefer reichende Spuren vorfinden als die paar Bilder, die er nicht gerufen hat, von denen ihn nur überrascht, daß sie sich einstellen und andere nicht?

Er bewegt sich im Bett hin und her, ihm ist nicht wohl. Gestern in der Dämmerung hat er mit einem Vorhaben geliebäugelt, das sich schnell als unsinnig, jedenfalls als undurchführbar erwiesen hat. Heißt es nicht, sich zuviel Bedeutung beimessen, wenn man sich sein ganzes Leben vornehmen will, Jahr für Jahr, bis ins kleinste Detail, wie in den Biographien berühmter Leute, wo alles klar, logisch, geordnet erscheint?

Für ihn ist nichts klar und wohlgeordnet, alles verwirrt sich, auch der Zeitfaden. Er starrt auf die halboffene Tür. Vor ein paar Minuten noch hat er sich völliges Alleinsein gewünscht, jetzt befindet er sich in den Klauen einer unbestimmten Angst, weil Mademoiselle Blanche noch nicht da ist!

Sie hat kalte Hände und feuchtes Haar, und sie macht einen zerstreuten Eindruck, so als wäre sie in großer Eile gewesen und hätte noch nicht die Zeit gehabt, sich ins Krankenhausleben einzufinden. Sie riecht nach draußen. Ihr Blick wird jedoch sogleich liebevoll, sie scheint sich zu freuen, daß sie ihn wiedersieht.

»Was für eine Sintflut! Und dann noch der Wind. An einer Straßenecke mußte ich anhalten, weil ich nicht mehr durch die Windschutzscheibe sehen konnte.«

Sie hat also ein Auto. Es ist das erste Mal, daß sie eine Anspielung auf ihr Leben außerhalb des Krankenhauses macht. Tut sie es in der Absicht, ihm den Geschmack daran wiederzugeben?

Sie hat die Urinflasche unter die Bettdecke gesteckt und das Thermometer unter seinen linken Arm, und für einen kurzen Moment sind sich ihre beiden Gesichter so nahe gewesen, daß ihr braunes Haar seine Wange streifte.

Während sie sich wie jeden Morgen ans Aufräumen macht, kann er zu seinen Fragen zurückkehren. Er muß korrigieren, was er vorhin gedacht hat; das beweist, wie schwierig es ist, sich selbst gegenüber aufrichtig zu sein.

Er hat an seine Bordellbesuche in Fécamp gedacht, als hätten sie solange gedauert, bis er die Stadt verließ. Das ist nicht ganz richtig. Gewiß, es geht nicht um eine Beichte oder um eine Aussage unter Eid. Trotzdem, er hat gemogelt.

Er hat versucht, ein Bild auszulöschen, das Bild von dem Haus zwischen den Hafenbecken, von ihm selbst, wie er wartend im Schatten steht, und von einem Betrunkenen, einem massigen Kerl mit Matrosenmütze, der herauskommt und sich entfernt, gestikulierend und Selbstgespräche führend.

René will gerade über die Straße gehen, als er hört, wie sich Schritte nähern. Er wartet, bis der Weg frei ist, und als der andere unter der Gaslaterne vorbeigeht, erkennt er seinen Vater mit hochgeschlagenem Mantelkragen, den Hut in die Stirn gedrückt, wie er auf die Tür für die »besseren Herren« zugeht und nach kurzem Geflüster mit Madame Jeanne im Innern verschwindet.

Das ist nichts Ungewöhnliches. Sein Vater war zu dieser Zeit schon seit zehn Jahren Witwer. Trotzdem läuft René, irritiert und abgeschreckt, die Quais entlang und geht dann nach Hause. Er liegt im Bett, mit offenen Augen, als er hört, wie sich die Haustür öffnet und wieder schließt.

Er ist nicht mehr zu Madame Jeanne gegangen. Das heißt, er mogelt schon wieder: Er ist noch einmal hingegangen, der Wind blies stürmisch, und es war ihm zuviel, zweimal mit dem Rad die dreißig Kilometer zwischen Fécamp und Le Havre zurückzulegen. Denn er ist von da an, wenn sein Verlangen zu stark wurde und er kurz davor war, Halluzinationen zu bekommen, nach Le Havre gefahren.

Mademoiselle Blanche nimmt das Thermometer

wieder an sich, hält es sich vor die Augen, und er bemerkt ihre Überraschung. Er weiß, daß er Fieber hat. Der Verdacht ist ihm schon beim Aufwachen gekommen. Seine Benommenheit war eine andere als die nach den Medikamenten in den letzten Tagen. Sie hat ihn eher an die Grippe erinnert, die er jeden Herbst hat, seine Brust ist oben wie zugeschnürt.

»Tut Ihnen irgend etwas weh?«

Sie sitzt in der ihm vertrauten Haltung auf dem Bettrand und fühlt ihm den Puls. Beim Zählen der Pulsschläge bewegen sich ihre Lippen. Sie gibt sich Mühe, ihre Besorgnis zu verbergen. Nach einigen Minuten geht sie voller Unruhe hinaus, unter dem Vorwand, eine Tasse Kaffee zu trinken.

Während ihrer Abwesenheit öffnet sich langsam und lautlos die Tür, und der Patient von gestern, der Alte im lila Morgenrock, steht wieder da und betrachtet ihn. Sein ausdrucksloses Gesicht kann einem Angst einjagen. Wenn es ein Verrückter ist, wie Maugras annimmt, hindert ihn nichts daran, ins Zimmer zu kommen, zum Bett zu gehen...

Er ist erleichtert, als er den Schritt der Schwester hört, die den Besucher lediglich zur Tür hinausschiebt und ihm die Schulter tätschelt, wie man den Rücken eines alten Hundes tätschelt.

Er fragt sich, wie es im großen Krankensaal wohl zugeht. Aus den Schatten zu schließen, die er vorbeiwandeln sieht, muß es dort etwa vierzig Betten geben, und es gibt nur zwei Schwestern für die Pflege. Nachts hält sich nur eine Nachtschwester in einer Ecke im Gang auf.

Er hat eine Schwester für sich allein, rund um die Uhr. Erscheint das nicht in den Augen der anderen als ausgefallener Luxus? Wenn sie an seiner Tür vorbeigehen, werfen sie nicht eher einen neidischen Blick durch den Türspalt als einen neugierigen? Fragen sie sich, wer der Glückliche ist, der ein Einzelzimmer hat? Hat ihnen das Personal von ihm erzählt, und unterhalten sie sich über ihn?

Er wundert sich, daß Mademoiselle Blanche sich nicht an seine Morgenwäsche macht. Als er aber die Stationsschwester hereinkommen sieht, ist ihm alles klar. Sie ist nicht zufällig vorbeigekommen, man hat sie verständigt. Sie greift sofort nach seinem Handgelenk und sieht ihm aufmerksam ins Gesicht.

Sicher glänzen seine Augen und seine Wangen glühen. Er ist noch keine Stunde wach, der Tag hat kaum Zeit gehabt anzubrechen, und er fühlt sich bereits unwohl, bleiern, das Atmen fällt ihm zunehmend schwerer.

Es macht ihm kein Vergnügen, dem Regen zuzusehen, der diagonal über die Fensterscheiben strömt, und dem Wind zuzuhören, der irgendwo einen Fensterladen klappern läßt.

Er kann nichts dafür, aber er ist nicht erzürnt über die Ereignisse. Sie beweisen nur, daß er gestern Besson mit seinem anempfohlenen Optimismus gegenüber im Recht war. Wird er gleich herbeigelaufen kommen?

»Ich helfe Ihnen«, sagt die Stationsschwester zu Mademoiselle Blanche.

Helfen bei was? Er schaut sie mißtrauisch an. Er mag sie nicht. Noch dazu, als sie ihn jetzt fragt:

»Brauchen Sie die Schüssel?«

Nein! Er braucht, daß sie geht. Aber sie geht nicht. Sie hilft Mademoiselle Blanche, ihn zu waschen und die Bettwäsche zu wechseln. Unterdessen ist der Assistenzarzt gekommen, der offenbar ebenfalls benachrichtigt worden ist. Er trägt das Stethoskop um den Hals.

Wie in den ersten Tagen werden um ihn herum Blikke ausgetauscht. Er nimmt nicht Teil an dem Spiel, wohlgemerkt. Was vorgeht, betrifft ihn nicht, auch wenn es in seinem Körper vorgeht.

Das Stethoskop, noch warm von der Berührung mit einer anderen Brust, legt sich auf seine Bronchien, auf seine Lungen, auf sein Herz.

Der Assistenzarzt riecht nach kaltem Tabak. Er richtet sich wieder auf, sagt leise ein paar Worte zur Stationsschwester, und alle drei drehen an den Griffen an seinem Bett. Seine Beine werden in die Höhe gehoben, sein Kopf liegt nach unten, Schleim gleitet seine Kehle hinauf und beginnt ihm den Mund zu füllen, und er kann ihn nicht ausspucken.

Sie flüstern noch in einer Ecke. Als Mademoiselle Blanche zum Bett zurückkommt, sind sie wieder allein im Zimmer. Sie ergreift seine Hand, diesmal nicht, um ihm den Puls zu fühlen, sondern mit freundschaftlicher Geste.

»Haben Sie keine Angst. Professor Audoire hat ein wenig damit gerechnet. Das passiert in fünfzig von hundert Fällen. Sie haben eine kleine Bronchitis, und davon kommt das Fieber.«

Woher das Ganze kommt, sagt sie ihm nicht.

»Der Professor kann nicht sofort kommen. Er hatte um sechs Uhr eine Notoperation und ist noch im Operationssaal.«

Wo befindet sich dieser Saal? Im Erdgeschoß? In seinem Stockwerk? Da war also im Morgengrauen, während er Josefas Brüste betrachtete und an Fécamp dachte, während die Glocken läuteten und anschließend die Kirchenuhr schlug, ein bewußtloser Mann, dem man für kurze Zeit oder für immer die bewußte Wahrnehmung seiner Existenz genommen hatte, umgeben von maskierten Geisterwesen, die etwas wie ein langsam sich bewegendes und tragisches Ballett bildeten.

Nachdem Audoire noch nicht hier ist, ist die Operation noch nicht zu Ende. Um was für eine handelt es sich? Ist es ein Schlaganfall, wird ein Tumor herausgeschnitten?

Nun packt ihn wirkliche Angst. Er will nicht, daß man ihn operiert, daß man ihm den Schädel öffnet. Seine Hand krampft sich um die der Schwester, er würde gern reden, ihr sagen, daß er es verbietet, daß man ihn ohne sein Wissen operiert, sie anflehen, daß sie es verhindert.

Es ist nur zu einfach. Eine Spritze genügt, um ihn einzuschläfern, und sie brauchen ihn nur noch auf eines der fahrbaren Betten zu legen, die ihn schon zweimal in dem großen Aufzug nach unten gebracht haben.

Er hat gefühlt, daß er in ihrer Hand ist, jetzt wird ihm bewußt, wie sehr.

»Bewegen Sie sich nicht. Ich weiß, es ist nicht angenehm. Sie wissen es nicht mehr, aber als Sie im Koma lagen, sind Sie zwei Tage in dieser Position gelegen.«

Steigt das Fieber? Ihm wird immer heißer, es ist erstaunlich, wie schnell es zunimmt.

Immer noch ist es ihm egal, ob er stirbt. Nicht ganz, er belügt sich schon wieder. Aber in jedem Falle stirbt er lieber hier, bei Mademoiselle Blanche, als mit offenem Schädel im Operationssaal.

»Ich denke, der Professor wird Ihnen noch Penicillin geben, dann geht es Ihnen gleich besser.«

Auch sie wird ungeduldig, schaut ein paarmal zur Tür und auf die Uhr. Der Speichel läuft ihm aus dem Mund, und sie wischt ihm zwischendurch das Gesicht ab.

Endlich öffnet sich die Tür, und ein Audoire kommt herein, der ganz anders aussieht als an den anderen Tagen, ein eindrucksvoller, beinahe furchterregender Audoire, der nichts mehr von einem Kleinbürger in der Metro hat.

Er ist ganz in Weiß, die Hosen sehen aus wie Schlafanzughosen, ein dünner, durchsichtiger Kittel ohne Knöpfe ist auf dem Rücken mit Schnüren zugebunden, und er trägt grünliche Gummistiefel.

Seine Unterarme sind nackt wie bei einem Metzger und sehr behaart. Ein Mundschutz hängt unter seinem Kinn. Er wird gefolgt von der Stationsschwester und dem Assistenzarzt. Das sind viele Leute auf einmal in dem kleinen Zimmer, und die Spannung steigt.

Audoire hört ihn lange ab, zweimal hintereinander, mit unbewegtem Gesicht. Er hebt seine Augenlider hoch, tastet seine Gliedmaßen ab, kratzt ihn noch einmal an den Fußsohlen ...

»Öffnen Sie den Mund.«

Er führt einen metallischen Gegenstand ein, vielleicht nur einen Löffel, aber das macht Maugras nicht weniger Angst. Heute morgen erschreckt ihn alles. Es ist anders als bisher. Er ist ihnen ausgeliefert und kann nichts dagegen tun.

Sie brauchen nicht einmal mehr Worte, um sich zu verständigen. Ein Blick des Professors, und die Stationsschwester stürzt hinaus und kommt kurz darauf mit einem Apparat wieder, den Maugras keine Zeit mehr hat, näher in Augenschein zu nehmen.

»Sie brauchen nichts zu befürchten. Wir befreien Ihnen die Luftröhre und die oberen Atemwege. Es ist nicht angenehm, aber es dauert nicht lang, und es ist eine Erleichterung.«

Man hält ihn fest, wie man beim Tierarzt einen Hund festhält, damit er sich nicht mehr bewegen kann. Hat er auch einen Hundeblick? Er sieht ihre Gesichter ganz nah und wehrt sich, noch bevor etwas weh tut, etwas mit ihm geschieht.

Ein Apparat öffnet ihm die Kiefer, und ein Schlauch wird in seine Kehle eingeführt. Er fühlt, wie er hinuntergleitet. Er möchte ein Zeichen geben, daß er erstickt, daß er es nicht mehr länger aushält, daß er keine Luft mehr bekommt.

Es waren die bisher schlimmsten zehn bis fünfzehn Minuten seines Lebens. Er hat sich wahrhaftig wie ein Tier gefühlt, und er weiß auch, daß er sich benommen hat wie ein Tier. Erst hat er versucht, um sich zu schlagen, und als er sich nicht mehr bewegen konnte, hat er sie einen nach dem anderen wie wahnsinnig angeblickt.

Sie haben eine Art Pumpe in Gang gesetzt, und es war, als würden sie seine ganze Lunge absaugen. Ohne ihn loszulassen, führten sie dann einen Gummischlauch in seine beiden Nasenlöcher ein, und diesmal war es das Gehirn, das er austreten fühlte.

Endlich gibt man ihm die Freiheit wieder. Nur Mademoiselle Blanche hält noch seine Hand, sie ist ganz verstört. Er rührt sich nicht mehr, er ist ausgeleert, vollkommen erschöpft, unfähig zur geringsten Reaktion. Er ist nicht einmal mehr neugierig auf irgend etwas, er schaut sie alle trübsinnig an, es interessiert ihn nicht mehr, was sie tun oder sagen. Der einzige einigermaßen klare Gedanke, der noch übrig ist, ist der, daß er nicht in den Operationssaal gebracht werden will.

Die Stationsschwester geht noch einmal hinaus und kommt mit einer Spritze und einer Ampulle wieder. Der Professor sticht selbst die Nadel ein und injiziert langsam die Flüssigkeit, ohne seinen Blick von seinem Gesicht zu wenden.

Welche Gefahr droht ihm? Verliert er die Besinnung? Bleibt sein Herz stehen? Oder beobachten sie ihn nur, um sich zu vergewissern, daß er einschläft? Er beißt so fest die Zähne zusammen, daß er sie knirschen hört, und wird nun wie in den ersten Tagen von konvulsivischen Zuckungen in Armen und Beinen geschüttelt. In beiden Armen? In beiden Beinen? Er weiß es nicht.

Er möchte sie von sich stoßen, aus dem Bett steigen,

ihnen entfliehen. Ein Blick von Audoire, und sie kommen ihm zu Hilfe. Er setzt seine Injektion fort, während sie ihn erneut auf seinem Bett festhalten.

Er ist noch nicht eingeschlafen. Die Spritze ist leer. Der Professor richtet sich auf und reicht sie der Stationsschwester.

»Das war alles«, murmelt er und wischt sich die Stirn ab. »Jetzt werden wir Sie nicht mehr plagen.«

Leidet er darunter, daß er Leiden zufügen muß? Seine Verlegenheit läßt es vermuten. Er nimmt die Zigarette entgegen, die Mademoiselle Blanche ihm reicht. Sie weiß offensichtlich, wann er eine braucht.

»Machen Sie sich keine Sorgen darüber, daß Sie sich schlechter fühlen als gestern. Es handelt sich um eine ganz übliche Komplikation ...«

Das hat ihm die Schwester bereits gesagt. Sie hatte kein Recht dazu. Der Arzt entscheidet, was dem Patienten gesagt werden darf und was nicht. Hier drinnen ist die Hierarchie noch strenger als draußen.

»Jetzt sind Ihre Atemwege befreit, und Sie werden ohne Schwierigkeiten atmen. Sie wurden wohl schon oft mit Penicillin behandelt? Das würde die geringe Wirkung der ersten Injektion erklären.«

Wenn man ihm Penicillin gegeben hat, warum ist er dann so benommen? Er ist zu erschöpft und gibt auf. Er schaut sie auch nicht mehr an. Er hört noch den Regen auf die Scheiben klatschen, das Wasser die Dachrinne hinuntergurgeln, und bald darauf entsteht in seinem Kopf ein lautes Summen wie das monotone Geräusch eines fahrenden Zuges.

Wie müde er ist! Eine Ewigkeit lang ist er schon

müde, viele viele Jahre, und er hat trotzdem weitergemacht, trotz der Versuchung, sich gehen zu lassen, keinen Widerstand mehr zu leisten, restlos aufzugeben.

Sie reden immer noch. Die Stimmen entfernen sich. Die Tür öffnet und schließt sich wieder. Unerfindlich, warum sie diesmal ganz geschlossen und nicht ein Stück offen gelassen wird. Ist das ein schlimmes Zeichen? Auch weiß er nicht, ob er jetzt allein ist.

Man hat ihm große Schmerzen zugefügt, vor allem große Angst. Und man hat ihm das geringe Vertrauen genommen, das er noch in sich und in die menschlichen Möglichkeiten bewahrt hatte.

Zehn Minuten lang, unendlich lange, ist er nur noch ein rasendes Tier gewesen, von fremden Händen auf dem Bett festgeklammert. Wenn er hätte beißen können, er hätte gebissen.

Er ist sehr unglücklich darüber. Zum ersten Mal, seitdem er hier ist, packt ihn die Verzweiflung.

Eine warme Hand streicht ihm über die Stirn. Eine Hand, die kurz zuvor geholfen hat, ihn im Bett festzuhalten. Die Hand von jemandem, der ihn pflegt, um sein Leben zu retten.

Er möchte schlafen.

6

Er hat nicht lange geschlafen. Er hat zwar mehrmals das Bewußtsein verloren, Traum und Wirklichkeit haben sich vermischt, aber die meiste Zeit ist er wach gewesen. Er hat die Augen geschlossen gehalten, sich ganz von seiner Umgebung abgelöst, in der mehr oder weniger eingestandenen Absicht, Mademoiselle Blanche zu bestrafen.

Die beiden Italienerinnen sind zum Putzen dagewesen und mit dem Besen ans Fußende seines Bettes gestoßen. Kurz nachdem es elf Uhr geschlagen hatte, ist der Assistenzarzt hereingekommen, in einem Meter Abstand stehengeblieben, hat ihn betrachtet und ist, ohne ein Wort zu sagen, wieder hinausgegangen. Auch die Stationsschwester ist dagewesen, er hat sie an ihrem Geruch erkannt und ein wenig auch an der Übermächtigkeit ihrer Präsenz, und hat ihm die Infusion angelegt.

Vom Friseur ist nicht die Rede gewesen. Seine Wangen und sein Kinn sind sicher schmutzig angegraut, und das bringt ihn über einige Gedankenwindungen auf seinen Vater, seinen Großvater und seine Freunde vom Grand Véfour.

Ein banaler Auslöser genügt also, um Gedanken in Gang zu setzen, die ihm im normalen Leben lächerlich vorgekommen wären. Alles hängt vom Blickwinkel ab, den man gerade hat.

Es gelingt ihm, das Ganze zu ironisieren, indem er sich sagt, daß sein Blickwinkel der eines Menschen ist, dessen Kopf nach unten hängt. Was nicht heißt, daß das, was ihm durch den Kopf geht, unbedingt ohne Bedeutung ist, wie sich herausstellen wird.

Seine Generation hat drei verschiedene Zeitspannen erlebt. Aus welchem sozialen Milieu sie auch stammten, ihre Großväter trugen einen langen Bart, Gehrock und Zylinder, ihre Großmütter Ballonärmel. Ihre Mütter erlebten sie im langen Kleid, mit einem Haarknoten auf dem Kopf, ihr Vater hatte einen Schnurrbart, und jeder von ihnen hatte mindestens einen Onkel, der stolz war auf seinen ausladenden Backenbart.

Die Männer gingen nicht ohne Spazierstock aus dem Haus. Als die ersten Autos auftauchten, wuchs noch Gras und Moos aus dem Straßenpflaster, und die Frauen liefen aus den Häusern, um schnell mit einer kleinen Schaufel die Pferdeäpfel aufzusammeln, die die Pferde auf der Fahrbahn hinterlassen hatten.

Für ihn ist diese Epoche mit dem Ersten Weltkrieg verbunden, mit dem erloschenen Leuchtturm in Fécamp, dem grauen Küstenwachschiff, das vor der Mole ankerte, und den blau angestrichenen Gaslaternen.

Der nächste Zeitabschnitt dauerte bis zum zweiten Weltkrieg. Er war heller, sonniger. Die Kleider waren kürzer, die Frauen bewegten sich freier.

Er entdeckte Paris, bahnte sich nach und nach seinen Weg und konnte nicht genug kriegen von dem Schauspiel auf den Grands Boulevards.

Es kommt ihm so vor, als hätte man dem Leben und den individuellen Problemen nicht so viel Bedeutung beigemessen wie heute. Aber hängt das nicht vielleicht damit zusammen, daß sie jünger waren? Lebten sie nicht, als spielten sie ein Spiel, als würden sie mit dem, was sie taten, keinerlei Verpflichtungen eingehen?

Das Jahr 1940 hat sie in alle Winde verstreut. Die einen wanderten in die nichtbesetzte Zone ab, die anderen nach England oder in die Vereinigten Staaten.

Als die alliierten Truppen dann die Champs-Elysées heruntermarschierten, zählten sie ihre Reihen. Es gab Lücken, einige waren in Konzentrationslagern umgekommen, einer war vom Komitee der Befreiungsarmee erschossen worden. Die einen waren Helden geworden, andere galten als Kollaborateure und wagten sich nicht mehr an die Öffentlichkeit.

Die Grands Boulevards waren nicht mehr das Herz von Paris. Die Champs-Elysées lösten sie ab, und Autos überfluteten die Gehsteige. Wegen der kleinsten Verhandlung flog man mit dem Flugzeug nach New York oder Tokyo.

Warum sieht es jetzt wieder düsterer aus? Liegt es an der atomaren Bedrohung, am beschleunigten Rhythmus des Lebens? Die jungen Mädchen tragen ebenso Blue-jeans wie die jungen Burschen, und anscheinend betreiben die einen wie die anderen die Liebe als Gymnastik.

Diejenigen seiner Freunde, die es geschafft haben, sind in sicheren Positionen oder sind berühmte Leute geworden. Es liegt ihnen daran, sich monatlich zu versammeln, einander zu beobachten, sich verbunden zu fühlen, aber nie im Verlauf der Dienstagdiners kommt die Rede auf die eigentlich wichtigen Fragen.

Ist die einzige Verbindung zwischen ihnen also die, daß sie drei Epochen miterlebt haben, daß sie sich dieselben Erinnerungen, dieselben rückwärts gewandten Sehnsüchte bewahrt haben?

Vielleicht ist es immer so gewesen. Die Menschen des 19. Jahrhunderts, die in ihrem Alter waren, hatten ebenso aufsehenerregende politische und wirtschaftliche Veränderungen erlebt, ebenso verschiedene Kleidermoden und Stile.

Die Frage beschäftigt ihn, weil er das Verhältnis seiner eigenen Entwicklung, für die er selbst verantwortlich ist, zur Entwicklung der übrigen Welt klären will.

Jemand ist an der Tür erschienen, eine Frau. Sie spricht mit Mademoiselle Blanche. Eine Viertelstunde später geht die Tür auf, und er riecht den Geruch von gekochtem Fleisch, den er fast schon vergessen hat. Ein Teller mit Essen wird für die Schwester hereingebracht, und sie ißt schweigend am Fenster. Er verfolgt den Geräuschen entsprechend die Bewegungen des Messers, der Gabel, der Kiefer.

Heute hat er keinen Orangensaft bekommen. Gegen ein Uhr kommt der Professor, um nach ihm zu sehen, bevor er das Krankenhaus verläßt und zum Essen nach Hause fährt. Als er wieder zur Tür geht, öffnet Maugras ein wenig die Augen. Der Professor ist im Straßenanzug, einem dunklen Anzug von ziemlich häßlichem Braun, kaum besser geschnitten als ein Konfektionsanzug.

Vor zwei Stunden ist er böse auf sie gewesen, wütend, weil sie ihn auf seinem Bett festhielten, und erbittert wegen seiner eigenen Panik. Jetzt sucht er die

Schuld bei sich. Er hat sich ganz albern aufgeführt, er hat gar nicht erst versucht, den physischen Schmerz zu beherrschen, mit Anstand die kleinen »Plagen« zu ertragen, wie sie sich ausdrücken.

War er nicht genauso albern wie einer, der zitternd zum Zahnarzt kommt, und, kaum sitzt er auf dem Behandlungsstuhl, durchdreht, bevor er noch den Mund aufgemacht hat? Es ist ihm gegangen, wie es allen geht: Nach dem Eingriff hat er seine Angst und die wenigen Augenblicke von Schmerz vergessen.

Mit seinen Krankheiten ist es ebenso gewesen. Er behauptet gern und nicht ohne Stolz – als hinge das von ihm ab –, daß er nie krank gewesen ist. Bei genauerem Überlegen fällt ihm ein, daß er, abgesehen von seiner Blinddarmentzündung und der Herzschwäche in seiner Jugend, jedes Jahr mehrere Tage im Bett verbringt.

Unzählige Male war ihm, wenn er beim Arzt vom Wartezimmer ins Sprechzimmer ging, der Schweiß ausgebrochen in Erwartung einer schlimmen Diagnose, und wenn er sein Hemd auszog, hatte er sich gefragt, ob nun die Stunde der Krankheit geschlagen habe.

So nennt er es, und er weiß, was er damit meint. Man kann krank sein, ohne es zu wissen, man kann jahrelang ein Leiden mit sich herumtragen und dabei ein Mensch sein wie die anderen auch.

Eines Tages sucht man wegen eines belanglosen Unwohlseins, einem Pickel, wegen Halsweh oder einem Stechen in der Brust den Arzt auf. Man geht ganz normal ins Sprechzimmer, man beobachtet den Arzt, während er einen abhört. Und dann fällt er mit betretener Miene den Urteilsspruch. Man ist ein Kranker geworden, der das Leben niemals wieder im selben Licht sehen wird.

Ist es mit ihm jetzt auch so? Erst freundlich, dann ungeduldig hat Besson d'Argoulet ihm klarzumachen versucht, daß seine geistige und psychische Verfassung dem üblichen Krankheitsverlauf entspricht und keineswegs ungewöhnlich ist.

Warum fällt ihm dabei sein achtzigjähriger Vater ein, der immer noch in dem Haus in der Rue d'Etretat wohnt, wo er geboren wurde?

Er hat ihm des öfteren den Vorschlag gemacht, ihm für seinen Ruhestand in der Nähe von Paris auf dem Land ein Häuschen zu kaufen mit einem Garten, oder ihm in Fécamp eine moderne Wohnung zu mieten und ein Hausmädchen für ihn zu engagieren.

Sein Vater will nicht. Er erledigt weiterhin seinen Haushalt und kocht sein Essen selbst, wie er es getan hat, als René noch ein Kind war.

Wenn er als Junge von der Schule heimkam und mit dem Schlüssel in das leere Haus ging, fand er auf dem Küchentisch einen bleistiftgeschriebenen Zettel mit der Liste der Lebensmittel, die er im Viertel einkaufen sollte.

Bevor er mit seinen Hausaufgaben anfing, schälte er Kartoffeln, putzte Gemüse und stellte die Suppe aufs Feuer.

Es fiel ihm gar nicht ein, auf seine Kameraden eifersüchtig zu sein, die bis Einbruch der Nacht auf der Straße spielen durften.

Auch sein Vater beklagte sich nicht. Liegt es an der Zeit? Ergaben sich die Menschen der unteren Schichten eher in ihr Schicksal, wissend, daß sie es nicht ändern konnten?

Sein Vater war auf niemanden neidisch. Er hegte keinerlei Hoffnung, die soziale Stufenleiter vielleicht noch ein, zwei Schritte hinaufzuklettern. Er würde Buchführung machen, bis er zu alt dazu war, und beim Entladen der Schiffe Kabeljaubündel zählen und Lebensmittel und Salzsäcke, wenn sie ausliefen.

Sie haben ein eintöniges Leben geführt in dem Haus, in dem jedes Ding an seiner Stelle stand.

Maugras hätte nicht zu sagen gewußt, wann sein Vater die Gewohnheit annahm, immer später heimzukommen, mit dem Geruch von Genever im Schnurrbart.

Dann kam er eine Stunde später zum Essen heim, weil er bei Léon, in einer Hafenkneipe, Karten spielte.

Betrunken hat er sich nicht, aber die Stunden im Café wurden für ihn immer wichtiger, und schließlich ging er nach dem Essen auch wieder dorthin.

Sein Blick wurde zunehmend starrer. Manchmal stolperte er über Worte. Von Zeit zu Zeit hatte er einen Anfall von Sentimentalität, dann schaute er auf den Korbstuhl und fing an zu weinen.

René hat gelernt, daß man über seine Eltern nicht richtet. Vor allem der Abbé Vinage trichterte ihm ein Idealbild der Familie ein, wie man es in Kinderbüchern findet.

Sicher liebte er seinen Vater. Aber der Junge entdeckte nicht ohne Bedrückung, daß er nicht sonderlich intelligent war, daß er einen sehr beschränkten Horizont hatte, daß seine Ergebenheit und seine Sanftmut offenbar nur auf Dummheit beruhten.

Als er von Fécamp fortging, trank sein Vater bereits ziemlich viel. Zwei- oder dreimal hatte er ihn ausziehen und ins Bett bringen müssen, während er unaufhörlich klagte:

»Deine Mutter, weißt du ... Wenn Gott sie mir nur nicht genommen hätte ...«

Das war seine einzige Art von Protest.

»Warum sie? Was hab ich ihm getan, dem lieben Gott?«

Mit achtundsechzig Jahren – bei Remage, wo der Schwiegersohn die Nachfolge angetreten hatte, hatte man ihn aus Mitleid behalten – erlitt er einen Anfall von Delirium tremens. Sein Sohn erfuhr es erst später, als er schon drei Wochen im Krankenhaus lag, und er hat eine seiner wenigen Reisen nach Fécamp gemacht.

Er kam in einen Saal, in dem außer seinem Vater noch andere alte Männer vor sich hinkümmerten, und fand sich einem kleinen, ausgemergelten alten Mann gegenüber, der verstockter dreinsah als je.

»Warum bist du gekommen? Du hättest dir die Mühe nicht zu machen brauchen, du hast Wichtigeres zu tun...«

Heute stellt er sich die Frage, ob sein Vater sich freut über seinen Erfolg oder ob er sich nicht vielmehr insgeheim gedemütigt fühlt. Jedesmal, wenn er auf seine inständigen Bitten hin für ein paar Tage nach Paris kam, hat er den Umkreis, in dem René lebte, mit Desinteresse, wenn nicht gar mit kaum verhüllter Mißbilligung betrachtet.

»Du bist glücklich, ja? Das ist umso besser für dich. Es muß auch glückliche Menschen geben auf dieser Welt ...«

Er erlitt einen Rückfall. Eine Woche lang schwebte er zwischen Leben und Tod. Mit knapper Not durchgekommen, hat er aufgehört zu trinken.

Er erledigt nur noch seinen Haushalt, macht seine Einkäufe, seinen täglichen Spaziergang im Hafen. Sein Arzt – ein anderer als Dr. Valabron, der schon lange tot ist – erlaubt ihm zwei Gläser Wein am Tag, und er wartet stundenlang auf den Augenblick, wo er sie trinken darf.

Was hält ihn am Leben? Was gibt ihm die Kraft, auf das einzige Vergnügen zu verzichten, das er hat, wo er doch weiß, daß es nicht mehr lange dauert?

Das wundert Maugras, der, seitdem er hier liegt, dem Tod ins Auge sieht, furchtlos und ohne Bedauern.

Er hat alles, sein Vater hat nichts. Und sein Vater ist es, der sich mit achtzig Jahren ans Leben klammert und vielleicht noch Jahre am Leben bleiben wird. Wie kommt das?

Der Teller wird wieder abgeholt, und Mademoiselle Blanche kommt an sein Bett. Läßt sie sich täuschen? Oder ahnt sie, daß er nicht schläft, daß er etwas vorspielt? Gehört auch das zum »normalen Verlauf«, von dem Besson spricht? Spiegeln alle Patienten, die einen Schlaganfall hatten, am fünften Tag etwas vor?

Denn fünf Tage dauert nun schon seine Krankheit,

und das kommt ihm unglaublich vor. Ist es nicht eine Ewigkeit her, seit ein gewisser René Maugras auf den feuchten Fliesen der Toilette im Grand Véfour zusammengesunken ist?

Es ist Samstag. Wird Besson trotzdem kommen? Das ist unwahrscheinlich. Er begnügt sich am Samstag mit einem schnellen Rundgang durch die Krankensäle von Broussais, und dann wartet oft schon seine Frau im Wagen auf ihn.

Die beiden bewohnen ein weiträumiges Appartement in der Rue de Longchamp, nahe der Avenue Foch und dem Bois de Boulogne. Renoirs und Gauguins hängen dort, zwei Cézannes und eins der schönsten Bilder von Monet.

Besson brauchte sie nicht zu kaufen. Der alte Gaude, sein Schwiegervater, hatte schon als junger Mann eine Leidenschaft für die Malerei gehabt, und er erwarb die Bilder, die jetzt ein Vermögen wert sind, für eine lächerliche Summe. Er ist mit Malern befreundet gewesen und hat sie in ihren Ateliers besucht, wenn er aus der Salpêtrière kam. Um sie öfter sehen zu können, kaufte er eine alte Mühle an der Loing bei Barbizon.

La Bluterie hat sich vergrößert. Besson hat Umbauten vornehmen lassen und einen Flügel angebaut. Sicher fährt er gerade mit seiner Frau auf der Nationalstraße 7 dorthin.

Yvonne Besson ist einer der fröhlichsten Menschen, die Maugras je kennengelernt hat, und einer der nachsichtigsten. Sie weiß sehr wohl, daß ihr Mann Abenteuer hat, daß er keine hübsche Frau ansehen kann, ohne sie zu begehren. An Gelegenheiten fehlt es ihm nicht, und mit zunehmendem Alter ist es eine Manie bei ihm geworden.

Sucht Maugras an seinen Freunden die Fehler und Schwächen, weil er krank ist? Es wird viel gesprochen über Bessons Glück bei Frauen. Man behauptet, daß er mit den meisten seiner Patientinnen etwas hatte. Er denkt unaufhörlich daran, ähnlich wie Renés Vater an seine zwei Gläser Wein.

Auch René hat schon gelitten, wenn er wußte, er würde eine Frau nicht besitzen können. Empfindet Besson auf seine Weise ähnliches? Weiß er es und fühlt sich gedemütigt? Ist außerdem das Abnehmen seiner physischen Kräfte ein Problem für ihn?

Eines Abends nach dem Essen, als die Frauen sich pudern gingen, hat er ihm von Mann zu Mann die vertrauliche Mitteilung gemacht:

»Weißt du, mein lieber René, seitdem ich nicht mehr sicher bin, daß ich zum Ende komme, richte ich es so ein, daß ich sie mir an Orten nehme, wo ich einen Vorwand habe, abzubrechen.«

In seinem Sprechzimmer, zwischen Tür und Angel, in dem Büro, das in Broussais für ihn eingerichtet ist. Ist auch Mademoiselle Blanche schon an der Reihe gewesen oder wird sie noch an die Reihe kommen? Besson d'Argoulet ist eine Berühmtheit. Er kann seine Eigenliebe auf jede Art befriedigen, die sich ein Mann nur wünschen kann. Es vergeht kein Jahr, ohne daß er nicht von irgendeiner ausländischen Universität einen Ehrendoktor verliehen bekommt, und fast überall auf der Welt führt er den Vorsitz bei medizinischen Kongressen.

Und worauf es für ihn ankommt, ist das Entgegenkommen einer Frau, die er zufällig trifft, ein hochgeschobener Rock, ein entblößter Busen, ein kurzes Manöver – das er dann fürchtet, nicht zu Ende bringen zu können.

Maugras hat sich geirrt, als er dachte, sein Freund jage Ehrenbezeigungen nach, um Selbstsicherheit zu erlangen. Vor allem anderen braucht er die Zurschaustellung seiner Männlichkeit; vielleicht auch die Gewißheit, daß sein Charme noch immer seine Wirkung tut ...

Es ist ihm unangenehm, bei diesem Thema angelangt zu sein, denn es ruft peinliche Erinnerungen in ihm wach. Er selbst ist nie besonders männlich gewesen. Das war ihm schon als junger Mann bewußt, wenn er in Fécamp aus dem Haus zwischen den Molen kam. Er erinnert sich an den Blick einer Frau, einmal, als er sich wildherum warf, aus Angst zu versagen. Sie war jung, hatte ein hübsches, sehr schmales Gesicht und einen anziehenden Körper.

»Du strengst dich viel zu sehr an. Wenn du weniger daran denken würdest ...«

Er ist nicht impotent, jedenfalls war er es bis vor einigen Tagen nicht. Aber seine Möglichkeiten liegen eher unter dem Durchschnitt. Allerdings ist er nicht ganz sicher, er hat sich nie getraut, seine Freunde über dieses Thema auszufragen, und wenn sie von Heldentaten erzählten, hatte er den Verdacht, daß sie damit angaben.

Sein einziges Kriterium ist das Verhalten der Frauen ihm gegenüber.

Im allgemeinen mögen sie ihn. Oft sehen sie ihn neugierig an, als würden sie sich fragen, was ihn von anderen Männern unterscheidet.

Ist er anders als die anderen? Man könnte es glauben. Aber hält sich nicht jeder für anders als die anderen?

Warum nehmen die meisten Frauen ihm gegenüber so bald eine beschützende, manchmal sogar mütterliche Haltung ein? In Fécamp war das verständlich. Er war noch sehr jung, und schon der Anblick eines nackten Körpers brachte ihn zum Zittern.

Aber später? Hunderte von Leuten sind von ihm abhängig. Er hat eine der angesehensten Stellungen in Paris, er fällt täglich Entscheidungen, die einen beträchtlichen Einfluß auf die öffentliche Meinung haben, ob es sich nun um Politik, um Theater, um Literatur oder um die Börse handelt.

Warum fühlt sich Lina bei ihm nicht in Sicherheit? Warum macht er sie nicht glücklich? Und warum ist eine Frau wie Mademoiselle Blanche manchmal gerührt über ihn?

Er kann nicht unaufhörlich die Augen geschlossen halten. Das ist nicht fair der Schwester gegenüber. Gewiß, sie verdient ihren Lebensunterhalt mit der Krankenpflege, aber sie setzt auch ihre Person ein. Außerdem ist ihm Speichel aus dem Mund geflossen, er spürt eine nasse Spur auf dem Gesicht, und er hat großen Durst.

Kaum hat er sich geräuschlos bewegt, läuft sie schon herbei.

»Haben Sie gut geschlafen?«

Sie schaut ihn schelmisch an, wie um ihm zu verstehen zu geben, daß sie sich nicht hat täuschen lassen, daß sie es ihm aber auch nicht übelnimmt.

»Wo waren Sie dieses Mal?«

Sie weiß, daß er nicht antworten kann. Trotzdem fährt sie fort, während sie ihm das Gesicht abtrocknet und mit Eau de Cologne einreibt:

»Ich wette, Sie waren sehr weit weg. Die Reise war nicht immer unangenehm, ich habe Sie öfters lächeln sehen.«

Das hat er nicht bemerkt, und er überlegt, was ihn zum Lächeln gebracht haben konnte.

»Professor Besson hat angerufen und sich entschuldigt, daß er heute nicht kommen kann. Er ist über die Komplikation von heute morgen unterrichtet. Er sagt, Sie sollen sich keine Sorgen machen.«

Er ist auf dem Weg zum Wald von Fontainebleau in hundert Meter Entfernung am Krankenhaus vorbeigefahren. Hat er einen Blick auf die grauen Steingebäude geworfen und Yvonne von ihm erzählt?

Ist die Unbeschwertheit, die Ausgeglichenheit und gute Laune von Yvonne wirklich echt?

»Der arme René! Glaubst du, daß er sich wieder bewegen und sprechen kann? Es muß schrecklich sein für einen Mann wie ihn ...«

Was ihr Mann darauf antwortet, ist nicht so wichtig. Nicht seine Genesung beschäftigt Maugras im Augenblick so sehr. Er will ein wenig an der Oberfläche der anderen kratzen, überzeugt, daß er, wenn ihm das gelingt, in sich selbst klarer sieht.

Aber kann man etwas wissen?

Sie haben Clabaud zu ihm gelassen, den Anwalt. Hat er sich ans Büro gewandt oder an die Stationsschwester? Hat er überhaupt jemanden um die Besuchserlaubnis gefragt?

Das ist nicht sehr wahrscheinlich. Fast alle von Maugras' Freunden sind in Positionen gelangt, wo man nicht mehr Schlange steht, im Theater nicht mehr am Kartenschalter wartet, wo ein Telefonanruf tage- oder wochenlange Bemühungen überflüssig macht.

Sie gehören nicht mehr zur Allgemeinheit. Sie stehen auf der anderen Seite der Kulisse, sie wissen Dinge, die andere nicht wissen, die man ihnen verheimlicht, weil es zu gefährlich wäre, wenn sie sie wüßten.

Clabaud hat sich frech durchgefragt. Er ist jemand, der alle Hindernisse überschreitet. Vielleicht ist er auch unbemerkt durchgekommen, denn es ist Besuchszeit und überdies Samstag, auf den Treppen und in den Gängen laufen noch mehr Leute herum als sonst. Man könnte meinen, man befinde sich an einem Kinoausgang.

Clabaud hat einmal leise an die Tür geklopft und sie dann sofort aufgemacht, ohne auf Antwort zu warten. Mademoiselle Blanche sieht ihn erstaunt an und wirft Maugras einen fragenden Blick zu. Sie weiß nicht, ob sie eingreifen soll.

»Na, mein Lieber, haben sie dir die Beine hochgehängt?«

Findet er, daß er abgemagert ist, daß er schlecht aussieht, vor allem heute, wo er nicht rasiert ist und Fieber hat? Clabaud läßt sich nichts dergleichen anmerken, er übergibt Hut und Mantel der Krankenschwester und setzt sich rittlings auf einen Stuhl.

»Keine Angst, ich habe vorsichtshalber Pierre angerufen. Er hat mir erzählt, daß du auf dem besten Weg bist, auch wenn du kein sehr kooperativer Patient bist. Es ist ihm sehr recht, wenn du langsam Besuche empfängst.«

Um auf andere Gedanken zu kommen!

»Kommt mir recht komisch vor, dich hier wiederzusehen. Dir kommt es hier vermutlich noch viel komischer vor ...«

Er mustert die grünlichen Wände, die Infusion und den Plastikschlauch, die mit einem Tuch bedeckte Urinflasche und schließlich Mademoiselle Blanche, die nicht weiß, ob sie hinausgehen soll oder nicht.

»Ich bleibe nur ein paar Minuten«, verspricht er ihr. »Ich möchte Sie nicht ersetzen; wenn er irgend etwas braucht, rufen werde ich Sie bestimmt ...«

Er ist fast kahlköpfig und beleibt, aber fest und stämmig, so daß er nicht fett aussieht.

Er ist nicht zufällig hergekommen. Das läßt sich daraus ersehen, daß er mit gewohnter Ungeniertheit die Schwester hinauskomplimentiert hat.

Clabaud ist Präsident der Anwaltskammer gewesen, und auch er könnte in die Académie Française aufgenommen werden, wenn er es wollte, oder vielmehr, wenn er nicht einige unversöhnliche Feinde dort hätte, denn er hat eine scharfe Zunge. Vor fünf oder sechs Jahren war er unbestritten der berühmteste Anwalt von Frankreich. Es verging kaum eine Woche, in der nicht die Zeitungen sein Foto veröffentlichten.

Inzwischen muß er mit einem Neuankömmling rechnen, mit Cantille, einem Mann, der als jung gilt, denn er ist erst zweiundvierzig Jahre alt.

Die Fotos der beiden Männer erscheinen abwechselnd in den Zeitungen. Die großen Schauprozesse sind nicht mehr Clabauds Monopol, und ein paarmal ist es schon vorgekommen, daß sie sich im Gerichtssaal gegenüberstanden, der eine als Verteidiger, der andere auf der Seite der Anklage.

Leidet Clabaud darunter, etwa so, wie sich ein alter Seelöwe von einem jungen, angriffslustigeren und stärkeren Tier als Haupt der Herde vertrieben fühlt?

»Also, Pierre läßt sich entschuldigen. Du weißt ja, wie es ist. Das Wochenende ist ihnen heilig, vor allem Yvonne, die würde krank werden, wenn sie nicht mit ihren Kindern und Enkelkindern in La Bluterie zusammensein könnte . . .«

Clabaud hat selbst zwei Söhne und eine Tochter. Einer der Söhne ist verheiratet, die Tochter ist verlobt. Maugras weiß das nicht von ihm. Wie in schweigender Übereinkunft oder aus Schamgefühl sprechen sie untereinander nicht über ihr Familienleben. Das stammt noch aus der Zeit, als sie sich in den Brasserien trafen und keiner wußte, wer schon Kinder hatte und wer nicht.

Wenn sie sich später besuchten, dann immer abends. Die Kinder waren schon zu Bett gegangen oder hielten sich in einem anderen Teil der Wohnung auf.

Es ist eine Überraschung, wenn man von Zeit zu Zeit eine Heiratsanzeige bekommt.

Clabaud wohnt am Quai Voltaire, gegenüber dem

Louvre, über einem Laden mit seltenen Büchern und Drucken; neben dem Hoftor ist ein Antiquitätenhändler, der sich auf die Haute époque spezialisiert hat. Die Wohnung ist altmodisch und streng, entsprechend dem Charakter von Madame Clabaud, die der Stationsschwester ähnlich sieht.

Ist ihr Mann immer noch verliebt in sie? Ist es möglich, daß er glücklich ist mit einer Frau, die alles um sich herum beherrscht? Er ist einer der wenigen aus ihrer Dienstagsrunde, von dem keine Abenteuer bekannt sind.

Er hat eine riesiggroße Kanzlei, und einer seiner Söhne arbeitet bei ihm. Morgens steht er um sechs Uhr auf, und er behauptet gern, einer seiner Haupttrümpfe sei, daß er nur vier bis fünf Stunden Schlaf brauche.

Neben seiner Tätigkeit am Schwurgericht fungiert er auch als juristischer Berater für bedeutende Gesellschaften, was ihm zusätzlich einiges einbringt.

Von allen Freunden ist Clabaud der einzige, der eine noch aufreibendere Tätigkeit hat als Maugras. Maugras beschränkt sich auf seinen Beruf. Natürlich interessiert er sich als Zeitungsverleger und Gründer von zwei Wochenzeitschriften, wovon die eine ein Frauenmagazin ist, auch für den Rundfunk und besucht Leute, die Einfluß auf das Zeitgeschehen haben.

Daß Clabaud wie Besson bei allen Premieren zugegen ist, versteht sich von selbst. Er ist ein leidenschaftlicher Theaterbesucher und kennt seine Klassiker so gut wie ein Schauspieler der Comédie Française.

Ungewöhnlich ist, daß er die Zeit findet, auch noch

anderen Leidenschaften zu frönen, die schon eher Manien sind. Man verdankt ihm zum Beispiel das vollständigste Werk über die alten Stadtpaläste im Marais-Viertel, und er hat sich die Mühe gemacht, alle romanischen Kirchen Frankreichs aufzusuchen, um ihnen eine umfangreiche Monographie zu widmen.

Welchen Anteil seines Lebens hat er seinen Kindern gewidmet?

Maugras hat sich allerdings um seine Tochter auch kaum gekümmert.

Er stellt mit Verblüffung fest, daß sie so etwas wie eine Welt außerhalb der Welt bilden. In den Gängen und Sälen laufen am heutigen Nachmittag so viele Kinder herum, daß sie von den Erwachsenen und den Krankenschwestern fortwährend gebändigt werden müssen.

»Ich weiß, daß du noch nicht sprechen darfst ...«

Das hat Besson ihm mit Sicherheit nicht gesagt. Besson hat gesagt, es sei eine Aphasie und er werde für einige Zeit, vielleicht für immer, der Sprache beraubt sein.

Clabaud hat vor zwei Jahren einen Herzanfall gehabt und ist eine Woche im Krankenhaus gelegen. Nichts Ernstes, hat man ihm erklärt. Nur eine Warnung. Seitdem raucht er nicht mehr.

Wie reagiert er darauf, daß er Maugras, der vier Jahre jünger ist als er, in so viel schlechterem Zustand sieht?

Er läßt sich nichts anmerken, er ist so unbefangen und lässig wie in seiner Kanzlei.

»Ich weiß nicht, ob du die Nachrichten hörst ...«

Sein Blick wandert vom Nachttisch zu dem kleinen Tisch, an dem Mademoiselle Blanche gegessen hat.

»Ich sehe, du hast kein Radio. Liest du die Zeitungen? Deine eigene wenigstens? ... Nein?«

Offenbar verwirrt und verstimmt ihn das.

»Wenn ich recht verstehe, überläßt du alles dem Wunderknaben Fernand Colère?«

Es kommt Schlag auf Schlag. Er verfolgt ein ganz bestimmtes Ziel.

»Apropos Colère, ich hab ihn heut morgen angerufen. Erinnerst du dich an den Fall Campan? Nein, natürlich nicht. Es vergeht zu viel Zeit zwischen dem Augenblick, wo ein Fall aktuell ist, und dem, wo er vor Gericht kommt. Da haben ihn alle schon wieder vergessen.«

Maugras sucht automatisch in seinem Gedächtnis. Ein Berufsreflex. Campan ... Campan ... Ihm scheint, es hat da einmal ein Foto auf der Titelseite gegeben: ein sehr schlanker, eleganter Typ ...

»Es war vor zwei Jahren. Der Antiquitätenhändler und Einbrecher. Hast du's ...?«

Man nannte ihn damals den »Arsène Lupin der Schlösser«.

Seit fast einem Jahr hatten die Schlösser in der Touraine, in Anjou, der Normandie, in beinahe allen Provinzen Frankreichs den Besuch eines Einbrechers erhalten, der mit erstaunlicher Witterung die kostbarsten Stücke auswählte und sich nicht ein einziges Mal durch eine Fälschung oder Imitation täuschen ließ.

Überall schien er die Örtlichkeiten zu kennen, den Platz, an dem die Objekte standen, und zu wissen, ob er Bedienten begegnen konnte oder ob Hunde da waren.

Eines Nachts sperrten zwei Polizisten die Straße nach Chartres, wegen eines banalen Vorfalls, eines Autodiebstahls, der eben in einem Dorf in der Gegend begangen worden war.

Ein großer Wagen erschien auf der Anhöhe. Der Fahrer zögerte, verlangsamte etwa hundert Meter das Tempo, dann änderte er plötzlich seine Meinung, raste los und fegte den einen Polizisten wie einen Kegel um, der in der Straßenmitte stand und eine Lampe hin- und herschwenkte.

Der Polizist war sofort tot. Der rabiate Fahrer wäre den Nachforschungen wahrscheinlich entgangen, wenn er nicht zwanzig Kilometer weiter in einer Kurve mit einem 2 CV zusammengerast wäre.

Der 2 CV wurde schrottreif gefahren, die Insassen, ein Mann, eine Frau und ein Baby, wurden getötet. Der Verantwortliche für die vier Toten lag schwer verletzt an einem Baumstamm, an den es ihn durch die Windschutzscheibe geschleudert hatte.

Es handelte sich um Henri Campan, achtunddreißig Jahre alt, Antiquitätenhändler in der Rue des Saints-Pères. Man erfuhr bald, daß er aus einer sehr angesehenen Familie in Bordeaux stammte, daß sein Vater General und sein Großvater mütterlicherseits Senator der Gironde gewesen war.

Im Auto fanden sich alte Münzen und Kunstgegenstände, die er in derselben Nacht in einem Schloß an der Loire gestohlen hatte.

Maugras macht sich über Campan dieselben Gedanken wie über Besson, Jublin, Clabaud und all die anderen. Vor zwei Jahren ist diese Geschichte für ihn lediglich ein sensationelles Ereignis gewesen, das er bis auf den Grund ausschlachtete, wie seine Kollegen auch, und zu dem er ein Exklusivinterview brachte mit der Mutter des Einbrechers, die noch in der Dordogne lebte.

Heute stellt er sich Fragen über den Mann von achtunddreißig Jahren, über seine einsame Tätigkeit, über das außergewöhnliche Zusammentreffen von Umständen, die einen Mörder aus ihm gemacht haben.

Er ahnt schon, was Clabaud ihn fragen wird. Clabaud ist Henri Campans Anwalt, und es geht für ihn darum, den Fall zu gewinnen oder wenigstens eine geringe Strafe herauszuschlagen.

»Schade, daß du ihn nicht sehen kannst. Er ist ein merkwürdiger Typ, und der Fall hat erstaunliche psychologische Nebenaspekte. Ich habe erreicht, daß er von einem Psychiater untersucht wird, aber ich muß mich darauf gefaßt machen, daß der gerichtliche Sachverständige seine Schlußfolgerungen zunichte zu machen versucht. Du weißt ja, wie das beim Gericht ist.«

Maugras hat begriffen. Er braucht nicht weiter zuzuhören, es sei denn aus Neugierde, wie sein Freund die Sache darlegen wird.

»Ich habe mir erlaubt, bei Colère ein paar Anspielungen zu machen, ich dachte, er ist weiterhin in Kontakt mit dir und erhält täglich Instruktionen. Er hat mir gesagt, daß dem nicht so ist und daß er dich nur nach deinem Unfall kurz gesehen hat. Der Fall wird am Mittwoch in Orléans verhandelt, und wie üblich hängt alles von der Meinung der Geschworenen ab.

Je nachdem, in welchem Licht man ihn darstellt, kann Campan ebensogut als der zynischste aller Unholde dastehen wie als schuldloses Opfer verhängnisvoller Umstände. Ich werde natürlich für letzteres plädieren, und je eingehender ich den Fall studiere, desto mehr glaube ich auch damit im Recht zu sein.

Der gefährlichste Faktor in solch einem Fall ist die Reaktion der Öffentlichkeit, die Verhandlungsatmosphäre. Anders ausgedrückt, eine Zeitung wie die deine hat beträchtlichen Einfluß ... Ich bitte dich nicht darum, Partei zu ergreifen. Das habe ich mir noch nie herausgenommen. Was ich mir lediglich wünsche, wäre eine Art wohlwollender Neutralität.

Daß zum Beispiel nicht zu viel von der Witwe des Polizisten die Rede ist, die im Gerichtssaal in Tränen ausbricht. Daß nicht ihr Foto erscheint, wie sie in den Justizpalast geht. Daß man nicht das Paar mit dem Baby herausstreicht, vor allem nicht das Baby, denn das brächte ihm allein schon die Todesstrafe ein.«

Maugras ist nicht entrüstet. Wenn er sich hätte entrüsten wollen, hätte er es schon vor langer Zeit tun müssen. Bis jetzt, bis zu diesem Zeitpunkt, wo er die Welt von seinem Krankenhausbett in Bicêtre aus sieht, sind ihm derlei Dinge ebenso selbstverständlich vorgekommen wie Clabaud.

»Du wirst zugeben, daß ich nie Mißbrauch getrieben habe mit ...«

Das ist wahr. Außerdem hat ihm der Anwalt auch schon manchen heiklen Dienst erwiesen.

»Gestern abend habe ich in der Michodière einen von den Brüdern Schneider getroffen, Bernard glaube ich. Ich verwechsle sie immer. Den, der einen Rennstall hat und gern in den Jockey Club aufgenommen werden möchte ...«

Es ist nicht Bernard, sondern François, der älteste der drei Brüder, die neunzig Prozent seiner Zeitungsaktien besitzen. Bernard verbringt den größten Teil des Jahres in den Vereinigten Staaten.

Vor dem Krieg hatten sie bedeutende Interessen in Indochina. Sie haben sich rechtzeitig von den Geschäften zurückgezogen und in Frankreich und anderswo Ölraffinerien aufgebaut.

»Ich habe nicht mit ihm darüber gesprochen ... Damit ich's nicht vergesse, ich soll dir herzliche Grüße ausrichten. Er wünscht dir baldige Genesung.«

Um ihn wieder bei jeder Gelegenheit anrufen zu können! François Schneider legt Wert darauf, daß seine Beziehungen zur Zeitung diskret behandelt werden, und setzt selten einen Fuß in das Büro, das er neben demjenigen von Maugras hat. Trotzdem lebt er in der Angst, die Zeitung könne ihn kompromittieren.

»Sag mal, René ... findest du nicht, daß der letzte Bericht aus der Kammer ein bißchen tendenziös war? Einige meiner Freunde waren überrascht.«

Möglicherweise läßt auch der Artikel auf der Titelseite über die internationalen Spannungen den Börsenkurs fallen ...

Clabaud hat an alles gedacht, auch daran, daß sein

Freund halbseitig gelähmt ist. Als er seine Rede beendet hat, nicht ohne einen diskreten Hinweis auf die großen Bosse gemacht zu haben, an die er sich ja auch hätte wenden können, zieht er ein Papier aus der Tasche.

»Ich bin unterwegs hierher, wie ich Colère heute morgen versprochen hatte, in der Redaktion gewesen. Er hat was für dich aufgeschrieben.«

Auf dem Blatt steht: »Einverstanden, Chef?«

So nennt man ihn. Er hat es fast vergessen. Seitdem er hier ist, denkt er an alles, nur nicht an die Zeitung, die noch vor einer Woche der wesentlichste Bestandteil seines Lebens war.

Der Anwalt ist seiner Sache sicher. Sind sie nicht seit dreißig Jahren miteinander vertraut?

»Du kannst offenbar auch mit der linken Hand schreiben ...«

Er hat sich bei Besson danach erkundigt. Er hat nichts dem Zufall überlassen. Er ist entschlossen, seinen Prozeß zu gewinnen, weniger Campans wegen, über den er sich nur lustig macht, sondern um seinem Kollegen Cantille, der soeben den Kopf eines Vatermörders gerettet hat, nichts schuldig zu bleiben.

Er hat auch schon seinen goldenen Füllfederhalter bei der Hand und legt seine Brieftasche unter das Papier, damit René unterzeichnen kann.

»Danke, mein Lieber ... Wenn es dir Spaß macht und du Lust bekommst, was zu lesen, kann ich dir eine Kopie der Akte schicken. Du wirst sehen, in dieser Affäre gibt es Dinge, die sich sonst kaum jemand einfallen lassen würde. Was sie noch komplizierter macht, ist, daß Campan homosexuell ist und daß ...«

Es klopft an der Tür. Mademoiselle Blanche spricht höflich mit jemandem, den man nicht sehen kann, dann läßt sie den Besuch herein und sagt:

»Ihre Frau ...«

Warum hat er einen Moment angenommen, es sei Clabauds Frau? Natürlich ist es seine eigene. Der Anwalt steht auf und streckt ihr die Hand entgegen.

»Wie geht es Ihnen, meine kleine Lina?«

Maugras liegt noch immer mit dem Kopf nach unten, und Mademoiselle Blanche kommt eilig herbei und wischt ihm Mund und Nase ab, damit er keinen allzu schlimmen Anblick bietet.

»Nicht zu müde?« fragt sie leise.

Was soll er darauf antworten? Wenn sie hinter der Tür gestanden und zugehört hat, weiß sie Bescheid.

7

Sie sind allein im Zimmer, und wie jedesmal, wenn sie allein sind, verspürt jeder von beiden ein Unbehagen, das er zu verbergen versucht. So ist es schon lange, schon seit Jahren. Begonnen hat es in der Rue de la Faisanderie, als sie noch keine getrennten Zimmer hatten. Sie schwiegen nur oder wechselten banale Sätze, die mit dem, was sie beschäftigte, so wenig zu tun hatten, daß sie peinlicher wirkten als die Stille. Ihre Blicke wichen sich aus, und wenn sie sich einmal aus Versehen trafen, bemühten sich beide um ein Lächeln.

Es regnet immer noch. Auf Linas Gabardin hängen Regentropfen, auch in ihren braunen Haaren, die das schmale Oval ihres Kopfes umschließen, bis zu den Schultern gerade herabfallen und in einer großen Welle auslaufen, deren Spitzen sich nach außen biegen.

Wie der Blick von Clabaud ist auch sein erster Blick auf ihre langen Beine gefallen, und er hat gemerkt, daß es ihr einen kleinen Schock versetzte, als sie ihn so sah, mit dem Kopf nach unten, wodurch sich vermutlich seine Gesichtszüge verändern.

»Guten Tag, René. Ich störe dich doch nicht? Bist du mit Georges zu Ende?«

Mademoiselle Blanche ist hinter dem Anwalt hinausgegangen und bleibt rücksichtsvoll draußen. Es war ihm so vorgekommen, als würde sie nur ungern hinausgehen, ahnend, daß ihn dieser Besuch noch mehr verstören würde als der vorige.

Lina steht da, ihr Mantel öffnet sich über einem Chanelkostüm, das sie meistens am Wochenende trägt. Sie hat nicht getrunken, jedenfalls nicht mehr als das eine unerläßliche Glas.

Sie ist wahrscheinlich erst gegen Mittag aufgestanden. War sie gestern abend aus? Vermutlich. Sie hat nach Clarissa geläutet, ihrem Mädchen. Da sie es nicht erträgt, allein zu sein, hat er, als sie in der Résidence George V einzogen, darauf bestanden, daß sie Clarissa bei sich behält, obwohl es dort Dienstpersonal gibt.

Sie braucht jemanden, mit dem sie reden kann. Nicht ihn, mit ihm redet sie nicht. Irgend jemanden, zur Not einen Barkeeper, den sie gar nicht kennt.

Was hat sie gegessen? Ein Ei und eine Scheibe Schinken? Sie macht sich selten ein richtiges Essen. Sie ißt immer weniger, nicht aus Diätgründen, denn nichts macht sie dick, sondern weil sie auf nichts mehr Appetit hat.

Er weiß, sie hat ein Glas getrunken, aber ihre Hände haben noch das Zittern der ersten Tageshälfte, das Zittern der Süchtigen. Ein Whisky beruhigt sie kaum. Erst allmählich, wenn die Stunden vergehen und die Gläser einander folgen, bekommt sie wieder Sicherheit, findet sie ihre Vitalität wieder und sogar eine Art ungekünstelter Fröhlichkeit.

Er hat sie oft lachen hören, sie und Clarissa, wenn er am Spätnachmittag heimgekommen ist, um sich umzuziehen. Aber sobald er dazukam, nahmen sie wieder eine ernste Miene an.

Wovor hat sie Angst? Denn sie hat Angst. Lange schon versucht er dahinterzukommen, aber es gelingt ihm nicht. Immer wieder fallen ihm Gründe ein, immer dieselben, und sie kommen ihm im Augenblick auch einleuchtend vor. Dann stellt eine Verhaltensweise von Lina, ein aus Unachtsamkeit gesprochenes Wort oder eine Szene, wie sie immer öfter zwischen ihnen vorkommt, wieder alles in Frage.

Sie hat heute nicht angerufen, um sich zu erkundigen, ob er sie sehen möchte. Das heißt, daß sie wie Clabaud etwas von ihm will, und da sie ihr Leinenkostüm anhat, weiß er auch, worum es sich handelt.

»Die Zeit muß dir allmählich lang werden, mein armer René, vor allem, seitdem es dir besser geht. Soll ich dir nicht das Radio bringen lassen? Darfst du schon lesen? In ein oder zwei Tagen kann man dir vielleicht auch den Fernseher hereinstellen ...«

Er kennt ihre ein wenig tonlose Stimme und die kraftlose Unterlippe, wenn sie ohne Überzeugung redet, wenn sie nicht denkt, was sie sagt, wenn sie nur dem Schweigen entfliehen möchte.

Allerdings ist es sicher schwierig, mit jemandem zu reden, der nicht antworten kann; man muß alles aus den Blicken erraten. Daran hat er noch gar nicht gedacht. Ist vielleicht das der Grund, warum alle, selbst die Ärzte, wenn sie sich an ihn wenden, ein so gekünsteltes Verhalten an den Tag legen?

Immer wieder gibt es fatale tote Punkte. Der Gesprächspartner kann nicht ununterbrochen reden. Nur

Clabaud ist es annähernd gelungen. Es ist ja auch sein Beruf.

Lina weiß nicht wohin mit sich, ob sie stehenbleiben oder sich hinsetzen soll.

»Kann ich rauchen?«

Er nickt und hört kurz darauf das charakteristische Geräusch des goldenen Zigarettenetuis, das wieder zuklappt, und das Klicken des passenden Feuerzeugs.

»Obwohl es regnet, drängen sich die Autos auf der Autobahn, als wär es Frühling . . .«

Sie hat schöne nußbraune Augen – sieh mal an, da ist ihm eine Bemerkung einer seiner Tanten eingefallen! –, aber es ist ein ständiges Fiebern darin, als könnte sie sich nie richtig entspannen, als würde sie von einem Gedanken verfolgt, den sie unbedingt für sich behalten muß.

Er will jetzt nicht darüber nachdenken. Ein Besuch ist dem anderen übergangslos gefolgt, und der von Clabaud hat ein peinliches Gefühl bei ihm hinterlassen.

Es ist nicht direkt Scham, auch nicht Ekel. Er ist verwundert, betroffen, als hätte er eine Entdeckung gemacht, als wäre er mit einer Tatsache konfrontiert worden, die er nie hat wahrhaben wollen.

Es wäre ihm lieb, wenn sie bald wieder ginge. Könnte er reden, würde er zu ihr sagen:

»In Ordnung, mein Kleines, ich erlaub es dir ja. Viel Spaß.«

Sie würde ihn wieder einmal ansehen wie eine ertappte Sünderin. Denn sie hat Schuldgefühle. Manchmal glaubt er zu wissen warum. Auch er hat Schuldgefühle, andersgeartete, aber das ist kein Thema, auf das man sich einlassen kann, wenn man Fieber hat.

Hat er noch Fieber? Er ist nicht etwa bedrückt. Er fühlt sich wie ein Hund in seiner Hundehütte, der den Leuten nachsieht, die vorübergehen, und sie von ferne beschnuppert.

»Ich weiß nicht, was ich tun soll. Marie-Anne hat mich um zwei Uhr angerufen. Du kennst sie ja. Sie macht Pläne und ist verwundert, wenn die anderen Leute ihnen nicht sofort begeistert zustimmen. Ich habe ihr gesagt, daß ...«

Unwichtig, was Lina gesagt hat. Das Ergebnis wäre immer dasselbe. Und nicht nur deshalb, weil Marie-Anne eine gebieterische Person ist.

Die Leute, die in Paris etwas gelten, nennen sie nie anders als Marie-Anne, als würde sie allein auf der Welt diesen Vornamen tragen. Sie heißt Marie-Anne de Candines und ist eine Gräfin. Ihr Mann ist seit zehn Jahren tot. Außer daß er ihr seinen Namen gab, hat er in ihrem Leben nicht die geringste Rolle gespielt, und sie hat sich immer benommen, als würde er gar nicht existieren.

Er war blond und ein fader Mensch, einer der letzten Männer in Paris, die ein Monokel trugen und ihre Zeit zwischen dem Club, dem Fechtsaal und den Rennpisten aufteilten.

Sie ist Jüdin, näher oder ferner verwandt mit Rothschild. Ihr Vater war Bankier gewesen, er ist ebenfalls tot, und ihre achtzigjährige Mutter führt noch immer ein Luxusleben auf ihrem Besitz am Cap d'Antibes.

Marie-Anne schart Leute mit einem ganz bestimmten Lebensstil und ganz bestimmten Neigungen um sich. Sie versammelt in ihrem Herrensitz in Alma und im Schloß von Candines junge und ältere Leute, Schriftsteller und Schriftstellerinnen, Cinéasten, Modefachleute, hübsche Mädchen, die beim Theater sind oder zum Theater wollen, zwei Maler und eine bestimmte Anzahl Homosexueller.

Sie hat mehrere Liebschaften gehabt, die ziemlich lange dauerten und die sie nie geheimhielt. Alle wissen, daß bei ihr immer noch, obwohl sie schon auf die Sechzig zugeht, ein Diplomat ein- und ausgeht und oft die Nacht bei ihr verbringt. Er gehört nicht zu ihrer Clique und hält sich dieser fern.

»Ich liebe die Homosexuellen!« verkündet sie mit Vorliebe. »Es sind die einzigen Männer, die Frauen verstehen, und die einzigen, die außerhalb des Betts nicht langweilig sind ...«

Er würde gern zu Lina sagen:

»Beeil dich. Sie wartet auf dich.«

So ist es immer mit seiner Frau: Sie hat so große Angst, falsch verstanden oder falsch eingeschätzt zu werden, daß sie eine Ewigkeit braucht, bis sie den kleinsten Gedanken äußert.

»Sie wollen alle den Sonntag in Candines verbringen. Marie-Anne fährt um fünf Uhr bei sich weg ...«

Es ist halb vier. Bei den samstäglichen Verkehrsstaus braucht Lina fast eine Stunde zur Place de l'Alma. Soll sie also doch gehen!

»Ich habe ihr gesagt, daß ich lieber in Paris bleibe, für den Fall, daß du mich brauchst ...«

Der Satz kommt sehr ungeschickt heraus, sie merkt es selbst, wird rot und beeilt sich hinzuzufügen:

»Du könntest mich ja morgen sehen wollen.«

Wohl kaum. Warum sollte er sie auf einmal brauchen? Wenn jemand im George V anriefe und Lina bäte, nach Bicêtre zu kommen, dann wäre es bestimmt nicht er. Es wäre Mademoiselle Blanche oder die Stationsschwester, und es würde bedeuten, daß er im Sterben läge oder tot wäre.

Und was das Bedürfnis betrifft, sie zu sehen, so weiß sie, daß sie sich gewöhnlich aus dem Weg gehen, da es das einzige Mittel ist, daß jeder von beiden sein Gleichgewicht bewahrt.

Warum hat sie nichts getrunken, bevor sie gekommen ist? Es ist ihr wohl zum ersten Mal eingefallen, daß er es an ihrem Atem riecht. Sie weiß, daß er es immer sofort merkt.

Er macht ihr keine Vorwürfe, er hat es immer vermieden, ihr gegenüber die geringste Strenge zu zeigen. Wenn sie am Ende ihrer Kraft ist, schreit sie ihn an:

»Ich kann nicht einmal mehr irgend etwas denken, ohne daß du es weißt.«

Gegen wen, gegen was wehrt sie sich so ganz allein und will keine Hilfe annehmen? Es stimmt nicht, daß er alles weiß. Sonst würde er sie verstehen und sich keine trübsinnigen Gedanken machen.

Er lächelt sie an. Auch auf sein Lächeln muß er achten. Sie sieht leicht Ironie darin oder Nachsicht, und Nachsicht erzürnt sie mehr als alles andere.

Er nickt mit dem Kopf und sucht mit der linken Hand Block und Bleistift, die Mademoiselle Blanche wohl außer Reichweite liegengelassen hat. Er tastet umher, sie versteht, erhebt sich und gibt ihm den Stift, den er nicht gefunden hat.

»Du kannst schon schreiben? Ich wette, in einer Woche sprichst du auch schon wieder wie zuvor.« Sie weiß, daß er ja sagen wird. Sie hat es schon gewußt, bevor sie gekommen ist. Ihr Besuch ist lediglich eine Formalität. Sie hat sich deshalb nicht damit begnügt anzurufen, weil sie Bedenken hatte. Sie hätte sich an die Schwester als Vermittlerin wenden müssen. Da ist sie lieber trotz des Unwetters durch ganz Paris gefahren.

»Ich müßte nicht einmal mit Léonard fahren, und er hätte einen Tag frei. Marie-Anne besteht darauf, daß ich in ihrem Wagen mitfahre.«

Das Schloß Candines befindet sich in Eure-et-Loire bei Verneuil und ist von mehreren hundert Hektar Wald umgeben.

Er schreibt: *Fahr.*

Was könnte er noch hinzufügen? Amüsier dich gut ist zu lang. Er kann sich nicht dazu aufraffen. Er bringt seinen Wunsch durch einen sanften und liebevollen Blick zum Ausdruck. Wie zu erwarten war, ist Lina besorgt. Glaubt sie, daß er sich über sie lustig macht? Beurteilt er sie so falsch, daß er meint, sie komme keinen Tag ohne ihre Freunde aus?

»Du weißt, René, wenn ich mich entschließe hinzufahren, ist es mehr wegen Marie-Anne als um meinetwillen. Ich bin zu oft schon froh gewesen, wenn ich sie erreichen konnte, um sie in dem Augenblick im Stich zu lassen, wo sie mich braucht ...«

Aber nicht doch! Marie-Anne braucht sie nicht. Auch sie hat Angst allein zu sein, das ist alles, und sie fühlt sich nur wohl, wenn sie von ihrem Hofstaat umgeben ist.

»Damit ich's nicht vergesse ... Du hast sicher auch schon daran gedacht, und ich kann dich beruhigen. Es handelt sich um das Essen morgen in Arneville. Letzten Sonntag, habe ich gehört, hast du Freunde eingeladen. Nachdem die Zeitungen nichts über deinen Unfall geschrieben haben, habe ich es für richtig gehalten, sie anzurufen. Du brauchst keine Angst zu haben, ich habe keinerlei Einzelheiten erwähnt. Ich habe ihnen lediglich gesagt, daß es dir nicht gut geht.«

Auch das stimmt nicht. Sie hat alles erzählt, alles was sie weiß, einschließlich des Ortes, wo man ihn bewußtlos aufgefunden hat. Sie kann nicht anders. Sie klammert sich an alles, an jeden, ans Telefon, an das Hausmädchen, an die Concierge in der Résidence, mit der sie jedesmal lange schwatzt, wenn sie heimkommt oder weggeht.

Die Concierge weiß bereits, daß sie am Wochenende nach Candines fährt, daß sie hier ist, um es ihr zu sagen, daß sie Bedenken hat, daß sie nur ungern wegfährt, aber daß sie in eineinhalb Stunden in Paris sein kann, wenn etwas passiert ...

Die Freunde von Marie-Anne fahren alle schnelle Wagen, Ferraris, Aston-Martins oder Alfa Romeos.

Am liebsten würde er ihr zurufen:

»Aber so geh doch endlich!«

Nein: Er würde es liebevoll sagen, mit matter Stimme. Versteht sie nicht, daß der Zeitpunkt schlecht gewählt ist, seine Gedanken auf gewisse Themen zu lenken? In den letzten Jahren ist es ihm immer gelungen, nicht daran zu denken. Etwas tief in ihm drinnen, vielleicht sein Instinkt, hat wohl ein gefährliches Problem gewittert und es verdrängt.

Man soll ihm nicht seine Krankheit, vielleicht seinen Tod verderben. Er braucht Frieden. Sie bräuchte ihn auch, sie vor allem, da sie ja weiterleben wird. Wird sie diesen Frieden vielleicht automatisch finden, wenn er nicht mehr ist?

Das ist nicht sicher. Vielleicht ist es schon zu spät. Ihre Hände zittern jetzt stärker als vorhin, als sie kam, und er hat Mitleid mit ihr. Sie braucht schnellstens etwas zu trinken.

Sie wird es sich beschaffen, wenn sie gegangen ist. Sie wird in das erstbeste Bistro gehen, und die Gäste werden sich zuzwinkern, wenn sie sie aus einem Bentley steigen sehen, der von einem livrierten Chauffeur gelenkt wird, um am Tresen ein Glas Alkohol hinunterzukippen. Sie schämt sich nicht mehr. Umso besser! Wenn er es allerdings anders angefangen hätte ...

Nein! Er löscht den Gedanken, er unterbricht die Verbindung. Er will sich nicht von einer Aufregung überwältigen lassen, die er nur allzu gut kennt. Noch ein Lächeln, ein offenes, ermutigendes Lächeln.

»Bist du sicher, René, daß du ...«

Aber ja! Aber ja! Geh nur ... Erzähl ihnen, daß du mich mit dem Kopf nach unten vorgefunden hast, daß du geschockt gewesen bist, daß ich resigniert oder ungeduldig ausgesehen habe, ganz gleich was. Erzähl ihnen, was dir einfällt, mit dem Glas in der Hand, mit immer glänzenderen Augen. Aber geh, um Himmels willen, geh!

Sie versteht offenbar. Sie sucht einen Aschenbecher

und drückt ihre Zigarette darin aus, an der Lippenstift klebt.

»Ich wage kaum, dir einen schönen Sonntag zu wünschen, René. Es wäre gerechter gewesen, wenn es mir passiert wäre ...«

Er schließt die Augen. Es wird zuviel. Sie beugt sich zu ihm hinunter, um ihm einen Kuß auf die Stirn zu geben.

»Bis Montag. Ich rufe Besson am Montag morgen an.«

Er hört, wie sich ihre Schritte entfernen, wie sich die Tür öffnet, hört das Herumlaufen der Besucher, die Stimmen im Gang.

Er öffnet die Augen wieder, um Mademoiselle Blanche zu begrüßen, die noch ernster und besorgter wirkt als vorhin und ihn ansieht, als würde sie ihn bedauern, ohne recht zu wissen warum.

Sie hat gemerkt, daß etwas zwischen Lina und ihm nicht stimmt, so wie sie bei Linas erstem Besuch gemerkt hat, daß sie getrunken hat. Denkt sie darüber nach, wer von beiden der Schuldige ist?

»Sind Sie traurig?«

Ein heftiges Kopfschütteln, so heftig, daß es ihn wundert.

»Müde?«

Das ist es auch nicht. Sicher ist er müde, aber nicht erst seit heute, auch nicht erst, seitdem er im Krankenhaus liegt.

Überreizt? Der Ausdruck wäre schon besser, auch wenn er es nicht genau trifft. Es ist unnötig, daß sie sich Sorgen um ihn macht. Weiß sie außerdem nicht, daß er laut Besson lediglich dem Verlauf seiner Krankheit folgt, mit der Präzision einer Fieberkurve?

Er schaut dem fallenden Regen zu, und das tut wohl, es verleiht dem Raum, in dem zu seiner Freude Mademoiselle Blanche umhergeht, mehr Intimität. Sie werden sich langsam vertraut. Hat sie es ebenfalls bedauert, daß ihr Beisammensein heute nachmittag zweimal unterbrochen wurde?

Sie überlegt sicher, was für Beziehungen zwischen ihm und seiner Frau bestehen, welches Band es noch zwischen ihnen gibt, warum und auf welche Weise sie eines Tages beschlossen haben, ihr Leben gemeinsam zu verbringen.

Nicht sie allein stellt sich diese Frage. Alle ihre Freunde stellen sie sich oder haben sie sich gestellt, vor allem die Frauen, die Lina neugierig beobachten. Manche von ihnen sehen anschließend teilnahmsvoll ihn an.

Sie sind im Unrecht. Er bedauert nichts. Er liebt Lina. Er braucht sie so nötig, wie sie ihn braucht, und er wird alles tun, um sie nicht zu verlieren.

Es ist besser, an etwas anderes zu denken, ganz gleich, was es ist, und während er mit den Augen der weißen Uniform der Schwester folgt, sucht er in seinem Gedächtnis, wie ein Kind unter seinen Spielsachen sucht, welches es auswählen soll.

Im Grunde wählt er nicht aus. Irgendein Gedanke drängt sich auf, fast immer unvermutet, manchmal steigen auch zwei Gedanken auf einmal auf, ohne daß unbedingt eine Verbindung zwischen ihnen besteht.

Es sind eher Fragen. Unaufhörlich stellt er sich Fragen und sucht nach Antworten.

Es tauchen Bilder auf, die er längst versunken geglaubt hat, Georges Clabaud in schwarzer Robe mit dem Talar darüber, eine Aktentasche unterm Arm, der ihn durch die wartende Menge hindurch zum Justizpalast in die II. oder III. Kammer führt, wo ein wichtiger Prozeß läuft.

Es ist vor dem Krieg, und er ist bereits Chefredakteur, allerdings bei einer unbedeutenderen Zeitung als der, die er heute leitet. Man hat sich um die Plätze gerauft, und viele Frauen von Welt sind da, unter anderem Marie-Anne de Candines, mit der er damals noch nicht per du war.

Clabaud hat einen Stuhl organisiert und setzt Maugras in die Nähe der Anwaltsbank, außerhalb des Publikums, so daß er sich vorkommen kann wie ein Offiziant.

Zwischendurch gibt ihm eine junge Anwältin, die Pfefferminzpastillen lutscht, das Döschen, er soll es dem Angeklagten weiterreichen.

Glaubt Clabaud an die Justiz? Besson d'Argoulet glaubt nicht an die Medizin, zumindest nicht auf die Art, wie die meisten seiner Kollegen daran glauben und schon gar nicht, wie die Patienten daran glauben.

»Wir heilen einen beträchtlichen Prozentsatz unserer Patienten, aber meistens wissen wir nicht wie und womit. Jedesmal, wenn wir glauben, eine Entdeckung gemacht zu haben, stellen sich neue Fragen, so daß es eher einem Rückschritt gleichkommt als einem Fortschritt. In hundert Jahren oder in fünfhundert Jahren werden unsere Nachkommen über uns reden wie wir heute über die Medizinmänner in Afrika ...«

Ist dieser Skeptizismus Koketterie? Wenn Clabaud sein Plädoyer hält, oder wenn sie unter sich sind und er über seine Klienten spricht, nimmt er dann seine Rolle ernst? Oder spielt er sie nur?

Maugras ist mit seinen vierundfünfzig Jahren durch seinen Beruf, der es ihm erlaubt, in die Unterseite der Karten zu blicken, besser in der Lage, die Menschen und die Gesellschaft zu beurteilen.

Seit den fünf Tagen, die er mit der halben Gewißheit im Bett liegt, es nicht wieder zu verlassen, gibt er sich Mühe, sich zu verstehen, sich nach und nach eine Meinung über sich zu bilden.

Linas Besuch hat ihm einmal mehr bewiesen, daß er von einem Ergebnis weit entfernt ist, kaum sehr viel weiter als der kleine Junge, der vor den Worten des Abbé Vinage und vor dem Katechismus zitterte.

»Unsere Taten, unsere Worte, unsere Gedanken folgen uns nach. Nichts geht verloren ...«

Und da wird in den Gerichtssälen, in denen Clabaud fast seine ganze Zeit verbringt, in ein, höchstens in zwei bis drei Tagen ein Mensch abgeurteilt, umgeben von einer Menschenmenge, die ein wenig die Rolle der Studenten spielt, die Besson oder Audoire umgeben, wenn sie feierlich ihre Runde durch die Säle machen.

»Ich war sein Lehrer. Er neigte bereits mit elf Jahren zu ...«

»Ich bin der Hausarzt der Familie. Ich habe ihn auf die Welt kommen sehen. Als er drei Jahre alt war ...«

Dann kommt die Concierge, der Chef des Büros, irgendwer, und trägt einen weiteren Fetzen Wahrheit oder Irrtum bei.

Der Angeklagte sitzt allein zwischen seinen zwei Polizisten, das Kinn in die Hände gestützt, mit unruhig schweifendem oder unnatürlich starrem Blick.

Maugras hat keine Polizisten neben sich. Allerdings könnte die Stationsschwester, die bald kommen wird, diese Funktion übernehmen.

Audoire ist der Vorsitzende, selbstsicher, unerschütterlich, unangreifbar.

Und Besson? Ein Beisitzer. Es gibt immer einen Beisitzer mit angegrautem Haar und rosigem Teint, der gerade von einem guten Essen kommt und wohlwollend lächelt.

Lina ist nicht im Saal. Ihre Freunde haben ihr gesagt, daß ihre Nerven den Schlag nicht aushalten würden. Sie wartet, bis sie jemand anruft und über den Stand der Dinge informiert.

»Nein, niedergeschlagen ist er offenbar nicht. Man könnte sagen, daß er sich nicht dafür interessiert, was um ihn herum vorgeht ...«

Und Mademoiselle Blanche? Ist sie nicht die junge Anwältin, die dem Angeklagten Pfefferminzpastillen hinüberreicht?

»So sehe ich Sie gern, entspannt, fast lächeln Sie schon wieder. Es ist Zeit zum Fiebermessen ...«

Sie fühlen sich wohl, sie beide. Die Säle und Gänge haben sich von Besuchern geleert. Es wird dunkel. Draußen regnet es immer noch. Die Schwester schaut auf das Thermometer und zeigt sich zufrieden.

»Der Professor hat recht gehabt. Sie sind beinahe wieder bei der normalen Temperatur angelangt. Wenn er hier wäre, würde er Ihnen vielleicht ein wenig Püree genehmigen, aber ich möchte die Verantwortung dafür nicht übernehmen. Das kommt dann morgen. Haben sie Hunger?«

Er hat keinen Hunger, und er ist ruhig. Er versucht die Zeit auszurechnen, die ihm noch mit Mademoiselle Blanche verbleibt, bevor Josefa die Ablösung übernimmt. Wenn allerdings Josefa neben ihm schläft und er morgen früh ihre Brust sehen kann, die sich friedlich hebt und senkt, ist das auch nicht übel ...

Man hört immer noch die Autos auf der Straße draußen; die Stadtbewohner fahren aufs Land, wie Besson, wie Lina, wie fast alle ihre Freunde ...

Er bleibt hier.

Er hat seine halbe Morgenstunde versäumt und das Aufwachen von Josefa, obwohl die Glocken mit aller Kraft geläutet haben. Das Klappbett ist schon wieder an seinem Platz im Schrank.

Was ihn aus dem Schlaf reißt, aus einem Traum, an den er sich den ganzen Tag lang vergeblich versuchen wird zu erinnern, ist das ruckartige Öffnen der Tür und eine Frauenstimme, die fröhlich sagt:

»Guten Tag, mein Herr. Ich heiße Angèle, und ich vertrete heute Mademoiselle Blanche bei Ihnen ...«

Es ist fast schon Tag. Die Frau ist klein und dick, und unter ihrer Schwesternkleidung quillt das Fleisch. Sie platzt mit ihrer Vitalität in die sonst so ruhige und gedämpfte Atmosphäre des Zimmers. Ihr Gesicht ist derb, man kann sich gut vorstellen, wie sie mit der Milchfrau oder der Fischverkäuferin drastische Beleidigungen austauscht.

Es versetzt ihm einen Schlag, als er sie sieht. Mademoiselle Blanche hat sich einer Art Verrat schuldig gemacht, sie hat ihn gestern nicht darauf vorbereitet. Sie hat nicht den Mut aufgebracht, ihm zu sagen, daß sie nicht kommen wird, daß auch sie ihren freien Sonntag hat.

Und gerade gestern war sie so mitfühlend gewesen. Ihr Zusammensein war nie so gut gewesen wie an diesem Spätnachmittag.

Hat sie gefürchtet, daß er protestiert oder versucht, sie umzustimmen? Oder auch, daß es ihn aufregt und er eine unruhige Nacht verbringt? Hat sie sich gescheut, ihr Privatleben in die Krankenhauswelt einzubringen?

»Sie ist auf dem Land, wie alle!«

Er erwidert nichts. Er macht seine bitteren Anmerkungen für sich allein. Es ist Sonntag, und man läßt ihn im Stich, liefert ihn der Pflege einer fremden Person aus.

Angèle, denn so heißt die kurzbeinige Frau, die bei ihm eingebrochen ist, verliert keine Sekunde und legt ihm sofort die Urinflasche an.

»Wollen Sie die Schüssel? ... Gut! Ich bestehe nicht darauf. Manche brauchen sie beim Aufwachen ...«

Sie redet und redet und ist unaufhörlich mit demselben Schwung, mit derselben guten Laune in Bewegung.

»Die Arme hat niemanden gefunden, der sie vertritt.

In ihrem Alter muß man auch mal auf andre Gedanken kommen, wenn man die ganze Woche eingesperrt ist. Ich hab gewußt, daß Sie enttäuscht sind, wenn Sie statt einem hübschen Mädchen eine dicke alte Frau wie mich sehen ...«

Sie ist wahrscheinlich zwischen vierzig und fünfzig.

»Aber Sie werden sehen, wir beide werden uns gut vertragen. Zum einen kenne ich Sie schon ein wenig, vom Hörensagen, weil mein Bruder bei Ihnen in der Zeitung arbeitet ... Das ist übrigens der Grund, warum ich mich sofort bereit erklärt habe, meinen Sonntag abzugeben.

Mein Bruder heißt Thévenot, Xavier Thévenot. Er ist Setzer. Er ist Ihnen sicher nie aufgefallen, in einem Haus mit so viel Leuten. Er hat eine gebrochene Nase, und er stottert ...«

Thermometer. Puls. Sie trägt ihre Uhr nicht am Handgelenk, sondern an einer Sicherheitsnadel auf der Brust.

Die Veränderung der Atmosphäre durch ihr Erscheinen ist so einschneidend, daß er ganz betäubt davon ist. Sie geht, sie kommt, und sie schweigt nicht einen Moment still.

»Ich sehe, das Penicillin hat gewirkt. Der Professor wird sich freuen. Er wirkt zwar kühl, aber man ahnt nicht, wie sehr er sich seine Patienten zu Herzen nimmt.«

Sie beobachtet ihn unverblümt mit ihren hellen Augen, nicht heimlich wie die anderen.

»Sie sind wenigstens friedlich. Man sieht doch gleich, daß Sie ein intelligenter und einsichtiger

Mensch sind. Das schlimmste sind die Patienten, die nicht glauben wollen, was man ihnen sagt. Man kann ihnen noch so genau alles erklären, sie sind stur wie die Maulesel und bestehen verbissen auf jeder Idee, die sie sich in den Kopf gesetzt haben.

Und erst die Frauen! Ich arbeite in einem Frauensaal auf der andern Seite der Treppe. Das ist neben den Geisteskranken. Früher sind in Bicêtre keine Frauen aufgenommen worden. Sie kamen alle in die Salpêtrière, hier gab's immer nur Männer.

Alles ändert sich heutzutage, alles ist durcheinander gekommen, man kennt sich gar nicht mehr aus: die Unheilbaren, die Verrückten, die Kranken, die Frauen, alles gibt es in diesen Häusern hier.«

Es regnet nicht mehr, und es ist windstill. Der Himmel über dem Schieferdach, dessen Platten langsam trocknen, ist frühlingsblau und wolkenlos. Wenn die Glocken schweigen, ist man verwundert über die Stille, die draußen herrscht, keine Lastwagen sind zu hören, kein Werktagslärm.

Es herrscht die Ruhe des Sonntagmorgens. Im Krankenhaus ist nicht so viel Kommen und Gehen wie sonst. Die Stationsschwester ist noch nicht dagewesen, und er fragt sich, ob sie noch kommen oder ob auch sie ihn seinem Schicksal überlassen wird.

Wieso braucht er am Sonntag weniger Überwachung und Pflege als an den anderen Tagen? Besson ist auf dem Land und macht sich keine Gedanken über ihn. Audoire ist gestern abend nicht mehr gekommen, was vermuten läßt, daß auch er übers Wochenende weggefahren ist.

Wenn sich nun sein Zustand nicht gebessert, sondern verschlechtert hätte? Die dicke Krankenschwester hat ihn nie zuvor gesehen, sie weiß nichts über ihn außer das, was auf dem Krankenblatt steht.

»Ich habe schon Mademoiselle Blanche gesagt, es ist ein Vergnügen, bei einem Herrn wie Ihnen Dienst zu haben. Ich werde Sie jetzt waschen. Ich weiß schon, ich muß Sie mit Kölnisch Wasser einreiben ...

Haben Sie noch Angst vor mir? Sie werden sehn, in einer Stunde werden Sie glauben, Sie kennen mich schon immer. Im ersten Moment erschrecken die Leute ein bißchen, weil ich so dick und so gradheraus bin. Aber wenn man wie ich einen Saal voller Frauen unter sich hat ...

Das sollten Sie mal sehen. Die einen sitzen den ganzen Tag lang in ihrer Ecke und heulen und wollen nichts essen, die andern kriegen richtige hysterische Anfälle und wälzen sich auf dem Boden, damit man sich mit ihnen beschäftigt.

Es ist verrückt, wie eifersüchtig Frauen aufeinander sein können. Wenn ich mich ein bißchen länger bei einer aufhalte, kann ich sicher sein, daß drei oder vier andre die Bettschüssel haben wollen und dann gar nichts machen.

Ich hab eine, die ist schon über die Sechzig und hat fünf Kinder aufgezogen. Man möchte glauben, da ist einer vernünftiger. Ganz und gar nicht! Sie ruft zwanzig-, dreißigmal am Tag nach der Schüssel, und sobald sie hat reden können, hat sie sich beim Professor beklagt, daß sie vernachlässigt wird.

Zum Glück kennt sie Professor Audoire, die Frauen. Natürlich ist es nicht komisch, ich kann mich ja auch in ihre Lage versetzen. Aber wenn man krank ist, ist das kein Grund, alle Welt um sich herum verrückt zu machen.

Versuchen Sie mal, Ihr Bein zu bewegen. Das, was ich in der Hand habe ... Aber ja! Versuchen Sie es! Es tut nicht weh .... So wie ich das sehe, werden Sie Ihre beiden Beine schneller benutzen, als Sie denken. Angèle können Sie glauben! Sogar Monsieur Audoire weiß, daß ich einen Blick dafür habe. Manchmal kommt er zu mir und fragt mich:

›Angèle, was denken Sie über Nummer 7?‹

Mir sind eine Menge Leute durch die Hände gegangen! Unsereins lebt mit den Patienten von morgens bis abends. Wir sehen sie öfter als die Ärzte, die halten sich ja bei jedem nur ein paar Minuten auf.

Ich sollte nicht so reden. Bei jemand anderm als Ihnen tät ich's auch nicht. Ich weiß, daß Sie das nicht schockiert. Wenn man uns eine Neue bringt, also nach zwei Tagen weiß ich, ob das Bett lang belegt bleibt oder nicht. Und in neun von zehn Fällen sag ich meiner Kollegin vom Nachtdienst voraus, ob eine am nächsten Morgen noch da ist oder nicht.

Gleich, wenn die Sonne ein bißchen höher steht, mach ich das Fenster auf. Sie brauchen Luft. Sie dürfen nicht in einer dumpfen Luft liegen ...«

Sie behandelt ihn wie ein Baby, wäscht ihm mit besonderer Sorgfalt das Geschlecht und scherzt auch gleich darüber.

»Das da muß auch gepflegt werden. Es wird schließlich noch gebraucht.«

Sind die anderen, die in den Sälen arbeiten, wie Angèle, oder hat er es mit einem außerordentlichen Phänomen zu tun? Er beginnt zu verstehen, daß Besson glücklich war, Mademoiselle Blanche für ihn gefunden zu haben.

Angèle hat trotzdem recht gehabt. Er gewöhnt sich an ihre vulgäre Art. Er ist so verdutzt über ihre Vitalität, daß er vergißt nachzudenken und sich in sich selbst zurückzuziehen.

»So, jetzt sind Sie frisch und sauber. Ich ruf den Friseur, damit Sie schön sind, wenn Sie Besuch kriegen.«

Der alte Friseur rasiert ihn, und zwei Putzfrauen machen sauber. Nur eine von den Italienerinnen hat Dienst, die andere Frau macht ein verbissenes Gesicht und sagt kein Wort, sie entschuldigt sich auch nicht, wenn ihr Besen an die Bettpfosten stößt.

Die Glocken läuten. Sie werden nun zu jeder Messe läuten. Der Friseur geht wieder weg und in den großen Krankensaal, und um neun Uhr wandeln Schatten in einer Richtung an seiner Tür vorbei.

»Sie gehen in die Kapelle runter«, erklärt Angèle. »Sind Sie katholisch? Hat der Kaplan Sie schon besucht? Er ist ein guter Mann, sehr zurückhaltend. Nicht wie sein Vorgänger, der hat die Patienten damit verschreckt, daß er hingelaufen ist, ohne daß sie ihn gerufen haben.

Das ängstigt einen, wenn es einem nicht gut geht und ein Priester vor dem Bett auftaucht, als würde er gleich die Letzte Ölung spenden.

Ich glaube weder an Gott noch an den Teufel, mir

würde es nichts ausmachen. Ich hab Frauen gesehn, die dachten dann, ihre letzte Stunde hat geschlagen, und wollten keine Vernunft mehr annehmen.

Bei dem Geistlichen jetzt ist da keine Gefahr. Er kommt nur, wenn er gerufen wird. Er raucht seine dicke Pfeife, mit der sieht er aus wie die lieben Alterchen hier im Krankenhaus.«

Die Stationsschwester hat sich noch immer nicht blicken lassen, und er hat auch nicht hinter der Scheibe ihre Silhouette entdeckt.

»Ich hole Ihren Orangensaft. Ich komm gleich wieder.«

Das Blau des Himmels wird immer tiefer, es ist ein seidiges Blau. Auch die Luft draußen ist sicher seidig, gereinigt durch die Regengüsse des Vortags von Feuchtigkeit und Staub.

Ohne ihn um Erlaubnis zu fragen, hat Angèle die gelben Nelken weggeworfen, die verblüht waren, und als sie mit dem Orangensaft zurückkommt, bringt sie eine Rose mit.

»Ich mag es nicht, wenn eine Vase leer dasteht, vor allem eine so hübsche Vase. Ich habe eine Blume aus dem Strauß im Nebenzimmer geklaut. Der Patient wird's nicht merken, er ist noch nicht bei sich.«

Wer ist es? Zum erstenmal ist er neugierig auf einen seiner Krankenhausnachbarn. Sie dreht das Kopfende des Bettes hoch und reicht ihm die Schnabeltasse, aus der er ohne Anstrengung trinken kann.

Alles bringt ihn aus der Fassung. Der gewohnte Ablauf ist durchbrochen. Auch über den Assistenzarzt ist er erstaunt. Es ist ein anderer als sonst, und er trägt so starke Brillengläser, daß seine Pupillen groß wie Murmeln aussehen.

»Er hat schön seinen Orangensaft getrunken, Doktor. Er ist sehr folgsam. Wir schließen grade Bekanntschaft, und wir werden sicher bald gute Freunde werden. Die Temperatur ist ein bißchen über dem Normalen, 36°6 ... Der Puls ist regelmäßig ...«

Gewöhnlich wird vor ihm nicht über diese Dinge gesprochen. Die anderen tauschen Blicke aus, flüstern in einer Ecke, unterhalten sich mit gedämpfter Stimme im Flur.

Liegt es daran, daß ihn die dicke Frau nicht wie einen Privatpatienten behandelt, sondern wie einen Patienten in den Sälen? Auch der Arzt läßt es nicht dabei bewenden, daß er ihn bittet, den Mund aufzumachen, oder ein paar beruhigende Worte murmelt:

»Ich lese Ihre Zeitung, wie alle. Am liebsten lese ich die Klatschspalten ... Tue ich Ihnen weh? Nein? Heben Sie den linken Arm. Ein bißchen höher ... Noch ein bißchen ... sehr gut. Jetzt versuchen Sie, die Finger der rechten Hand zu bewegen.

Ich nehme an, es ist nicht nur eine Person, die all die Artikel unter dem Namen Dorine schreibt? Sie müßte ja abends von einem Theater ins andre laufen, ihre Nächte in den Kabaretts verbringen, und die Nachmittage gleichzeitig bei den Rennen und in der Kammer.

Wenn es nicht aufdringlich klingt, würde ich gern mal eine große Zeitung besuchen und sehen, wie sie funktioniert. Atmen Sie. Durch den Mund ... Tiefer ... Wunderbar! Die Luftröhre ist vollkommen frei, die Bronchien sind rein.«

Das weitere richtet der Assistenzarzt sowohl an Maugras als auch an die Schwester:

»Ich sehe keinen Nutzen darin, daß er länger in dieser unbequemen Lage bleibt. Sie können ihn wieder flach legen. Wenn Schleim kommt, kann man ihn ja wieder herunterlassen.«

Sie macht ein schlaues Gesicht, als wollte sie sagen:

»Hab ich recht gehabt?«

Der Assistenzarzt redet weiter, im Stehen, wie mit einer normalen Person:

»Ich habe diese Woche Dienst und werde Sie gelegentlich besuchen. Es freut mich, Sie kennengelernt zu haben, wenn auch bedauerlicherweise unter recht unangenehmen Umständen für Sie. Es ist der vierte Tag?«

Er schaut auf die Fieberkurve.

»Der sechste. Es geht aufwärts, die Fortschritte kommen jetzt immer schneller. Einen schönen Tag! Wenn Sie mich brauchen, Angèle weiß, wo ich zu finden bin.«

Sobald er draußen ist, sagt sie:

»Ein bemerkenswerter Junge. Er hat sich sein Studium selbst verdient. Er hat sogar abends Babys gehütet für Leute, die ins Kino wollten. Er ist intelligent und kann mit den Patienten umgehen. Man sagt, er wird sicher mal Professor, und es würde mich nicht wundern ... Ist Ihnen kalt? Kann ich das Fenster aufmachen?«

Er hat sich instinktiv zusammengezogen, als würde er den plötzlichen Kontakt mit der frischen Luft fürchten. Und es ist nicht nur die Luft, es ist der erste

Kontakt mit der Welt draußen, er hört plötzlich Schritte auf dem Kies der Spazierwege.

»Wenn Sie sehen könnten, wie es den Alterchen heute gut geht! Wenn es regnet, sind sie griesgrämig und quengelig und wissen nicht wohin mit sich. Es ist sehr voll hier! Wissen Sie, daß wir hier über zweitausendfünfhundert Kranke und Unheilbare haben? Und dann noch die Schwestern, das Dienstpersonal, die Ärzte, das Küchenpersonal ...

Gell, das tut gut, die Luft. Heute morgen könnte man glauben, es ist Frühling. Gestern waren alle gereizt, wir haben Schwierigkeiten auf allen Stationen gehabt. Der Regen hat nicht aufgehört, und der Wind, der Wind vor allem, der ist einem auf die Nerven gegangen. In einer einzigen Nacht ... Frieren Sie auch wirklich nicht?«

»Nein«.

Er hat nicht etwa nur den Kopf geschüttelt. Er hat nein *gesagt.* Mit dem Mund. Ohne daß man ihn dazu aufgefordert hätte. Die Stimme klingt fast normal. Er zittert, und er verspürt das Bedürfnis, noch einmal einen Versuch zu machen. Er sagt:

»Mir ist nicht kalt ...«

Am liebsten würde er lachen. Er hat Tränen in den Augen. Er hat gesprochen! Er kann sprechen!

»Na sagen Sie mal, mein Bester, Sie machen vielleicht Fortschritte! Was hat Angèle gesagt? Hat sie recht gehabt?«

Mademoiselle Blanche ist für ihre Abtrünnigkeit bestraft. Nicht bei ihr hat er seine ersten Worte gesprochen; denn das Gebrabbel von vorgestern zählt ja nicht. Morgen wird er ihr als Rache die Überraschung unterbreiten.

Und Audoire? Werden sie ihn benachrichtigen?

»Wissen Sie, was ich vorschlage? Ich werde schauen, daß man Ihnen ein gutes Püree macht mit Fleischsoße, und ich schwöre Ihnen, Sie werden es essen, und spätestens morgen brauchen Sie keine Infusion mehr.«

Er sagt noch einmal etwas, um sich zu vergewissern, daß es kein Zufall war.

»Ich habe keinen Hunger ...«

»Sie werden gleich Hunger kriegen. Selbst wenn Sie keinen Appetit haben, werden Sie sich freuen, daß Sie sich wieder anders ernähren können als durch eine Nadel und einen Plastikschlauch.«

Seine Gedanken verwirren sich. Als sie ihn allein läßt, starrt er zum Fenster hinaus und ist tief bewegt. Alles hat sich geändert. Nichts ist so gekommen, wie er angenommen hatte, wie er so sicher geglaubt hatte. Er sagt laut allein vor sich hin:

»Ich spreche ...«

Er wiederholt es zwei bis drei Mal in seinem stillen Zimmer:

»Ich spreche ... Ich spreche ...«

Er fürchtet, daß seine Stimme bricht. Aber sie bricht nicht.

Er kann nicht nur sprechen, er wird auch etwas zu essen bekommen. Angèle hat es ihm versprochen, und er glaubt ihr.

Lina befindet sich im Schloß in Candines mit Marie-Anne und ihrer Meute. Besson ist in La Bluterie und spielt mit seinen Enkelkindern. Clabaud verwendet sicher das Wochenende dazu, sich in seiner Kanzlei einzuschließen. Wo ist Mademoiselle Blanche hingefahren? Mit wem? Nicht einmal Audoire und die Stationsschwester sind da.

Er hat gesprochen. Er muß sich an diesen Gedanken erst gewöhnen. Er war nicht darauf vorbereitet. Es kam ganz plötzlich und unerwartet, er hat gar nicht daran gedacht.

»So, mein Herr. Ich hoffe, Sie haben nichts gegen Karotten. Es ist das einzige Gemüse, das sie heute in der Küche haben. Sie bekommen Kartoffelpüree und Karotten mit Kalbfleischsoße ... Tut Ihnen die Sonne in den Augen weh? Oder habe ich Sie ermüdet?«

»Nein ... Es ist ...«

Nicht die Stimme versagt ihm. Es sind die Worte, es ist die Antwort, die er nicht findet. Er muß die Augen schließen, muß unbeweglich daliegen, ohne zu reden, ohne zu denken.

Und er ist so sicher gewesen, daß es damit ein Ende hat!

8

Es ist wahrscheinlich eine Kinderei, aber derlei Kindereien sind manchmal für den Augenblick wichtiger als ernsthafte Beschäftigungen. Es ist Montag. Er ist rechtzeitig aufgewacht, gerade als die Kirchturmuhr sechs schlug.

Josefa schläft in ihrem Klappbett. Er hat seine halbe Stunde und kann nachdenken, worüber er will, ohne gestört zu werden. Warum freut er sich nicht darüber?

Gestern hat er überlegt, ob er Angèle bitten soll, daß sie niemandem sagt, daß er wieder sprechen kann. Er wollte Mademoiselle Blanche eine Überraschung bereiten. Er hat es aber immer wieder hinausgeschoben, und dann ist Josefa gekommen, mit zehn Minuten Verspätung. Sie hat zum ersten Mal ihren roten Frühjahrsmantel angehabt, er roch noch nach Kaufhaus. Die Baskenmütze auf ihrem kupferfarbenen Haar war von demselben Rot. Sie war außer Atem, als wäre sie sehr schnell gelaufen.

»Entschuldigen Sie, Angèle. Ich hab mich verspätet und Sie aufgehalten.«

»Ach wissen Sie, seitdem meine Tochter verheiratet ist und ich allein lebe ...«

»Und Sie, Monsieur Maugras? Haben Sie einen guten Tag gehabt?«

Angèle hat ihn schelmisch angeblickt, und er hat es nicht übers Herz gebracht, sie zu enttäuschen.

»Einen sehr guten«, hat er geantwortet.

Es hat ihm schon nicht mehr soviel Spaß gemacht. Gegen Ende des Tages ist ihm seine Stimme nicht mehr so natürlich vorgekommen, wie er gedacht hatte, sie war etwas rauh, wie bei einer starken Erkältung. Einige Silben kamen nur schwer heraus, sie waren nahe daran, sich zu überpurzeln.

»Was sagen Sie dazu?« hat Angèle ausgerufen.

»Oh, es freut mich sehr!«

Die Erinnerung daran bereitet ihm Unbehagen. Er stößt heute beim Aufwachen auf mehr Probleme als er sie bisher hatte. Werden sie sich weiterhin so viel mit ihm beschäftigen? Werden sie ihm Mademoiselle Blanche lassen, oder wird sie für einen anderen Patienten gebraucht?

Angèle hat ihm gestern erzählt, daß sie zu wenig Schwestern haben, nicht nur für die Säle, gerade auch für die Patienten, die sich den Luxus einer eigenen Schwester leisten können.

»Es finden sich nicht so leicht junge Mädchen, die zwölf Stunden am Tag arbeiten wollen, wissen Sie.«

Natürlich, es ist ja ein Beruf. Er neigt dazu, zu vergessen, daß Mademoiselle Blanche ihre Zeit mit ihm verbringt, weil es ihr Beruf ist. Auch Besson wird nicht mehr jeden Tag durch ganz Paris fahren, um ihn zu besuchen.

Er fürchtet, daß sich die kleine Welt, die sich um ihn herum gebildet hat, nach und nach wieder auflöst und ihn einsamer zurückläßt, als er es je gewesen ist. Er hat nun, das wird ihm in diesem Augenblick bewußt, nicht mehr die Möglichkeit, sich in sich selbst zurückzuziehen. Vergeblich versucht er, den Zustand, den er nur schwer definieren kann, wiederzuerlangen.

Er hat, eingehüllt in die Wärme seines Bettes, eine Art Bestandsaufnahme, Überprüfung vorgenommen, mit der er noch lange nicht zu Ende ist, und kann sie nicht mehr so ohne weiteres fortsetzen.

Was da bisweilen mit ihm geschah, passiert es nicht jedem? Man legt sich hin, ohne an etwas Bestimmtes zu denken, und versucht einzuschlafen. Man wälzt sich in seinem Bett hin und her und weiß nicht mehr, ob man noch wach ist oder schon halb im Schlaf. Die Gedanken unterscheiden sich mehr und mehr von den Tagesgedanken. Man ahnt die Wahrheit von Dingen, denen man sonst kaum ins Auge blicken würde, und fast immer gibt es einen kurzen Augenblick, in dem alles klar und licht erscheint.

Am nächsten Morgen versucht man vergeblich, sich zu erinnern, oder man versucht auch, die Erinnerung auszulöschen, denn das, was mit ihr aufsteigt, würde das gewohnte Leben in Frage stellen.

Er betrachtet zerstreut Josefa, wie sie schläft, und hört ohne Aufmerksamkeit und ohne Vergnügen die Geräusche von draußen. Audoire verfügt nur über zwei Privatzimmer auf seiner Station. Wird er das seine nicht bald brauchen? Er hat kaum Zeit gehabt, sich daran zu gewöhnen. Angèle war zu geschwätzig, zuletzt hat sie ihm noch mit ihrer ermüdenden Aufdringlichkeit ihr Leben und das ihrer Tochter erzählt. Vielleicht hat er fürs erste Mal auch zuviel gesprochen? Jedenfalls ist die erste Begeisterung verflogen, und es bereitet ihm kein Vergnügen mehr.

Josefa schlägt die Bettdecke zurück, reibt sich die Augen und schaut auf die Uhr.

»Guten Tag! Seltsam, daß Sie immer vor mir wach sind. Stehen Sie jeden Tag so früh auf?«

»Gestern habe ich länger geschlafen.«

»Wenn ich meinen freien Tag habe, bleibe ich bis zehn Uhr im Bett. Es tut so gut, nachts zu schlafen wie die andern Leute auch.«

Sie macht im Stehen ihren Büstenhalter zu, zupft ihre Uniform zurecht und streicht sich durchs Haar. Dann geht sie zur Tür, die Mademoiselle Blanche, schon in Schwesternkleidung, soeben aufmacht. Ist sie munterer als gewöhnlich? Und kommt das davon, daß sie einen Tag nicht im Krankenhaus war?

»Guten Tag!« sagt auch sie, stellt sich vor sein Bett und sieht ihn spitzbübisch an.

Er zögert. Weiß sie es schon? Schließlich sagt er im Tonfall eines schmollenden Kindes:

»Guten Tag.«

»Weiter ... Sagen Sie noch etwas.«

Sie ist nicht überrascht. Man hat es ihr also schon gesagt.

»Was soll ich sagen?«

»Daß Sie mir nicht böse sind, daß ich freigenommen habe, ohne es Ihnen zu sagen.«

Er benimmt sich wirklich albern. Er merkt es und lächelt ihr zu.

»Entschuldigen Sie.«

»Zufrieden?«

»Ja ... Ich glaube.«

Josefa hat sich von ihm verabschiedet und ist aus

dem Zimmer gegangen. Die Routine beginnt wieder: Urinflasche, Thermometer, Puls ...

»Sie haben schon Püree bekommen?«

Das hat ihr nicht Josefa erzählt. Und Angèle konnte sie nicht getroffen haben. Was in seinem Zimmer vorgeht, macht also im Krankenhaus die Runde.

»Ich hätte Sie am Samstag darauf vorbereiten sollen. Aber ich wußte nicht, ob ich das tun soll. Ich fürchtete, daß Sie dann vielleicht eine unruhige Nacht verbringen. Die Patienten mögen neue Gesichter nicht. Aber ich war sicher, daß mit Angèle alles gut geht. Was halten sie von ihr?«

Wenn er diesmal nicht antwortet, so deshalb, weil es nichts zu antworten gibt.

»Sie ist ein bißchen vorlaut, aber ich wäre froh, wenn ich mein Metier so beherrschen würde wie sie. Man kann ihr die schwierigsten Säle anvertrauen.«

Ahnt sie, woran er denkt, während er sie besorgt ansieht?

Er würde sie gern fragen, wie sie ihr Wochenende verbracht hat, aber er traut sich nicht. Sie selbst spricht das Thema indirekt an.

»Ich hab ganz vergessen, daß ich ein kleines Geschenk für Sie habe ...«

Sie zieht eine kleine Tüte aus blauem Glanzkarton aus der Tasche, verziert mit Goldornamenten und mit einem Vornamen darauf: Yves. Er versteht nicht, was das zu bedeuten hat. Hat sie ein Kind? Und was hätte das mit ihm zu tun?

»Es sind Wiener Mandeln. Gestern war ich bei meiner Schwester in Melun. Ihr dritter Junge ist getauft worden, er ist gerade einen Monat alt. Ich bin seine Patin.«

Er hat sich umsonst gequält. Gestern und noch heute morgen, bevor sie kam, hat er sich Mademoiselle Blanche mit einem Mann im Bett vorgestellt. Wie damals bei Madame Remage hatte er das Bedürfnis, sie zu beschmutzen. Sollte er sie dafür nicht um Verzeihung bitten?

»Meine Schwester ist jünger als ich. Sie hat vor fünf Jahren einen Lehrer geheiratet. Damals war sie Lehrerin in Origny, einem Dorf in der Nähe von Melun. Zwei Jahre lang, sogar noch nach der Geburt des ersten Kindes, haben alle beide gearbeitet. Mein Schwager fuhr abends mit dem Fahrrad nach Hause.

Beim zweiten Kind, das ihr anfangs viel Sorgen gemacht hat, mußte sie ihren Beruf aufgeben.

Jetzt haben sie drei Jungen, ein kleines Häuschen auf dem Schulgelände und einen alten Lindenbaum vor der Haustür.«

Er sieht wieder sehr deutlich Fécamp vor sich. Tags zuvor hatte die Sonne geschienen, wie heute.

»Wenn ich nicht seine Patin wäre, hätte ich nicht frei genommen.«

»Danke.«

Sie schreibt die Temperatur auf das Blatt, und zum ersten Mal erkundigt er sich: »Wieviel?«

»36,6°. Obwohl ich es Ihnen nicht sagen darf. Aber Ihr Puls ist normal. Kann ich Sie waschen?«

Auch sie macht, wie Angèle, an seinen Fingern herum, nachdem sie ihn mit dem Schwamm von Kopf bis Fuß gewaschen hat.

»Bewegen Sie sie ... Aber ja, Sie können es ... Nochmal ...«

Es ist seine kranke Hand, die rechte. Er schaut sie an und sieht, wie sich die Finger leicht abbiegen. Dann läßt sie ihn die Zehen bewegen, aber das gelingt ihm nicht so gut.

»Lassen Sie mich nur machen. Keine Angst ...«

Sie nimmt seine beiden Beine, holt sie aus dem Bett, dann dreht sie seinen Oberkörper und legt einen Arm um seine Schultern. Ängstlich läßt er es geschehen, und bald sitzt er mit herunterhängenden Beinen auf dem Bettrand.

Ihm wird schwindlig. Wenn sie ihn losließe, würde er zur Seite oder nach vorn kippen. An sie gelehnt, spürt er die Form und die Wärme ihrer Brust an seiner Schulter.

Er kennt seine Beine kaum wieder, so mager sind sie in der kurzen Zeit geworden. Er hat fast keine Waden mehr.

»Bemühen Sie sich, sich gerade zu halten. Das ist die erste Übung. Morgen werden Sie auf beiden Beinen stehen.«

Es ist peinlicher als sonst, daß sein Unterleib nackt ist. Da er der Schwester so nahe ist, fürchtet er eine Erektion, für die er nicht mehr die Entschuldigung des Unbewußten oder des Fiebers hätte.

Kaum hat er daran gedacht, da passiert es auch schon. Er stottert: »Entschuldigen Sie.«

»Macht nichts. Ich bin daran gewöhnt.«

Also auch die Intimreflexe sind Teil eines Prozesses, dessen Verlauf vorhersehbar ist!

»So, das genügt für heute.«

Sie legt ihn wieder zurück und zieht die Bettdecke zurecht.

»Möchten Sie die Haferflocken in Milch oder lieber in Wasser?«

Er weiß nicht, was er geantwortet hat. Sie ist hinausgegangen und hat ihm eine Schale zu stark gezuckerte Haferflocken gebracht, die sie ihm mit einem Löffel eingibt.

Gerade als er gefüttert wird, erscheint die Stationsschwester.

»Man macht hier große Fortschritte, wie ich höre.«

Mademoiselle Blanche berichtet:

»Er ist gerade fast fünf Minuten auf dem Bettrand gesessen.«

»Sehr gut! Sehr gut!«

Sie zeigt auf die Infusion:

»Das können Sie wegnehmen.«

Er macht sich Gedanken, ob sie nicht zu schnell vorgehen. Er hat das Gefühl, dem allem nicht folgen zu können. Sie haben es eilig, ihn in die Welt der anderen zurückzubringen, die lange Zeit auch die seine war. Darauf ist er nicht vorbereitet, er kann noch nicht daran glauben. Und er hat den Verdacht, daß sie ihn loswerden wollen.

Die beiden Italienerinnen kommen mit ihren Eimern und Bürsten. Im Gang läuft ein Staubsauger, den er bisher noch nie gehört hat, woraus er schließt, daß er nur ein- oder zweimal in der Woche benutzt wird. Ein Mann schiebt das Gerät ins Zimmer, und eine Zeitlang dröhnt es in seinem Kopf.

Gleich nach dem Saubermachen ist der Friseur an der Reihe. »Möchten Sie, daß ich Ihnen die Haare schneide?«

»Heute nicht.«

»Sagen Sie mal. Mademoiselle Blanche, Ihr Patient spricht ja heute.«

Und zu Maugras gewandt:

»Macht Spaß, was? Ich hab Leute erlebt, denen liefen vor Freude die Tränen in Strömen herunter.«

Es muß nicht heißen, daß es Freude gewesen ist. Haben nicht die anderen auch, wie er, Angst davor gehabt, daß die Barriere plötzlich wieder verschwindet? Es ist der erste Schritt zur erzwungenen Rückkehr unter die Menschen. Wozu werden sie ihn jetzt zwingen?

Der Arzt von gestern mit seinen murmelgroßen Pupillen hinter den dicken Brillengläsern kommt mit großen Schritten herein gelaufen und spricht zuerst die Schwester an:

»Schönen Sonntag gehabt? Ist bei der Taufe alles gut gegangen?«

»Nachmittags war's recht lustig.«

»Und Sie, wie fühlen Sie sich heute morgen?«

Maugras ist mißmutig, und seitdem der Assistenzarzt hereingekommen ist, ist er es noch mehr. Vorhin, als von der Schwester in Melun die Rede war, hat er Mademoiselle Blanche gefragt:

»Und Sie? Denken Sie nicht ans Heiraten?«

»Erst einmal müssen es zwei sein zum Heiraten. Und dann müssen es auch die Umstände erlauben . . .«

Sie hatte einen sehnsüchtigen Blick, als sie ihm diese

Antwort gab, und ihm scheint, er weiß warum. Er glaubt zwischen ihr und dem Assistenzarzt eine Vertrautheit, ein heimliches Einverständnis bemerkt zu haben, die nicht nur daher kommen, daß sie zusammen im selben Krankenhaus arbeiten. Er sagt Sie zu ihr und sie zu ihm auch. Aber es sieht aus wie ein Spiel. Er könnte schwören, daß sich ihre Blicke sagen:

»War der Tag nicht zu lang? Hast du manchmal an mich gedacht?«

»Die ganze Zeit, du großer Dummkopf. Und du? Hast du viel Arbeit gehabt?«

Er ist nicht sicher, daß er recht hat. Trotzdem erinnert ihn ihre Art an manche Paare, die man auf der Straße sehen kann und die ihn immer fasziniert haben. Sie gehen nicht Arm in Arm, sie gehen wie die anderen Passanten auch, und dennoch spürt man auf den ersten Blick, daß sie sich in vollkommener Harmonie befinden, daß sie in der Menge so etwas wie eine nach außen hin abgeschlossene Einheit bilden. Manchmal ist er ihnen gefolgt, hat sie eifersüchtig beobachtet, wie um ihr Geheimnis bloßzulegen, bevor sie in der Metro oder in einem Kino verschwanden.

»Na also, dann ist ja die Aphasie nur noch eine böse Erinnerung. Zufrieden?«

Alle legen sie Wert darauf, daß er zufrieden ist. Ist es eine Lüge, wenn er ja sagt? Kann er ihnen erklären, wie es wirklich ist?

Außerdem stimmt es, in gewissem Sinn ist er zufrieden. Trotzdem ist er entschlossen, sich zu verteidigen, er wird es nicht zulassen, daß man ihn vorzeitig wieder ins Leben stürzt. Er ist noch nicht sicher, daß er dorthin zurück will.

»Der Professor wird Sie sich ein wenig später ansehen, er ist sehr beschäftigt heute morgen. Zwei dringende Fälle sind kurz hintereinander eingeliefert worden . . .«

Sie tauschen über sein Bett hinweg Blicke, und jedesmal ist es, als würde ihr Herz vor Freude einen Sprung machen. Warum berührt ihn das? Er ist ja nicht verliebt in Mademoiselle Blanche. Ihr Privatleben geht ihn nichts an. Bei Josefa beschäftigt es ihn auch nicht weiter, daß sie nach seiner Überzeugung Liebhaber hat, obwohl er schon beinahe dazu entschlossen ist, mit ihr zu schlafen, wenn es ihm wieder gut geht.

»Hat er schon etwas gegessen?«

»Haferflocken. Ohne Schwierigkeiten.«

»Na gut! Dann bleibt mir nur noch, Ihnen beiden einen guten Tag zu wünschen.«

Sie begleitet ihn zur Tür, folgt ihm aber nicht in den Gang. Absichtlich, möchte er wetten, denn sie hat bemerkt, daß er ihr Geheimnis erraten hat. Das sieht man auch daran, daß sie ein wenig verändert zu ihm zurückkehrt, ihm neugierige Blicke zuwirft. Dann sagt sie vor sich hin:

»Er ist sehr tüchtig. Professor Audoire betrachtet ihn als seinen besten Assistenten.«

Ein bemerkenswerter Junge! Er hat sich sein Studium selbst erarbeitet! Ein zukünftiger Professor! Angèle hat ihm das alles bereits erzählt. Was kann es ihm anhaben? Er hat keinerlei Absicht, sich scheiden zu lassen und Mademoiselle Blanche zu heiraten.

»Es müssen zwei sein ...«, hat sie gesagt.

Sie sind zwei.

»... und die Umstände müssen es erlauben.«

Ist er am Ende verheiratet? Er hat nicht daran gedacht nachzusehen, ob er einen Ehering trägt. Sie ist nicht verheiratet. Warten sie, bis die Position des jungen Assistenten gefestigt ist? Sind sie ein Liebespaar?

Alles geht sehr schnell heute morgen. Man merkt, daß es nicht mehr Sonntag ist. Man könnte denken, daß sie, um sich für ihre gestrige Abwesenheit zu entschuldigen, ihre Anstrengungen verdoppeln. Überall geschieht etwas. Die Türen öffnen und schließen sich unaufhörlich, die Schwestern laufen, ja rennen fast durch den Gang. Da kommt Audoire, auch er in Eile, aber ausgeruhter als an den Tagen zuvor.

»Wie geht es Ihnen?«

»Gut, Doktor.«

»Sie haben sich schon aufgesetzt. Das ist gut. Ich bin auch froh, daß die kleine Entzündung der Atemwege so schnell wieder zurückgegangen ist. Nun können Sie bald mit der Heilgymnastik anfangen. Unser Freund Besson war heute morgen noch nicht da?«

Mademoiselle Blanche antwortet aus Gewohnheit für ihn.

»Noch nicht.«

Auch Besson muß in Broussais die gestern verlorene Zeit wieder einholen.

»Ich habe gesehen, daß Sie schon etwas gegessen haben. Nun wird es für Sie angenehmer werden. Haben Sie Appetit?«

»Ein wenig.«

Er antwortet ohne rechte Überzeugung. Bisher hat man ihn nicht nach seiner Meinung gefragt, und jetzt ist er unsicher, wenn man sich an ihn wendet, er fühlt sich unbeholfen und befangen. Er muß Ordnung in seine Gedanken bringen, aber die anderen scheinen nicht gewillt, ihm die Zeit dazu zu lassen.

Er sieht sie bereits wieder anders. Audoire ist zu einem gewöhnlichen Menschen geworden. Er ist nur noch ein Arzt wie alle anderen, fühlt mechanisch den Puls seiner Patienten, neigt den Kopf mit dem Ohr am Stethoskop, sagt mit gleichgültiger Stimme Worte, die er hundertmal am Tag wiederholt:

»Husten Sie ... Atmen Sie ein ... Husten Sie ... Sehr gut ...«

Auch er wünscht ihm einen guten Tag, dann läßt er seine ärztliche Fürsorge einem anderen Patienten zukommen, dann wieder einem anderen, und so fort, bis er wieder heimgeht.

Es ist Mittag, und René hat keinen Augenblick Ruhe gehabt. Die Rollwagen fahren im Flur vorbei, und die Töpfe klappern wie Schrotteile. Mademoiselle Blanche geht kurz hinaus, kommt mit einem Suppenteller voll blaßgrünem Püree zurück, setzt sich zu ihm und füttert ihn mit dem Löffel.

Besson sucht sich gerade diesen Moment aus, um bei ihm zu erscheinen, und das verübelt ihm Maugras sehr, es macht ihn ebenso verlegen, wie wenn er von der Schwester gewaschen wird.

»Na was hab ich dir gesagt, mein lieber René?«

Natürlich hat er es gesagt. Er kann triumphieren!

»Ich nehme an du verstehst, daß ich gestern nicht

gekommen bin. Du kennst ja Yvonne. Wenn sie einen Sonntag fern von La Bluterie und ihren Enkeln verbringen müßte, würde sie krank werden. Jetzt, wo du die Sprache wiedergefunden hast, wird dein Leben hier anders werden. Ich habe zum Beispiel keinen Einwand dagegen, wenn dein Chefredakteur – er hat einen ganz eigenartigen Namen, den ich dauernd vergesse ...«

»Colère ...«

»Ich habe nichts dagegen einzuwenden, wenn Colère jeden Tag ein paar Minuten vorbeikommt und sich mit dir unterhält; Mademoiselle Blanche wird darüber wachen, daß er seine Besuche nicht zu lange ausdehnt und dich ermüdet. Ich kenne doch deine Leidenschaft für die Zeitung.«

Besson kennt ihn schlecht. Er irrt sich.

»Es kann natürlich nicht davon die Rede sein, daß du von morgens bis abends Leute empfängst und dein Zimmer zur Redaktion wird, aber zwei oder drei Besuche am Tag ...«

Von wem? Wozu? Denkt Besson an Lina? Hat sie ihn heute schon angerufen?

»Ich sehe, neben deinem Bett ist ein Telefonanschluß. Sicher gibt es hier im Haus einen Apparat, von dem aus man eine Leitung hierherlegen kann. Ich spreche mit der Stationsschwester.«

Da er den Mund voll hat, schüttelt er nur den Kopf, und das erinnert ihn an die so gar nicht ferne Zeit, als er sich nur so verständlich machen konnte.

»Ich möchte es nicht«, bringt er schließlich heraus, wobei er sich verspricht. Ausgerechnet bei Besson!

Endlich haben sie ihn allein gelassen. Mademoiselle Blanche ißt mit den Schwestern. Als sie ging, hat sie ihm noch gesagt:

»Ruhen Sie sich aus. Sie hatten einen anstrengenden Vormittag. Ich werde versuchen, geräuschlos wiederzukommen und Sie nicht aufzuwecken.«

Er hat nicht vor zu schlafen. Er will aber auch nicht mit offenen Augen daliegen und aus dem Fenster auf das sonnenbeschienene Dach starren. Er weiß, welchen Grad von Dämmerzustand er braucht, auch wenn es ihm nicht möglich ist, ihn beliebig herzustellen.

Gerade als er sich verabschieden wollte, ist Besson noch etwas eingefallen.

»Rate mal, wer uns in La Bluterie besucht und zum Essen eingeladen hat ... Marel und Nadine. Sie haben ihr neues Auto ausprobiert.«

1928 war Maugras bei der Premiere von Julien Marels erstem Stück gewesen, er erinnert sich daran besser als an neuere Ereignisse. Je älter er wird, desto weniger Spuren hinterlassen die Monate, die Jahre, Löcher bilden sich in seinem Gedächtnis, es gibt Ereignisse, die er höchstens auf zwei, drei Jahre genau datieren kann.

Marel hat seitdem jedes Jahr ein Stück geschrieben. Im Grunde ist es immer dasselbe Stück in derselben Machart, das ihn auch in die Académie gebracht hat.

Ist er sich dessen bewußt? Bedauert er es, daß er nicht einen anderen Weg gegangen ist?

Er wohnt seit zwanzig Jahren in seinem Appartement in der Rue de Clichy, kurz nach dem Casino de Paris, und wechselt fast bei jedem Stück seine Begleiterin. Ob er gerade mit seiner Hauptdarstellerin zusammenlebt oder eine Rolle für seine neue Geliebte schreibt, immer ist er leidenschaftlich verliebt. In Wirklichkeit verursachen ihm diese aufeinanderfolgenden Frauen, von denen manche auch nach einem Zwischenspiel wieder ihren alten Platz einnehmen, zahlreiche Schwierigkeiten.

Maugras denkt nicht an Lina, er will nicht an sie denken. Eines Tages wird er es tun, das weiß er, und dann wird er das Thema ein für allemal ausschöpfen, wird der Wahrheit auf den Grund gehen. Aber der Moment ist noch nicht gekommen.

Auch an die Zeitung will er nicht denken, an Colère nicht und noch weniger an die drei Brüder Schneider. Die Bilder folgen nicht unbedingt dem Verlauf seiner Gedanken, und es sind die Bilder, die recht haben, wenn man so sagen kann. Sie sind es, davon ist er überzeugt, die den tiefsten Vorgängen in ihm entsprechen, wie Träume. Er erinnert sich undeutlich an eine Diskussion über Träume und an jemanden, der eine bestechende Theorie über dieses Thema entwickelte.

Rätselhaft ist ihm, daß die meisten Bilder heute Bilder von Frauen sind. Warum beschäftigt ihn Mademoiselle Blanche, und warum war er den ganzen Vormittag schlechter Laune wegen ihr und dem Assistenten mit den dicken Brillengläsern? Das ist so weit gegangen, daß er zu seinem Freund Besson unfreundlich war und dieser ganz betreten weggegangen ist.

In Pilar etwa war er nicht verliebt gewesen. Frauen

haben in seinem Leben nur eine untergeordnete Rolle gespielt. Man könnte sagen, daß sie auf ihn und sein Schicksal keinerlei Einfluß hatten, daß allein die Arbeit für ihn zählte und ihn begeisterte.

Er ist kein Schürzenjäger wie Besson. Ebensowenig könnte er wie Jublin ein Doppelleben führen zwischen Brasserien und Freunden und einer dumpfen Wohnung in der Rue de Rennes. Und es reizt ihn auch nicht, sich nach Art eines Marel jedes Jahr eine neue große Liebe zuzulegen.

Nicht ein einziges Mal, seitdem er hier ist, hat er sich an seinem Schreibtisch gesehen oder in der Setzerei oder sonst bei einer seiner beruflichen Tätigkeiten.

Und doch entspricht die Karikatur, die neulich von einem Wochenblatt veröffentlicht worden ist, ziemlich genau der Wahrheit. Sie zeigt ihn mit einem Telefon in jeder Hand, einem Besucher, der ihm gegenüber sitzt und ihm seine kleine Geschichte erzählt, einer Sekretärin, der er diktiert, während François Colère an der Tür steht und schaut, ob er hereinkommen kann.

Nur einmal hat er ans Büro gedacht, und da war ihm das Gesicht von Zulma in den Sinn gekommen, der Stenotypistin, die er nur zwei- oder dreimal gesehen hat.

Jetzt fallen ihm ohne jeden Anlaß seine ersten Anfänge wieder ein. Er ist mit zwei Koffern an der Gare Saint-Lazare ausgestiegen, einer der Koffer war ziemlich kaputt und wurde von einem Riemen zusammengehalten.

Es war kalt und düster. Als er noch im Zug saß, war

er abgestoßen gewesen von der Häßlichkeit der Vorstadt. All das weiß er noch, aber er sieht es nicht mehr vor sich, es lebt nicht wieder auf in ihm. Er hat seine Koffer von Hotel zu Hotel geschleppt, ohne eins zu finden, das billig genug gewesen wäre, und so ist er zur Place Clichy gelangt.

Kein Bild taucht in seinem Gedächtnis auf, keine Gemütsbewegung. Dagegen kommt ihm, wie um die trübe Atmosphäre seines damaligen Lebens zu illustrieren, Pilar vor Augen, der Schaukasten in der Rue Auber und die Szene im Hotel.

Wenn der Abbé Vinage recht hat, bedeutet es etwas, daß er ohne es zu wollen dieses Bild auswählt. Es wird ihm nicht fröhlich ums Herz, als es vor ihm auftaucht, denn es ist demütigend wie die Bilder aus dem Haus zwischen den Molen. Ist nicht auch das bezeichnend?

Es war am Nachmittag des Weihnachtstages, sein erstes Weihnachten in Paris, und er hatte den Heiligen Abend damit verbracht, allein durch die Straßen zu irren, neidisch auf die Pärchen, die sich fröhlich in die Restaurants drängten.

Er hatte noch keine Freunde. Ein einziges Mal hat er im Empfangsraum einer Zeitung in der Rue du Croissant Marel getroffen, und sie haben nur ein paar Worte miteinander gewechselt.

Obwohl er die meiste Zeit auf den Boulevards und in der Rue Montmartre verbracht hat, wo sich damals die Zeitungen befanden, wohnte er weiter im Hôtel Beauséjour in der Rue des Dames im Batignolles-Viertel, wo er noch drei Jahre lang im selben Zimmer wohnte, erst allein, dann mit Marcelle, seiner ersten

Frau, und beinahe wäre auch ihre Tochter dort geboren.

Als er von Fécamp fortging, hatte er so viel Geld mitgenommen, daß es für zwei Monate reichte, und diese zwei Monate gingen ihrem Ende entgegen. Er hatte knapp ein halbes Dutzend Kurzartikel anbringen können, die ihm zehn oder zwanzig Francs einbrachten, die genaue Summe fällt ihm nicht mehr ein.

Klammert er sich deshalb so an Details, weil er hier im Bett liegt, weil er fast gestorben wäre, weil er trotz allem, was man ihm unaufhörlich versichert, nicht sicher ist, ob er je wieder ein normales Leben führen wird? Er hat das Kap umsegelt, über das Artaud, sein Reporter, nicht hinausgelangt ist. Artaud ist am vierten oder fünften Tag gestorben, und er hat nun den siebten Tag erreicht.

Von jenem Heiligen Abend ist ihm ein Restaurant in der Rue du Faubourg-Montmartre in Erinnerung. Ein Spruchband hing darüber: »Festessen – Orchester – Tanz.« Die Vorhänge waren zugezogen, man sah nur ein Schattenspiel, wie hier durch die Glastür, und man hörte Musik und Lachen.

Er ist zu Fuß nach Batignolles zurückgelaufen und hat lange geschlafen. Ein grauer und kalter Schleier lag über der Stadt, als würde es bald schneien. Er könnte ihn malen, diesen Himmel mit seiner einheitlich stumpfen Färbung, die Häuser, deren feinste Risse hervortraten, die sich scharf gegen den Himmel abzeichnenden Dächer.

Er ist in irgendein Bistro gegangen oder hat Croissants gegessen, das weiß er nicht mehr. Um drei Uhr –

eine große Uhr zeigte drei Uhr – stand er mit den Händen in den Manteltaschen vor einem Schaufenster in der Rue Auber. Es war das sehr ausladende Schaufenster einer Schiffahrtsgesellschaft, in dem das Modell eines Ozeandampfers ausgestellt war.

Warum betrachtete er so fasziniert dieses einen Meter lange Schiff mit seinen Bullaugen, seinen vielen Brücken und den Rettungsbooten in ihren Halterungen?

Die Straßen waren leer, es war nur hie und da eine Familie zu sehen mit sonntäglich gekleideten Kindern, die zu ihrer Großmutter oder ihrer Tante geführt wurden.

Mit einem Mal stand jemand neben ihm. Zuerst sah er nur verschwommen das Gesicht in der Schaufensterscheibe. Es war ein junges Mädchen mit schwarzen Haaren, dem es in seinem dünnen knallgrünen Mantel nicht gerade warm zu sein schien.

Er hatte seit drei Wochen aus ökonomischen Gründen der Versuchung widerstanden, zu den Prostituierten zu gehen, die sich in der Nähe seiner Wohnung, am Boulevard des Batignolles, die Stiefel abliefen. War das der Grund für seinen Mut? Sie haben sich beide in der Schaufensterscheibe betrachtet, mit dem schwarzweiß-roten Schiff zwischen ihren Spiegelbildern. Einer von ihnen muß als erster gelächelt haben.

Er hat keine Ahnung, was sie zueinander gesagt haben, bevor sie Seite an Seite, ohne zu wissen wohin, mechanisch die Grands Boulevards hinuntergingen, auf denen fast keine Autos mehr fuhren.

In schlechtem Französisch mit weichen s-Lauten erzählte sie ihm, daß sie Spanierin und mit einer südamerikanischen Diplomatenfamilie nach Paris gekommen sei, deren Kinder sie hütete.

Er würde in Verlegenheit kommen, wenn er ihr Gesicht beschreiben sollte. Sie war nicht hübsch in dem Sinne, den er damals diesem Wort gab. Wenn er so darüber nachdenkt, entdeckt er, daß Lina etwas von ihr hat.

Er hat sich mehrmals ihren Vornamen, Pilar, wiederholen lassen, den er nicht sehr klangvoll fand.

Er hätte nicht gedacht, daß er sich dreißig Jahre später in der Einsamkeit eines Krankenhauszimmers an sie erinnern würde. Damals war es für ihn eine Begegnung ohne Bedeutung.

Er erkennt sich nur schwer in dem jungen Mann wieder, der er an jenem Tag gewesen ist. Er hatte kein Geld und überlegte, was er mit ihr unternehmen sollte. Zu dem Vorschlag, in das Kino zu gehen, dessen Bilder er im Vorbeigehen sah, konnte er sich nicht entschließen. Beinahe hätte er sich in eine der Brasserien mit den beschlagenen Fensterscheiben geflüchtet, in denen wohltuende Wärme zu erwarten war.

Eine Lücke. Wie war er dazu gekommen, sie in ein Stundenhotel in der Rue Bergère zu führen? Er ist erstaunt über soviel Kühnheit. Der erste Kuß von Pilar, als sie in dem Zimmer allein waren, war so sachkundig, so neu für ihn, daß er erschrak.

Sie lachte.

»Du nicht wissen?«

Sie mußten ungefähr gleich alt sein, aber sie spielte

die Rolle der Älteren. Wie oft hatte sie schon Gelegenheit gehabt, in ihrem komischen Akzent zu sagen:

»Du nicht wissen?«

Er hat ihr zugesehen, wie sie sich auszog, aber davon ist ihm nichts im Gedächtnis geblieben. Er weiß nur noch, daß sie ziemlich mager war und sehr spitze Brüste hatte. Zum ersten Mal hat er so spitze Brüste gesehen, mit fast braunen Brustwarzen.

Als er sie nehmen wollte, wie er es von Fécamp und Le Havre her gewohnt war, protestierte sie. Sie wirkte noch immer komisch.

»Man macht nicht Liebe wie Tier, René ...«

Sie amüsierte sich. Je ungeschickter oder verblüffter er war, desto mehr Spaß machte es ihr:

»Leg dich hin ... Du legst hin ... und machst Augen zu ...«

Sie blieben drei Stunden in dem verschlossenen Zimmer, es erfüllte sich mit ihrem Geruch. Sie ergriff die Initiative und bekam Lachanfälle angesichts seiner Verlegenheit und seiner Scham. Als sie sich wieder anzogen, fragte sie:

»Wieviel hast du für Zimmer bezahlt?«

Er verstand nicht, warum sie das interessierte. Sie kramte in ihrer Tasche, zog Geld heraus und gab es ihm.

»Doch, doch ... du dein Teil, ich mein Teil. Wie in Bett ...«

Er wollte sie nicht kränken, indem er es zurückwies. Sie liefen wieder durch die Straßen, die Gaslaternen waren inzwischen angezündet. Sie liefen die Champs-Elysées entlang, von einem Ende zum anderen. Er kann sich nicht mehr vorstellen, was sie sich gesagt haben konnten.

Es war schon lange Nacht, als sie die Avenue Hoche erreichten. Dort blieb Pilar vor einem Herrschaftshaus stehen, dessen Fassade mit einem Wappenschild und einer Fahnenstange geschmückt war.

Sie gab ihm einen flüchtigen Kuß und rannte davon, nicht auf das Portal zu, sondern zum Dienstboteneingang, und ohne ihn zu fragen, wo und wann sie sich wiedersehen würden.

Nie mehr! Zweifellos hat sie keine Lust dazu gehabt. Er ist zweimal vor dem Herrschaftshaus auf- und abgelaufen. Das Anrichtezimmer neben der Küche im Untergeschoß war hell erleuchtet, und beim zweiten Mal sah er Pilar in Dienstmädchenkleidung, wie sie fröhlich mit einem Kammerdiener schwatzte.

Das ist es, was von seiner ersten Pariser Zeit übriggeblieben ist, und nicht seine Gänge in die Redaktionen, sein Warten in Vorzimmern, seine ersten Kontakte mit denen, die heute seine Freunde sind.

Nein, es gibt doch noch ein Bild! Wieder ist es ein Schaufenster, am Boulevard de Clichy, genauer gesagt nicht weit von Graf, aber vor der Zeit bei Graf, das Schaufenster einer Metzgerei.

Aus Sparsamkeitsgründen aß er meistens auf seinem Zimmer, Brot, Wurst, Käse, manchmal Kutteln, die er auf einem Spirituskocher warm machte. Er mußte sie außen aufs Fensterbrett stellen, damit sich nicht der Geruch in der Pension verbreitete, in der Kochen verboten war. Marcel und er haben es später genauso gemacht, und sie waren nicht die einzigen.

Im Schaufenster des Metzgerladens gab es garnierte Platten, Langustenmedaillons in Gelee, gebratene Hühner, Muschelkrabben, Pasteten in Blätterteig, und fast alle waren mit Trüffeln umlegt.

Abends auf dem Nachhauseweg blieb er davor stehen, um sich die unerschwinglichen Leckerbissen anzusehen, die Stirn an das kalte Glas gepreßt, das von seinem Atem anlief.

Auch Marel ist daran vorbeigegangen, und Couffé, der Romancier. Bei den Diners im Grand Véfour sprechen sie gern und mit Rührung davon.

Maugras ist nicht gerührt. Er denkt sehr ernsthaft über die Geschichte nach, als würde er nach einer geheimnisvollen Verbindung zwischen Vergangenheit und Gegenwart suchen. Was ist etwa der Sinn seiner Begegnung mit Pilar? Er hat außer dieser keine Erfahrungen dieser Art gemacht. Sie hat ihn verwirrt, vor allem zu Anfang. Soweit er sich erinnern kann, hat er sich jedoch nicht gedemütigt gefühlt.

Nie wieder sind die Dinge so abgelaufen, weder mit Marcelle, seiner ersten Frau, mit der er ein Kind hatte, noch mit Hélène Portal, die nicht wollte, daß er sie heiratete, noch auch mit Lina.

Wonach sucht er in dem lichten Nebel seines Halbschlafs? Er bekommt mit, daß die Türe geöffnet und lautlos wieder geschlossen wird, anstatt angelehnt zu bleiben, daß Mademoiselle Blanche, nachdem sie ihn aus der Entfernung beobachtet hat, auf Zehenspitzen zum Fenster geht und sich dort hinsetzt.

Wenn er offen mit ihr sprechen, ihr erzählen würde, was ihm durch den Kopf geht, während sie ihn schlafend glaubt, würde sie sein wirres Gerede nicht auf das Konto der Krankheit setzen?

Es ist klar, daß eine Gehirnembolie Spuren hinterläßt. Aber warum ist er dann, schon lange bevor er ins Krankenhaus kam, als er noch mit beiden Beinen im Leben stand, manchmal abends in seinem Bett denselben Schatten nachgejagt?

Es stimmt nicht ganz. Er ist ihnen nicht wie jetzt nachgejagt.

Im Gegenteil, er ist vor ihnen geflohen, hat sie der Schlaflosigkeit oder schlechter Verdauung zugeschrieben.

»Mein Vater, ich bekenne, gegen das Sechste Gebot verstoßen zu haben ...«

»In Gedanken?«

»In Gedanken und Werken ...«

Zu Anfang fragte die gedämpfte Stimme hinter dem Gitter:

»Allein, mein Sohn?«

»Allein.«

Lina hat nicht angerufen heute morgen, wie sie es versprochen hat, ohne daß er sie darum gebeten hätte. Sie muß schon zurück sein aus Eure-et-Loire. Wenn es ihr nur nicht einfällt, ihn wieder wie am Samstag ohne Vorankündigung zu besuchen!

Er nimmt es ihr weniger übel als jedem anderen. Er fragt sich, woran Mademoiselle Blanche wohl denkt; sie schaut reglos aus dem Fenster, auf die Alten, die Unheilbaren, die in kleinen Gruppen in der Sonne spazierengehen und ihre Pfeife rauchen oder auf den Bänken sitzen.

Lange hat er gefürchtet, ein Versager zu sein. Er kannte viele. Die Redaktionen ziehen sie ebenso an wie die Verrückten. Sie sind im übrigen nicht immer voneinander zu unterscheiden, denn die einen wie die anderen kommen, um ihre phantastischen Ideen vor einem auszubreiten.

Der Unterschied ist nur, daß die Versager einen resignierten Eindruck machen, sie glauben nicht an das, was sie erzählen, und sie betteln zum Schluß um ein paar Francs. Von Zeit zu Zeit kommen auch frühere Kollegen von ihm, machen auf heitere Stimmung und pumpen ihn an.

»Ich bin grad in der Klemme, verstehst du, aber nächste Woche ...«

Wo sind sie geblieben, die, die vollkommen von der Bildfläche verschwunden sind? Befinden sich einige von ihnen unter den Krankenhausinsassen?

Auch aus ihm hätte ein Versager werden können, seine Anfänge glichen den ihren. Als er das Gymnasium Guy-de-Maupassant verließ, ohne die Prüfungen abzuwarten, von denen er wußte, daß er sie nicht bestehen würde, hat er keine Pläne gehabt, kein Ziel, keinerlei Vorstellung davon, was er mit seinem Leben anfangen sollte.

Beinahe wäre er bei Monsieur Remage eingetreten und hätte dort dieselbe Laufbahn eingeschlagen wie sein Vater.

Talent hat er keines. Seine Mitarbeiter wissen, daß er nicht imstande ist, einen guten Artikel zu schreiben. Hat er sich nicht aus diesem Grund von Anfang an instinktiv auf Klatschspalten spezialisiert?

Er wollte wissen, wie berühmte Leute leben, stellte sich Fragen über sie und versuchte, diese zu beantworten.

Seine Neugierde wurde vom Durchschnittspublikum geteilt, und er machte mit den Klatschspalten ein Vermögen.

Man spricht von seinem unfehlbaren Spürsinn, den Zartbesaitete für Mangel an Geschmack halten. Vielleicht haben die einen wie die anderen recht. Es stimmt, daß er anfangs Tratschgeschichten aufgeklaubt hat, wie man Mülltonnen durchwühlt ...

Es wird zuviel. Er stößt da auf deprimierende Tatsachen, er spürt, daß er absackt. Bevor er die Augen öffnet, sagt er:

»Ich habe Durst ...«

Er hat keinen Durst, aber er muß auftauchen und das beruhigende Gesicht von Mademoiselle Blanche wiedersehen.

9

Dieser Montag, der 8. Februar, sein siebter Tag im Krankenhaus, wird zu Ende gehen, ohne daß er ahnt, daß er damit einen Teil seines Lebens abschließt. Die anderen um ihn herum wissen es, und vielleicht ist das der Grund für sein Ungehagen. Er hat Antennen, er spürt an nicht näher bestimmbaren Anzeichen, daß sich eine Veränderung vorbereitet, ein wenig so wie ein Familienvater spürt, daß seine Frau und seine Kinder ihm eine Überraschung vorenthalten.

Er ist unruhig und nervös. Mehrmals ist er, wenn er Mademoiselle Blanche ansah, nahe daran gewesen, sie zu bitten, sie anzuflehen, sie solle doch mit ihm offen sprechen wie mit einem Erwachsenen. Er ist beinahe dazu entschlossen, als im Gang das Telefon klingelt und die Schwester hinausgerufen wird. Er ist sicher, daß es Lina ist, und froh darüber, daß er sich kein Telefon hat ans Bett stellen lassen.

»Ihre Frau ist am Apparat. Sie entschuldigt sich, daß sie heute morgen nicht angerufen hat. Sie hat sich auf dem Land erkältet und muß das Bett hüten. Sie befürchtet, daß sie die Grippe hat.«

Er hört es ohne Überraschung und ohne Gemütsbewegung. Fast jedesmal, wenn Lina bei Marie-Anne war, liegt sie danach zwei Tage im Bett, und jedesmal spricht sie dann von Grippe oder Bronchitis.

»Sie fragt, ob Sie etwas brauchen, ob sie Ihnen irgendwas schicken soll.«

»Wäsche vielleicht.«

»Sie haben einen ganzen Koffer voll davon, ich habe ihn in den Schrank gestellt. Auch ein Morgenrock und Pantoffeln sind da.«

Er überlegt. Fast hätte er von dem roten Notizbuch gesprochen, das sich in der Résidence auf seinem Schreibtisch befindet.

»Geld«, sagt er noch.

»Ist im Büro hinterlegt worden. Ihre Zeitung hat daran gedacht. Sie haben unten ein Konto, von dem Sie abheben können.«

»Sagen Sie meiner Frau nicht, daß ich schon sprechen kann.«

Sie lächelt komplizenhaft, sie versteht. Vor allem was Lina betrifft, versteht sie alles ohne viele Worte. Sie geht wieder hinaus, und als sie zurückkommt, vergewissert sie sich mit einem Blick, ob ihn der Anruf nicht traurig gestimmt hat. Er denkt bereits nicht mehr an seine Frau, sondern an das Notizbuch.

Er ist nicht der Mann von Papierkram, Notizen, Merkzetteln, peinlicher Genauigkeit. Trotz der Vielfalt seiner Tätigkeiten hat er nie etwas zum Schreiben bei sich. Er hat alles im Kopf.

Seitdem er jedoch hier ist, hat er mehrmals Lust bekommen, nicht gerade ein Tagebuch zu führen, aber doch ab und zu ein paar Worte aufzuschreiben, um später die einzelnen Stadien seiner Genesung nachvollziehen zu können.

Das sieht nach Eitelkeit aus, aber in Wirklichkeit ist

es viel einfacher. In der Stille seines Zimmers ist er auf so viele Themen gestoßen, daß er in Gefahr ist, die Übersicht zu verlieren. Etliche dieser Themen berühren das Wesentliche, dessen ist er sicher, wenn er auch nicht weiß wie und warum. Zum ersten Mal hat er das Bedürfnis, gewisse Eindrücke, gewisse Einsichten, die ihm gekommen sind, schriftlich niederzulegen.

Seit einer Woche sucht er nach etwas. Nicht um sich von Dingen reinzuwaschen, die offen daliegen. Er ist bereit, seine Schuld auf sich zu nehmen. Aber welche?

Er möchte von dieser gemächlichen Wanderung durch sein Leben Spuren zurückbehalten. Alles ändert sich viel zu schnell, und er fürchtet weitere Veränderungen.

»Wenn Sie auf dem Heimweg an einem Schreibwarengeschäft vorbeikommen, das noch offen hat, würden Sie so freundlich sein und mir ein Notizbuch mitnehmen?«

Er will nicht das haben, das im George v liegt, er würde darin auf Notizen stoßen, die ihm nichts mehr bedeuten. Er möchte neu anfangen.

»Sie wollen arbeiten?«

»Nein.«

Natürlich versteht sie auch das.

»Ein großes Notizbuch?«

»Nicht nötig.«

Er will nicht viel aufschreiben, nur hie und da ein Wort, das nur er allein würde entschlüsseln können, und außerdem ist es anstrengend, mit der linken Hand zu schreiben.

»Wissen Sie eigentlich, daß Professor Besson d'Argoulet Sie sehr bewundert? Er rühmt Ihren Arbeitseifer, der ihm immer sehr imponiert hat. Er behauptet, Sie hätten eine unglaubliche Energie.«

Nicht mehr Energie als Besson, der es schafft, mehrere Existenzen gleichzeitig zu führen!

»Er sagt auch, daß Sie zwar Ihre Mitarbeiter aufreiben, daß diese sich aber nicht beschweren, weil sie Sie sehr verehren. Stimmt das?«

»Von meiner Seite aus kann ich das schlecht beurteilen.«

»Er findet es verständlich, daß Ihnen die Untätigkeit schwerer fällt als jedem anderen.«

Er brummt nur:

»Meinen Sie?«

Er spürt, daß sie einen Hintergedanken hat. Wenn sie in dieser Weise auf seine Lähmung anspielt, bedeutet das nicht, daß ... Daß was? Er weiß es nicht. Das Lächeln von Mademoiselle Blanche beunruhigt ihn.

Wieder würde er ihr gern anvertrauen, daß er gar nicht auf Heilung besteht, daß er Angst davor hat. Aber ihr gegenüber, die ihn pflegt, wäre das nicht nett, und er ist unfähig, wissentlich jemandem Kummer zu bereiten.

Er spürt es beinahe körperlich. Er kann niemanden leiden sehen. Das geht bis zur Feigheit. Wenn er einen Mitarbeiter entlassen muß, beauftragt er Colère mit der Abwicklung. Demütigung und Bestürzung quälen ihn noch mehr als wirkliches Leid und Verzweiflung.

Aber das ist nicht der einzige Grund, warum er eine längere Unterhaltung mit der Krankenschwester lieber vermeidet. Auch wenn er keinen so großen Wert auf seine Heilung legt, er achtet doch genau auf die kleinsten Fortschritte, die sich einstellen, und manchmal bewegt er flüchtig unter der Bettdecke die Finger und die Zehen.

»Wenn Sie noch irgend etwas aus der Stadt brauchen, sagen Sie es mir ruhig.«

»Danke.«

Das folgende ist ein Zufall, denn er weiß ja nicht, daß eine Änderung eintreten wird. Die Geschichte von Weihnachten damals war zwar nicht unbedingt eine düstere Geschichte, aber doch hinreichend grau und bitter.

Vielleicht liegt es an der prachtvoll roten Sonne, die er von seinem Bett aus betrachtet, daß die beiden Geschichten, die er sich an diesem Montag erzählt, so angefüllt sind von Licht, Wärme und Wohlgefühl.

Die eine Geschichte gehört, wie die von Pilar, in die Zeit, in der er in der Rue des Dames wohnte, sie geschah ein Jahr oder eineinhalb Jahre später. Zwei Jahre, denn er war gerade seit ein paar Wochen verheiratet.

Er arbeitete regelmäßig für den »Boulevard«, für den er die Hälfte der Klatschspalten schrieb. Marcelle war noch nicht schwanger und nahm Schauspielunterricht bei Dullin im Ateliertheater.

Eines Abends, als er Arm in Arm mit ihr nach Hause ging, schlug er vor:

»Wie wär's, wenn wir den morgigen Tag auf dem Land verbringen?«

Wieso hatte er plötzlich Sehnsucht nach dem Land? Das weiß er nicht mehr. Vielleicht hat er im Vorübergehen ein Plakat gesehen. Er kennt das Land eigentlich gar nicht, er ist mehr vertraut mit Kieselstränden und mit den Steilküsten der Normandie.

Noch heute ist ihm das Land, trotz seines Besitzes in Arneville, gleichgültig, ja fast empfindet er es als feindlich, mit Ausnahme des Gemüsegartens, in dem er am Sonntagmorgen mit dem Gärtner seine Runde macht.

Wie bei dem Nachmittag an Weihnachten fällt ihm auch hier nicht mehr ein, was vorher oder nachher war, höchstens ein Paris, das nach Staub schmeckte und nach Apéritif roch.

Wie ist ihre Wahl des Ausflugsziels zustandegekommen? Sie haben sehr früh am Morgen den Zug nach Orléans genommen, es zog sie der französischen Geschichte wegen an die Loire. Nichts war noch entschieden. Als sie den Bahnhof verließen, entdeckten sie eine Lokalbahn und fragten, wohin sie fuhr.

»Nach Cléry.«

Sie sind eingestiegen. Es war Morgen und noch kühl, sie hatten sich warm angezogen, und in dem ratternden Waggon begannen sie zu schwitzen.

Von Cléry hat er nur noch die Basilika in Erinnerung, die sie besucht haben, graue Steinmauern und kühle Luft. Sie aßen in einem Restaurant, in dem keine Tischtücher auf den Tischen lagen, ein großes Stück trockenen und harten, aber sehr schmackhaften Ziegenkäse, den er nicht kannte.

»Ist es weit an die Loire?«

»Auf der Straße sind es nach Beaugency zwei Kilometer.«

»Gibt es auch Nebenwege?«

»Es gibt mehrere, aber dann dauert es länger.«

Warum hat er, da er ja gar nicht trinkt, eine Flasche weißen Landwein eingesteckt? Er lag ihm schwer in der Tasche und schlug ihm gegen die Hüfte.

Keine Erinnerung an den Weg. Sie haben sich verlaufen, und Marcelle taten die Füße weh. Sie gerieten in Schilf, in weiches Erdreich, und waren ungeduldig, weil sie die Loire nicht fanden.

Plötzlich hatten sie sie vor sich, klar und glänzend, mit ihren Sandbänken und Kieseln. Von dort, wo sie standen, sahen sie nichts als das Ufer gegenüber und in der Ferne einen Mann mit einem Strohhut, der in einem flachen Boot auf einem Klappstuhl saß und fischte.

Sie hatten Durst und tranken aus der Flasche den lauwarmen Wein. Sie hatten schon in dem Gasthaus zum Essen etwas getrunken, und benommen von der Wärme, streckten sie sich im Sand zwischen den rauschenden Schilfrohren aus.

Er sieht die Weinflasche noch vor sich, wie sie im Flußwasser steckt, nur der Flaschenhals schaut heraus. Er hat sein Jackett und seine Krawatte ausgezogen, Marcelle hat Schuhe und Strümpfe abgelegt. Sie watete im Wasser herum und versuchte ihn vollzuspritzen, dann kam sie zu ihm und streckte sich neben ihm aus.

Ist es von Bedeutung? Verdient dieses Bild, in seinem Gedächtnis bewahrt zu werden?

Seine Haut brannte ein wenig und hatte den guten Geruch, den Schweiß auf dem Land annimmt. Alles roch gut, das Schilf, die Erde, der Fluß. Auch der Wein hatte, als er wieder kühl war, einen Geschmack, den er seitdem nicht wieder gekostet hat.

Er lag auf dem Rücken, die Hände unter dem Nakken, kaute an einem Grashalm, und sein Blick verlor sich im Blau des Himmels, das ab und zu ein Vogel durchzog.

Hat er geschlafen? Wahrscheinlich nicht. Aber sein ganzer Körper war durchtränkt von Wohlgefühl und Frieden. Ebenso unwahrscheinlich ist, daß sie etwas gesprochen haben. Er erinnert sich an eine Bewegung, seine Hand tastete zur Seite, berührte den Sand, dann Marcelles Körper. Er war so träge, daß er einige Zeit brauchte, bis er sich dazu entschloß, sich auf sie zu legen.

Er hat Marcelle nicht geliebt, nicht wirklich. Er hat sie geheiratet, um nicht länger allein zu sein, um mit jemandem zusammen zu sein, vielleicht auch weil er dann jemanden hatte, den er beschützen konnte. Aber das ist eine andere Frage, mit der er sich jetzt nicht befassen möchte.

Lange sind sie reglos so dagelegen, wie manche Insekten, wenn sie sich paaren, er spürte die Sonne auf seinem Rücken, hörte das Plätschern des Flusses, das Flüstern des Schilfrohrs.

Er war nicht betrunken, aber sein ganzer Körper war von Kopf bis Fuß empfindsamer geworden. Der Geruch von Speichel und Geschlecht mischte sich in die anderen Gerüche.

Das war alles. Sie haben die Flasche leergetrunken und wollten sich wieder ausstrecken, um noch einmal den Zustand der Gnade zu genießen, den sie erfahren hatten, ohne ihn gesucht zu haben.

Der Zauber war verflogen. Es wurde kühler, die Sonne bedeckte sich, und auf dem Rückweg nach Cléry haben sie sich noch einmal verlaufen. Marcelle war müde und machte ihm Vorwürfe, weil er nicht den richtigen Weg gewählt hatte.

Als ihre Tochter geboren wurde, rechnete er nach. Es hätte ihm gefallen, wenn sie an diesem Tag am Ufer der Loire empfangen worden wäre. Aber die Daten deckten sich nicht.

Ein Bild voll schimmernden Lichts also, eine Stunde, weniger als eine Stunde dessen, was er das vollkommene Glück nennen möchte, ein Geschenk, das man in voller Unschuld erhält und erlebt, ohne es zu ahnen.

Würde er in seinem Gedächtnis suchen, er würde vielleicht noch weitere Erinnerungen finden wie diese. Er hat unweigerlich so viele Sommer erlebt wie Winter, so viel Sonnen- wie Regentage. Nicht das Licht ist jedoch das Wesentliche, sondern ein bestimmter Einklang mit diesem Licht, mit dem Universum, eine Art Verschmelzung.

Er hat sie noch einmal erlebt, diese Verschmelzung, nicht mit Marcelle, es war auch keine Erotik dabei, und es war so stark gewesen, daß ihm schwindlig geworden war.

Gleichwohl hatte Marcelle etwas damit zu tun. Sie wohnten in der Rue des Abbesses. Durchs Fenster sahen sie auf die weißen Mauern des Ateliertheaters, die Boutiquen, die Bistros, auf all das kleine Volk am

Montmartre, regsam und laut, vor allem morgens, wenn die Hausfrauen zu den Obst- und Gemüsehändlern strömten.

Colette war schon geboren. Nach einem Monat sprach Marcelle davon, sie zu einer Tante aufs Land zu bringen. Sie schämte sich für den Klumpfuß der Kleinen, als wäre sie dafür verantwortlich, und versuchte, die Schuld auf Maugras' Familie zu schieben.

»Es heißt, daß Mißbildungen öfters in Alkoholikerfamilien vorkommen. Dein Vater trinkt doch, oder? Und deine Mutter ist an Tuberkulose gestorben ...«

Sie wurde zunehmend nervöser, vor allem, wenn das Baby nachts weinte. Dann stand René auf und ging, Colettes Köpfchen an seiner Schulter, in dem von einer Gaslaterne erhellten Zimmer auf und ab.

Marcelle war nicht in der Lage, das Kind aufzuziehen. Er gab schließlich nach, und ihre Tochter lebte nicht mehr bei ihnen.

»Abgesehen davon ist die Landluft besser für ihre Gesundheit als die verpestete Luft in Paris ...«

Er nimmt es ihr ebensowenig übel wie Lina, daß sie so ist, wie sie ist. Er will sich damit nicht in ein gutes Licht rücken. Er ist es, der sich geirrt hat, und also ist er der eigentlich Verantwortliche.

Er hat eine kleine Tänzerin von siebzehn Jahren zu sich genommen, die den Ehrgeiz hatte, Schauspielerin zu werden, und er hat geglaubt, er könne sie zur Frau und Mutter machen.

»Glaubst du, daß wir füreinander geschaffen sind?«

Sie hat die Methode des steten Tropfens angewandt, wie sie es getan hat, bevor sie Colette weggaben. Ab und zu eine Bemerkung, genauso wie der Tropfen, der aus dem Wasserhahn fällt, immer auf dieselbe Stelle. Sie drang nicht in ihn, aber jedesmal wurde die Aussage etwas deutlicher.

»Ich kann mir vorstellen, daß sich die Leute fragen, warum wir zusammenleben. Du arbeitest in deinem Laden, ich in meinem, und wir haben nie zur selben Zeit frei ...«

Das stimmte. Wozu sollte er auch heimgehen, wenn er kein Essen vorfand, sondern nur einen Zettel, auf dem stand, daß seine Frau erst spät heimkommen würde?

»Und wenn wir mal zufällig zusammen sind, haben wir uns nichts zu sagen ...«

So ging es monatelang. Er ließ es über sich ergehen und stellte sich taub. Er machte sich Sorgen um sie und fragte sich, was aus ihr werden solle.

Er hat sich geirrt, sie hat Erfolg gehabt mit ihrer Karriere. Jeder von ihnen hat in seinem Bereich Erfolg gehabt. Sie haben sich nur ein Stück des Weges begleitet, die Zeit in der Rue des Dames, wo sie das verliebte junge Paar spielten und sich oft nur etwas zu essen kaufen konnten, wenn sie leere Flaschen einlösten.

»Warum machen wir nicht einen Versuch? Wir könnten einen oder zwei Monate getrennt leben. Dann werden wir ja sehn ...«

Sie war klein, zart und blond und sah nicht sehr gesund aus. Ihre Mutter sagte ihm einmal, wenn sie im Moulin Rouge tanze, sehe sie aus wie der Vogel, den bald die Katze frißt, und ihre hellblauen Augen erinnerten an die Erste Heilige Kommunion oder an den Marienmonat Mai.

In Wirklichkeit hatte sie jedoch einen außerordentlich starken Willen, und ihre körperliche Widerstandskraft war erstaunlich.

Er überließ ihr die Wohnung und die Möbel und zog ins Hôtel des Anglais am Boulevard Montmartre.

Auch das war eine dunkle, verworrene Epoche, die Grands Boulevards, die Leuchtreklamen, die grünen Autobusse mit den verchromten Dächern, die vorüberfuhren, die Caféterrassen.

So wie er ganz unvermittelt Lust darauf gehabt hatte, die Loire zu sehen, so drängte sich ihm jetzt das Wort Mittelmeer auf, und da er ein wenig Geld hatte, nahm er in der Gare de Lyon den Zug.

Warum ist er in Toulon ausgestiegen und dann in Hyères? Er hat eine neue Sonne entdeckt, eine neue Wärme, den Duft der Eukalyptusbäume, den durchdringenden Gesang der Zikaden, die Palmen, die ihn an die Tropen denken ließen.

Wie in Orléans in die Lokalbahn ist er zufällig in einen der klapprigen Überlandbusse gestiegen, der von südlichem Akzent erfüllt war. Er sah die großen weißen Salinenfelder, die in der Sonne schimmernden Salzpyramiden. »Fahren Sie bis zur Tour Fondue?«

Er ist im Bus sitzengeblieben. Am Fuß eines Felsens wartete ein weißes Schiff mit gelbem Kamin, um die Passagiere zur Ile de Porquerolles zu bringen. Der Kapitän trug einen Tropenhelm. Auf der Brücke stapelten sich Käfige und Spankisten, in denen Hühner gackerten.

Als sich das Schiff vom Quai löste, stand er am Bug über das durchsichtige Wasser gebeugt. Lange konnte man bis auf den Grund sehen, und eine halbe Stunde lang war er von einem Klingen umgeben wie von einer Symphonie.

Mit nichts, was er seither erlebt hat, ist dieser Morgen zu vergleichen. Er hat die Welt entdeckt, eine strahlende, grenzenlose Welt mit lebhaften Farben und hinreißenden Klängen.

Gestalten am Hafendamm, rote, blaue, gelbe, grüne Häuser. Ein fröhliches Tohuwabohu begleitete das Anlegen des Schiffes, dann kam ein Dorfplatz, den die Sonne zermalmte, eine Spielzeugkirche, Terrassen, wo man Weißwein trinken und faul herumsitzen konnte.

Er brauchte nichts zu trinken, um trunken zu sein. Sein ganzes Wesen frohlockte. Auch hier wollte er gleich am Wasser sein und machte sich auf einen staubigen Weg.

Die Umrisse der Pinien vor dem fast schwarzblauen Himmel bezauberten ihn und auch die Blüten, die er nicht kannte, die Kakteen, die afrikanischen Feigenbäume, die Büsche mit dem betäubenden Duft, deren leuchtend rote Früchte an Erdbeeren erinnerten.

Es sind Erdbeerbäume, das hat er inzwischen herausgefunden, und auch den Namen der Pflanzen mit den stacheligen Blättern, es sind Lentisken, die die Fischer verbrennen, um Fische darauf zu braten.

Er ist seitdem oft an der Mittelmeerküste gewesen. Er hat auch andere blaue Meere gesehen, noch exotischere Bäume und Blüten, aber der Zauber war gebrochen. Von vielen Entdeckungen bleibt nur von dieser eine Erinnerung zurück.

Wie in Cléry hätte er sich beinahe verlaufen, manchmal glitt er auf den glatten Felsen aus und hielt sich an den Büschen fest. Und wieder wie in Cléry war das Meer ganz plötzlich da, mit einem schweren und tiefen Atem, wollüstig, so ganz anders als das Meer in Fécamp.

Wie damals Marcelle hat er seine Schuhe ausgezogen und ist mit nackten Füßen im glühenden Sand herumgelaufen, überrascht, einen lang sich ausdehnenden piniengesäumten Strand vorzufinden, der auf beiden Seiten von Felsen umsäumt war.

Er ist herumgerannt wie ein Kind. Als Kind hatte er eine solche Fröhlichkeit gar nicht gekannt. Er ist im Wasser herumgelaufen. Der von den Meereswogen gewellte Sandboden glich golden geflammtem Moiré. Er zog sich aus, behielt nur die Hose an und stieg geradenwegs ins Meer, bis ihn die Wassertiefe zum Schwimmen zwang.

Ein ganzes Orchester klang ihm in den Ohren, rhythmisiert durch triumphierende Paukenschläge.

Und dann ... Wiederum wie am Ufer der Loire, war das Ende kein gutes. Der Himmel bedeckte sich nicht, und auch das Wasser blieb klar. Aber als sein Blick über den Horizont schweifte, fühlte er sich von allem abgetrennt in der endlosen Weite, und von Panik ergriffen schwamm er zum Strand zurück, als würde er Gefahr laufen, im Licht zu ertrinken, von ihm verschluckt zu werden.

Er ging schnell zurück zum Dorfplatz, wo Fischer Boule spielten. Er aß Fischsuppe, trank Weißwein von der Insel, aber er hatte den Anschluß verloren, die Fäden waren durchtrennt.

»Es ist gleich Zeit, Monsieur Maugras ...«

Er fährt zusammen, er hat Mademoiselle Blanche und Bicêtre ganz vergessen.

»Zeit wofür?«

Ihr ist klar, daß er von weit herkommt.

»Das Thermometer. Dann das Püree ... Und bald gehe ich auch weg. Ich verpreche Ihnen, ich werde das Notizbuch nicht vergessen.«

Das Notizbuch? Ach ja! Was würde er heute abend hineinschreiben, wenn er es bereits hätte? Mit welchen Worten würde er die beiden Tauchfahrten in die Vergangenheit zusammenfassen?

Cléry. Porquerolles.

Beide Male Wasser, Sonne, Wärme, neue Gerüche. Und beide Male dann eine unerklärliche Panik und eine verdrossene Heimkehr.

Vielleicht gibt es ein Wort, um die beiden Erlebnisse zusammenzufassen?

Unschuld.

Genügt das, zweimal in einem Menschenleben?

Der Dienstag beginnt mit dem Glockenläuten zur Frühmesse. Es ist der berühmte achte Tag, von dem so viel die Rede war:

»Die ersten acht Tage sind die schlimmsten ...«

»Vom achten Tag an nehmen die Fortschritte rapide zu ...«

Zuletzt hat er sich von diesem achten Tag eine fast erschreckende Vorstellung gemacht, als würde sich alles mit einem Schlag ändern. Die Nächte sind bereits kürzer, die Fenster werden früher bleich. Josefa schläft unruhig, ihre Hand liegt nicht auf ihrem Bauch, sondern auf der Brust. Gestern abend hat sie schon befürchtet, eine Erkältung zu bekommen.

Er hört gewohnheitsmäßig auf einige Geräusche, und fast sofort fällt ihm Marcelle ein. Er ist unzufrieden mit dem Bild, das er gestern von ihr entworfen hat. Es sieht so aus, als würde er, unbeschäftigt im Bett liegend, pedantisch werden. Wird er nicht langsam wie sein Vater, der mit wichtiger Miene Kabeljau und Salzsäcke zählte und wieder zählte, verfolgt von der Angst vor einem möglichen Fehler?

Nicht nur, weil er sich nach einem Leben zu zweit sehnte, hat er mit zweiundzwanzig Jahren seine erste Frau geheiratet. Er möchte es zur ganzen Wahrheit, zu einer vollkommenen Aufrichtigkeit bringen. Im Grunde hat er sich, als er in Paris ankam, ohne von der Welt etwas anderes zu kennen als Fécamp, Le Havre und Rouen, wie jeder beliebige Provinzler verhalten, angetan von der Buntheit und der Bewegtheit der Stadt. Er verbrachte Stunden damit, die Grands Boulevards entlangzuschlendern, und empfand einen wahren Taumel, wenn bei Einbruch der Nacht alle Lichter angingen.

Auch die Tanzveranstaltungen im Moulin Rouge an der Place Blanche besuchte er wegen der bunten Beleuchtung und des Menschengewimmels. Die langgestreckte Eingangshalle mit den Spiegeln an den Wänden glitzerte von unzähligen Lichtern. Bis zu einer bestimmten Uhrzeit hing über dem Kartenschalter ein Schild: Eintritt frei.

Am Ende des Ganges öffnete sich ein roter Vorhang und enthüllte einen riesigen, vibrierenden Saal. Zwei Orchester standen sich auf dem Balkon gegenüber und lösten sich ab, ohne auch nur einen Augenblick die Stimmung abflauen zu lassen.

An Hunderten von Tischen saßen Pärchen vor ihren Getränken, Gruppen, Männer und Frauen allein, und auf der Tanzfläche, von der ein ununterbrochenes Stampfen aufstieg, war ein fortwährendes Abwechseln der Paare.

Er konnte stundenlang an seinem kleinen runden Tisch sitzen, schauen und zuhören, Gesichter und Gesten beobachten. Einige Male ist er in Versuchung gewesen, eins der jungen Mädchen anzusprechen, die dasaßen und auf einen Tänzer warteten und sich wie die Automaten erhoben, sobald ein Mann auf sie zuging.

Gegen halb elf Uhr kündigte ein Trommelwirbel die Vorführung an, die Lampen erloschen, und die Scheinwerfer richteten sich auf die Tanzfläche, auf die mit Triumphgeschrei, die Röcke in der Luft schwenkend, die Cancan-Tänzerinnen stürmten.

Wieviele waren es? Zwanzig vielleicht, und jede trug ein Kleid in einer anderen Farbe, jede führte der Reihe nach im Kreis ihrer Kolleginnen ihre persönliche Nummer vor.

Die Rote war eine hübsche Brünette, kräftig gebaut und vollbusig, mit sinnlichen Lippen, die Gelbe ein schlaksiges blutjunges Ding mit unfertigen Gesichtszügen, die Violette war eine Akrobatin, die einen tollkühnen Sprung nach dem anderen vollführte.

Zwanzig Minuten lang gab es eine rauschende Fülle von Tönen, Bewegungen, vielfarbiger Seide, schwarzen Strümpfen, die sich von nackten weißen Schenkeln abhoben.

Die Grüne war Marcelle, sie war schmächtig und blutarm. Ihre Einzelnummer war die bescheidenste und wurde auch am wenigsten beklatscht.

Wenn er die Wahl gehabt hätte, hätte er dann nicht eher die Rote mit den vollen Lippen vorgezogen? Vielleicht nicht einmal. Er hätte sich mit ihr nicht wohl gefühlt, sie hätte ihm Furcht eingeflößt.

Abend für Abend hat er die grüne Tänzerin angeschaut, mit einer Mischung aus Zärtlichkeit und Mitleid. Anschließend hat er nach der Vorstellung auf dem Gehsteig gewartet und den Künstlerausgang beobachtet. Er ist enttäuscht gewesen, als er sie in Straßenkleidung sah, nicht mehr und nicht weniger begehrenswert als die Verkäuferinnen und Tipsen, die dort zum Tanzen gingen.

Die einen wurden erwartet, nicht etwa von einem reichen Liebhaber mit Auto, sondern von einem jungen Mann, der aus dem Schatten tauchte und an dessen Arm sie sich entfernten. Andere, wie Marcelle, eilten zum nächsten Metroeingang.

Marcelle trug eine schwarze Tellermütze auf den blonden Haaren und einen schwarzen Plüschmantel. Er folgte ihr und nahm dieselbe Metro wie sie. Sie saß ihm gegenüber und schien an nichts weiter zu denken.

An der Station Bastille ist sie ausgestiegen. Sie rannte beinahe, als fürchte sie die Nacht und ihre Schatten, die Gestalten, die die Gehsteige entlangschlichen, und erreichte die Rue de la Roquette, wo sie an einer Tür läutete, die sich hinter ihr wieder schloß.

War er in sie verliebt oder in die Beleuchtung im Moulin Rouge? Oder auch in den Kontrast zwischen den zum wilden Klang des Orchesters fliegenden Röcken und dem verängstigten kleinen Mädchen mit der Schülermütze, das nervös an der Tür seiner Eltern läutete?

Die zweite Erklärung kommt der Wahrheit näher, wenn er sie aus dem Abstand der Jahre betrachtet. Es ist bezeichnend, daß sie nicht vor Gesundheit strotzte, daß sie einen geneigt machte, sie zu bedauern und zu beschützen.

Er hat sie angesprochen, nicht an der Place Blanche, sondern im Wagenabteil der Metro. Erst hat sie ihn mißmutig und argwöhnisch angeschaut, und zuletzt hat sie über seine Ungeschicklichkeit gelächelt.

Er erlebte einige Wochen Liebesabenteuer, wie man sie gewöhnlich mit sechzehn Jahren hat, und kaufte ihr jeden Abend bei der alten Blumenverkäuferin vor dem Moulin Rouge einen Veilchenstrauß.

Marcelles Mutter war Concierge in dem Haus in der Rue de la Roquette, ihr Vater war Polizist. Mit zwölf Jahren schickten sie ihre Eltern in eine Tanzschule, weil ein Mädchen aus der Nachbarschaft Primaballerina an der Oper geworden war.

Sie hatte nicht die Absicht, in der Quadrille zu bleiben oder überhaupt weiter zu tanzen. Ihr Ehrgeiz war es, eine richtige Schauspielerin zu werden, und sie besuchte vormittags die Kurse von Charles Dullin.

Zwei Monate lang ereignete sich nichts zwischen ihnen. Eines Nachmittags, als sie sich mit ihm verabredet hatte, nahm er sie mit auf sein Zimmer in der Rue des Dames.

Er hat sich gefragt, ob sie noch Jungfrau sei, und dieser Gedanke bereitete ihm Sorge. Aber sie hat sich ohne Umstände ausgezogen und mit abwesendem Blick auf dem Bett ausgestreckt.

Nachher hat er sie ausgefragt.

»Hast du es schon öfter gemacht?«

Sie runzelte verständnislos die Augenbrauen.

»Was meinst du damit? ... Ach, davon redest du. Ich wäre nicht im Moulin Rouge, wenn ich es nicht gemacht hätte.«

»Mit wem?«

»Zuerst mit Hector, dem Ausrufer. Wir nennen ihn so. Das ist der komische Typ, der die Nummern ansagt und Geschichten erzählt.«

Ein fetter Mensch mit Halbglatze, schwitzend vor Dummheit und Selbstzufriedenheit.

»Dann mit dem Dirigenten, obwohl er eine fürchterliche Angst vor seiner Frau hat.«

»Und mit wem noch?«

»Du kommst mir vor wie ein Pfaffe. Wieso ist das wichtig, und was kann es dir ausmachen? Wenn ich noch keine anderen gehabt hätte, wär ich auch nicht hier.«

»Gefällt es dir nicht?«

»Ich weiß nicht ...«

»Und mit mir?«

»Stimmt es, daß du für Zeitungen schreibst? Oder hast du es nur gesagt, um mich zu beeindrucken? Und warum unterschreibst du dann nicht mit deinem richtigen Namen?«

Sie kam von da an zweimal in der Woche in die Rue des Dames. Er erwartete diese Tage mit Ungeduld, und allmählich kam ihm der Gedanke, mit ihr zusammenzuleben. Nicht mehr allein in seinem Zimmer sitzen, zusammen essen – auch wenn das Tischtuch aus häßlichem braunem Stoff mit Blattmustern bestand ...

Eines Tages, als sie aus dem Haus kamen und er sie zur Metro bringen wollte, stand auf einmal ein Mann mit dunklem Schnurrbart im geröteten Gesicht vor ihnen.

»Du machst, daß du nach Hause kommst. Und mit Ihnen habe ich ein paar Worte zu reden.«

Es war ihr Vater, der Polizist, er wirkte bedrohlich und starrköpfig.

Wie die beiden Männer zum Boulevard des Batignolles kamen, wo sie zwischen den Bäumen zur Place Clichy gingen, abbogen, zum Eisenbahngelände zurückkehrten und wieder in die Wohnung zurückgingen, das vermag er nicht mehr zu sagen. Wie sind sie schließlich zu einem vertraulicheren Gespräch gekommen?

»Vielleicht ist das ein Beruf, aber wieviel verdienen Sie damit?«

Er hat gemogelt und die Summen etwas aufgerundet.

»Das ist ja alles ganz schön, aber es ist doch nicht dasselbe wie ein sicheres Einkommen.«

Ist er nicht vielleicht in die Falle gegangen? Hätte er nicht von dem Komiker mit den dünnen Haaren und dem Dirigenten erzählen sollen? War es vielleicht Absicht gewesen, ihm die Szene väterlichen Unwillens vorzuspielen?

Im Grunde war er erleichtert und versuchte nicht auszuweichen. Im Gegenteil, er verteidigte seine Sache, und eine Stunde später tranken der Polizist und er in einer Tabakbar einen Apéritif.

Und so kam es, daß er die Lichterspiele, das Moulin Rouge, das grüne Kleid heiratete und damit eine gewisse Armut, die ihm das Bewußtsein seiner Verantwortlichkeit, seiner Überlegenheit vermittelte.

Genug zu Marcelle. Er ist den Dingen auf den Grund gegangen, so weit man das überhaupt kann. Stolz ist er nicht darauf.

Er ist erleichtert, als er den Tag heraufkommen sieht und Josefa aufwacht. So findet er zurück zur Gegenwart.

»Guten Morgen! Haben Sie gut geschlafen?«

»Ja. Und Sie?«

»Ich bin zweimal aufgestanden, wie immer, um nachzusehen, ob mit Ihnen alles in Ordnung ist. Sie haben geschlafen wie ein Engel.«

Sie klappt ihr Bett zusammen und schiebt es in den Wandschrank.

»Sie sind doch mit Ihren Fortschritten zufrieden, ja?«

Wieder der geheimnisvolle Tonfall, der ihn beunruhigt. Und warum hat Josefa, als sie ihm auf Wiedersehen sagt, das Bedürfnis, ihm die Hand zu drücken?

»Einen guten Tag. Und gute Besserung.«

Sie scheint gerührt zu sein. An der Tür dreht sie sich noch einmal um.

»Auf Wiedersehen«, sagt sie und winkt ihm zu.

Heißt das, daß er sie nicht wiedersehen wird? Oder bekommt er eine andere Schwester? Sie hat sich nicht ausdrücklich von ihm verabschiedet, aber das ist ja bestimmt auch verboten. Alles wird vermieden, was den Patienten beunruhigen könnte. Es ist einfacher, ihn vor vollendete Tatsachen zu stellen.

»Sie haben geschlafen wie ein Engel ...«

Das kann heißen, daß er niemanden mehr braucht, der nachts bei ihm wacht. Eine Krankenschwester hält sich nachts in einem Winkel des Ganges auf. Manchmal hört Maugras eine Klingel und dann eilige Schritte in Richtung des großen Krankensaals.

In dem Maße, in dem er wieder ist wie die anderen, wird man ihn auch behandeln wie die anderen, das fühlt er, und er begibt sich sogleich in Abwehrhaltung, entschlossen, sich zu verteidigen.

»Guten Tag, Monsieur!«

Mademoiselle Blanche ist gut gelaunt, voller Frische, und frische Luft hängt in den Falten ihres Kleides. Es hat gefroren. Spuren davon sind noch auf dem Schieferdach zu sehen, die Sonne leckt sie auf.

»Haben Sie gut geschlafen? Fühlen Sie sich gut? Wir messen Temperatur, und ich bin fast sicher, es wird das letzte Mal sein.«

Er hat es kommen sehen. Es ist die Rede davon, das

Thermometer zu streichen. Er hat die Infusion verschwinden sehen und bekommt nur noch eine Spritze am Tag. Auch sie wird gestrichen werden. Was wird danach gestrichen?

»36,8°. Der Puls ist knapp 70, wie es sich gehört!«

Er mag ihre Fröhlichkeit von heute morgen nicht.

»Beinahe hätte ich das Notizbuch vergessen. Ich hab eins mit zwei Tagen auf einer Seite genommen, und Kugelschreiber habe ich Ihnen auch gekauft, einen schwarzen und einen roten.«

Der Assistenzarzt kommt gerade herein, als er gewaschen wird, er begnügt sich damit, ihn rasch abzuhören, und ist mit dem Blick und den Gedanken woanders. Maugras ist nicht mehr interessant.

»Sind Sie mit dem, was ich gestern gefragt habe, einverstanden, Doktor?« fragt die Schwester in rätselhaften Worten.

»Völlig einverstanden. Ich habe mit dem Professor gesprochen, er meint, es ist an der Zeit.«

Die Stationsschwester meint es wohl auch? Es geht um ihn, und er ist der einzige, der nichts erfährt. An jedem anderen Tag wäre er froh gewesen, wenn man ihm nicht nur eine frische Schlafanzugjacke, sondern auch die Hose angezogen hätte. Heute morgen sieht er nur eine neue Bedrohung darin.

»Es ist Zeit für Ihren Orangensaft und die Haferflocken, und dann kommt der Friseur. Sie wissen ja, daß sich Ihr Rasierapparat bei Ihren Sachen im Schrank befindet. Wenn Sie Lust dazu haben, könnten Sie versuchen, sich mit der linken Hand zu rasieren. Man gewöhnt sich daran.«

Daß es ihn zerstreuen soll, fügt sie nicht hinzu. Man ist darauf bedacht, ihn zu zerstreuen. Er schaut zur Tür, die ein Luftzug bewegt, und erinnert sich an den Kranken im lila Morgenmantel, der ihn von draußen angestarrt hat. Er hat ihn nicht wiedergesehen. Er erzählt Mademoiselle Blanche davon.

»Wissen Sie, wen ich meine? Er blieb immer ein paar Minuten unbeweglich stehen, als sei er von irgendwas fasziniert, dann ging er lautlos wieder weg.«

»Der Querkopf!« rief sie lachend. »So nannten sie ihn im Saal. Er ist nicht mehr hier. Man mußte ihn zu seiner Familie zurückschicken.«

»Er wollte nicht gehen?«

»Seine Tochter und sein Schwiegersohn wollten ihn nicht haben, angeblich wegen der Kinder. Aber er ist harmlos. Jemand hat mir erzählt, daß er am Sonntag in Joinville, wo sie in einem Häuschen wohnen, ausgerissen und bis hierher gelaufen ist, keiner weiß, wie er das gemacht hat. Man hat ihn gefunden, wie er auf seinem alten Bett saß, in dem schon ein anderer Patient lag, und man hat ihn zurückbringen müssen.«

Der Friseur rasiert ihn. Mademoiselle Blanche macht den Schrank auf und holt seinen blauen, weißgeränderten Morgenmantel heraus, den Lina in den Koffer mit den Schlafanzügen gepackt hat. Sie stellt seine Pantoffeln vors Bett, geht aus dem Zimmer und kommt in Begleitung eines Pflegers zurück, den er noch nie gesehen hat und der zur Begrüßung seine Hand an seine Kappe legt, als sei es eine Offiziersmütze. Wahrscheinlich ein ehemaliger Unteroffizier. Ja, so sieht er aus, und er ist ihm sofort unsympathisch.

»Was ist?« Er möchte protestieren.

»Hat Ihnen der Professor gestern nicht gesagt, daß Sie einige Minuten stehen müssen?«

Man zieht ihm seinen Morgenmantel an und seine Pantoffeln. Der Pfleger legt seinen muskulösen Arm um seine Schultern, Mademoiselle Blanche hilft ihm, ihn abzustützen, und so steht er auf dem Boden, von Angst und Schwindel ergriffen bei dem Gedanken, daß er auf seinen beiden Beinen stehen soll.

»Nicht gehenlassen ... nicht nachlassen. Es besteht keine Gefahr, daß Sie umfallen.«

Die Tür geht auf. Die Stationsschwester. Die Szene ist vorher abgesprochen worden. Es sei denn, sie ist bei allen Schlaganfällen dieselbe. Der achte Tag!

Sie halten ihn nur noch unter den Armen, der Mann von der einen Seite, Mademoiselle Blanche von der anderen.

»Großartig!« lobt die Stationsschwester, im selben Tonfall, in dem sie einen Pudel zum Männchenmachen ermutigen würde. »Stützen Sie sich voll auf beide Beine. Das ist wichtig.«

Damit sie ihn bald loswird? Er verabscheut die Berührung mit Männern und ist wütend, daß man den Pfleger hat kommen lassen. Nicht weniger ärgert ihn das alte Weib, das auch noch dazugekommen ist, ihn in Augenschein nimmt und ihm dann auch noch beide Waden tätschelt.

Er steht zum Fenster gewandt. Dabei entdeckt er noch weitere Gebäude und einige Bäume in einem Winkel im Hof.

»Nur noch eine kleine Minute«, sagt die Schwester.

Sie geht hinaus und läßt die Tür weit offen, um im nächsten Augenblick einen Rollstuhl mit abgenutztem Lederbezug hereinzuschieben, dessen Polster von seinen verschiedenen Besitzern durchgedrückt ist.

Das also ist die Überraschung, die große Veränderung am achten Tag! Er wagt nicht einmal, seine Bestürzung zu zeigen, denn das Gesicht von Mademoiselle Blanche, das dem seinen ganz nahe ist und zuerst gestrahlt hat, als warte sie neugierig auf seine freudige Reaktion, hat sich verdunkelt.

»Freuen Sie sich nicht, daß Sie aus Ihrem Bett herauskommen?«

Der Pfleger hebt ihn an, und er sitzt im Rollstuhl, die Arme auf den Armlehnen, die Beine halb ausgestreckt.

Es ist sicher so üblich, den Patienten mit dem Blick zum Fenster zu stellen. Um ihm Zerstreuung zu gönnen!

Mademoiselle Blanche blickt ihn fast flehentlich an.

»Ich war ganz sicher, daß Sie ...«

Er dankt ihr mit einem Blick und tut so, als würde er in den Hof schauen, von dem er nur wenig sieht. Der Pfleger geht wieder. Die Chefin scheint auf ein freundliches Wort zu warten, auf einen Dank, aber den kriegt sie nicht.

Es kommt ihm so vor, als würde er nach rechts hängen, als neige sich sein Körper immer weiter in diese Richtung und werde den Rollstuhl mit sich fortziehen.

Mademoiselle Blanche legt ihre Hand auf die seine.

»Sie werden sich schnell daran gewöhnt haben . . .«

Er zwingt sich dazu, sich ihr zuzuwenden und zu lächeln.

»Danke.«

10

Das Notizbuch ist nicht rot wie das aus dem George V, es ist in graugrünes Kunstleder gebunden, und das Papier ist rauh. Hat Mademoiselle Blanche absichtlich ein einfaches ausgesucht? Wenn ja, war es ein guter Einfall, und er ist ihr dankbar.

Er hat sofort die Seite vom Dienstag, dem 2. Februar, aufgeschlagen und ihn mit einem roten Kreuz angestrichen. Da ihm keine Bemerkung eingefallen ist, hat er schließlich mit einem etwas bitteren Lächeln mit der linken Hand *Clo* hingeschrieben, ein Wort, das er immer verabscheut hat. Er hat nicht *Toilette* geschrieben und auch nicht *Pissoir.*

Kreuze auch für die darauf folgenden Tage, den 3., 4., 5., 6., 7., 8. Sonst nichts. Das betont die leeren Seiten, und der Kontrast zwischen den halben Papierseiten, die neben dem Datum mit einem kleinen Kreuz gekennzeichnet sind, und den so ereignisreichen Tagen, für die sie stehen, sieht nach Ironie aus.

Gerade deshalb, weil sie so ereignisreich waren, möchte er lieber nichts hinschreiben. Die Stunden, die er tief in sein Bett vergraben lag, lassen sich nicht in ein Wort zusammenfassen. Alles hat seine Bedeutung, alles ist gleich wichtig, das Haar der Krankenschwester, das seine Wange gestreift hat, die Schritte im Gang, die tönenden Ringe der Glocken, die sich in den

Himmel ausbreiteten, die Gestalten hinter der Glastür, die Besuche von Audoire und Besson, seine Gedanken schließlich, manchmal weitschweifig, manchmal aber im Gegenteil so verdichtet, daß sie fast zur Gedankenstenographie wurden.

Ein kleines Kreuz, das ist besser. Später, da es nun so scheint, daß es ein Später gibt, wird ihm das genügen. Es sei denn, er versteht es dann nicht mehr und zuckt nur noch die Achseln.

Der heutige Tag ist so ereignisreich wie alle übrigen, ja eher noch ereignisreicher. Gleich wird er sich aber darauf beschränken, ihn in die drei Worte zusammenzufassen: *Aber sie leben.*

Dann wird er nach kurzer Überlegung, mit dem Anflug eines Lächelns auf den Lippen, hinzufügen: *Pfeife.*

Er kennt jetzt den Vornamen des Pflegers mit dem großen Bizeps, dem bläulichen Kinn und den Allüren eines Unteroffiziers: Léon. Er ist noch dreimal geholt worden, das erste Mal hat er ihn nach einer Viertelstunde vom Rollstuhl in sein Bett zurückgebracht, das zweite Mal hat er ihn nach dem Mittagsschlaf wieder in seinen zweirädrigen Sessel gesetzt, und zuletzt hat er ihn wieder hingelegt. Jedesmal, wenn Maugras die Muskeln des Mannes an seinem Körper gespürt hat, hat er sich angeekelt zusammengezogen.

Vormittags war die große Dienstagsvisite. Der Professor war lange mit seinen Studenten im großen Krankensaal, bevor er ihn allein aufsuchte. Er sah sorgenvoll aus.

Es gibt sicher ernste Fälle in seinem Beruf, Fälle, die

wahrscheinlich schwerwiegende Entscheidungen erfordern. Er brachte seine Zufriedenheit darüber zum Ausdruck, daß er Maugras in seinem Sessel vorfand, und nahm sich Zeit, Muskel für Muskel seine Arme und Beine abzutasten, jedes Gelenk spielen zu lassen.

»Es läuft alles sehr gut. Gleich wird Sie unser Freund Besson besuchen.«

Wenn ihm irgend etwas gesagt werden muß, übernimmt das Besson. Anfangs hat es ihn irritiert, aber es ist nur logisch. Audoire als Facharzt beschäftigt sich mit seiner momentanen Krankheit. Besson ist seit langem sein Arzt und hat alle seine Wehwehchen behandelt. Er kennt ihn besser.

Ihm ist klar geworden, daß dicse Aufteilung der Verantwortung, die Hierarchie, die ihn so oft gegen sie und gegen den ganzen Krankenhausbetrieb aufgebracht hat, unabdingbar ist.

Hätte er regelmäßig von Tag zu Tag das Porträt der beiden Ärzte zeichnen können, so wie er sie jeweils sah, er hätte eine ganze Serie von verschiedenen Gesichtern vor sich. Und wenn er sein eigenes Porträt angefertigt hätte? Hätte man dann nicht auch stündlich einen anderen René Maugras?

Besson d'Argoulet hat einen lockeren Eindruck gemacht und sich diesmal nicht bemüßigt gefühlt, einen munteren Ton anzuschlagen. Fast ist er schon natürlich gewesen, noch nicht ganz der Mann wie bei den Diners im Grand Véfour, aber auch nicht mehr der Arzt am Krankenbett, der die Moral des Patienten heben muß.

»Beunruhige dich nicht, wenn du dich ein paar Tage

lang unsicher fühlst. Das ist zwangsläufig so, das mußt du einsehen. Eine ganze Woche lang warst du abhängig von deiner Umgebung, als seist du kein selbständiger Mensch mehr. Du nimmst langsam dein Eigenleben wieder auf und mußt mit weiteren Entmutigungen rechnen. Übrigens ... ich muß mit dir über Josefa reden ...«

»Sie kommt nicht mehr.«

»Wer hat dir das gesagt?«

»Niemand. Es ist mir klargeworden, als sie heute morgen weggegangen ist.«

Lange Sätze sind immer noch schwierig. Er findet nicht immer das richtige Wort, obwohl er für sich allein unaufhörlich mit Gedanken spielt.

»Sie bedauert es sehr, aber es war nicht zu ändern. Sie ist eine Schwester für besondere Fälle und wird anderswo gebraucht. Deine Nächte sind ruhig, und du hast einen Klingelknopf in Reichweite. Wenn dir daran liegt, finde ich eine andere Nachtschwester für dich. Es liegt bei dir.«

»Und Mademoiselle Blanche?«

»Sie bleibt bei dir, solange du hier bist.«

Es ist eine Art Tauschhandel. Er erklärt sich einverstanden, die Nacht allein im Zimmer zu sein, dafür läßt man ihm Mademoiselle Blanche.

»Eine andere Frage, bevor ich's vergesse. Ich spreche davon, weil deine Frau sich Gedanken macht. Sie sorgt sich, ob dich die Krankenhausatmosphäre nicht vielleicht deprimiert. Du bist an eine andere Umgebung gewöhnt, an andere Bedienung, an Leute, die alles tun, was du sagst.

So wie es um dich steht, ist es nicht unbedingt nötig, daß du weiter unter der Überwachung von Audoire bleibst. Es steht dir ab dieser Woche frei, in eine andere Klinik deiner Wahl zu gehen, nach Neuilly zum Beispiel. Sie sind nicht wie hier für Krankengymnastik ausgerüstet, aber das ließe sich einrichten.«

Sein Nein ist so spontan und entschieden gekommen, daß Besson gelacht hat.

»Gut. Ausgezeichnet! Du brauchst nicht zu befürchten, daß Audoire dich loshaben will ... Dann ist da noch Fernand Colère. Er hat mich heute morgen nochmal angerufen ...«

Er hat das Ende der Frage gar nicht erst abgewartet.

»Nein!«

»Wenn das so ist, dann nehme ich an, daß du unsre Freunde auch nicht sehen willst? Sie rufen mich auch dauernd an.«

»Ich möchte lieber allein sein.«

Sein Kehlkopf ermüdet schnell, und dann geraten ihm die Silben durcheinander. Er hat sein möglichstes getan, damit Besson beruhigt fortgehen konnte, und hat sich dann in die Betrachtung des Hofes vertieft, der ihn fasziniert.

Der Anblick dieses Hofes hat seine Stimmungslage geändert und verleiht seinen Überlegungen langsam eine andere Richtung.

Er ist viel größer, als er ihn sich vorgestellt hat. Es ist ein riesiges Quadrat, umgeben von grauen Gebäuden. Wenn er die Zeit dazu hat, wird er die Fenster zählen.

Gegenüber führt ein Torweg nach draußen, und zwei Männer in Uniform stehen davor auf Posten.

Draußen fahren Autos vorbei, sie kommen sich entgegen oder überholen sich, und Leute eilen gestikulierend vorüber.

Die Alten, die er früher von weitem hatte sehen können, wenn er auf der Nationalstraße 7 fuhr, tragen alle grobe graublaue Kleider mit farbigen Streifen an der Hosennaht, und als ginge es darum, Regimenter auseinanderzuhalten, haben diese Streifen zwei bis drei verschiedene Farbtöne. Er hat gelbe und rote ausfindig gemacht.

Allen gemeinsam ist eine gewisse Langsamkeit und Steifheit. Wenn man nur flüchtig über den Hof blickt, könnte man denken, jeder stehe stumm auf seinem Platz wie ein Zinnsoldat.

Viele nutzen die Sonne aus und sitzen auf Bänken, aber sie haben nicht die Ungezwungenheit der Leute, die man in Paris auf Bänken sitzen sieht. Man hat den Eindruck, daß sie nicht miteinander reden, daß sie untereinander keinerlei Kontakt haben, daß jeder eingeschlossen ist in sich selbst.

Früher hat er diesen Ausdruck gebraucht wie jeder andere auch, erst jetzt hat er für ihn einen Sinn bekommen. Sie sind eingeschlossen in sich selbst. Es sind keine Kranken. Mademoiselle Blanche hat ihm erzählt, daß man sie offiziell »Fürsorgeempfänger« nennt. Sie ihrerseits sagt gern »unsere lieben Alten«.

Viele rauchen Pfeife, wie die alten Fischer in Fécamp, die ihre Tage damit verbrachten, auf den Hafen zu sehen. Ihre Pfeifen waren oft mit Draht oder Isolierband repariert, und wenn sie daran zogen, hörte man den Speichel glucksen.

Folgt Mademoiselle Blanche – nicht genug damit, daß sie seinem Blick folgt – auch seinen Gedanken?

»Haben Sie nie geraucht?«

»Doch.«

»Zigaretten?«

»Pfeife, mit sechzehn. Dann, in Paris, Zigaretten. Dann beides. Ich habe vor drei Jahren aufgehört, als so viel über Lungenkrebs geredet wurde.«

Es ist paradox. Seine Zeitung hat in Frankreich den Feldzug gegen das Nikotin eröffnet, und Maugras hat sich von seiner eigenen Propaganda beeinflussen lassen. Während Besson, der Arzt ist, weiterhin Kettenraucher ist.

Er hat ein unangenehmes Gefühl bei dieser Erinnerung, wie immer, wenn ihm das Leben draußen einfällt. Die Kampagne hat ihm eine Menge Telefonanrufe eingebracht, dann Besuche von mehr oder weniger bekannten Persönlichkeiten, und man hat ihm einzureden versucht, daß er mächtigen Interessen schade, ja nationalen Interessen.

Man brachte ihm sogar Statistiken, die beweisen sollten, daß die schädlichen Auswirkungen der Zigarette wissenschaftlich gar nicht erwiesen seien. Verträge mit Werbefirmen standen in Frage, und er hat nachgegeben. Die Kampagne wurde eingestellt.

Er hat sich damals nicht geschämt deswegen, es erschien ihm natürlich. Er lebte in einer Sphäre, in der die Regeln, die für die gewöhnlichen Sterblichen galten, keine Gültigkeit hatten.

Jetzt ist sein Blickfeld eingeengt durch gleichförmige, eintönige Gebäude wie auf einem Kasernenhof, und seine Aufmerksamkeit konzentriert sich auf den Hof und auf die stummen Gestalten.

Der Alte, der jeden Morgen kam, um ihn zu betrachten, wurde nicht ohne Mühe zu seiner Familie zurückbefördert. Wie ein zu großer Hund, dessen man sich entledigen wollte, ist er Gott weiß wie zurückgekommen und hat sich wieder auf sein Lager gesetzt. Vielleicht kommt er noch einmal zurück, man kann ihn ja nicht festbinden, und dann muß man ihn ein weiteres Mal zu seiner Tochter zurückbringen.

Aber sie leben.

Das ist seine große Entdeckung des heutigen Tages. Sie sind alle über sechzig, die meisten sind noch viel älter oder sehen jedenfalls so aus. Manche ziehen das Bein nach, andere hinken und werfen ein Bein nach außen wie falsch eingestellte Automaten.

Sie haben viele Jahrzehnte gearbeitet, sie gehören zu den Menschen, die man auf Baugerüsten sieht, die Stein für Stein die Mauern eines Hauses hochziehen, die aus einem Kanalloch auftauchen, Tickets knipsen, Kisten und Säcke auf den Schultern tragen. Sie kommen aus allen möglichen Berufen.

Die Kleinanzeigen fallen ihm ein, die der Zeitung viel einbringen.

»Kräftiger Rentner sucht ...«

Sobald die noch druckfeuchte Zeitung angeschlagen ist, mischen sie sich auf den Gehsteigen unter die Jüngeren, um die Stellenanzeigen zu studieren, obwohl sie nicht die geringste Chance haben.

Sie sind verheiratet gewesen. Sie haben Kinder gehabt. Überglücklich sind sie zum Gemeindeamt ihres

Stadt- oder Vorortviertels gelaufen, um sie eintragen zu lassen, und haben anschließend im Bistro gegenüber eine Runde ausgegeben.

Ist sein Vater nicht auch einer wie sie? Vegetiert er nicht in Fécamp dahin und wartet stundenlang auf seine Belohnung durch ein Glas Rotwein?

Aber er lebt! Gestern noch hat er ihn für einen passiven, resignierten Idioten gehalten. Da er aber lebt, da sie alle leben, die da unten im Hof, bedeutet das nicht, daß ...

Es gelingt ihm nicht, seine Frage ganz auszuformulieren. Noch weniger findet er eine Antwort. Er ist sehr aufgeregt, denn er ist kurz davor, eine Entdekkung zu machen.

Sein Großvater mütterlicherseits hat es nicht geschafft. Er war ein Fischer aus Yport, ein untersetzter, kräftiger Mann, dessen Wangen das Meer ziegelrot gefärbt hatte.

Zwanzig Jahre lang begab er sich jedes Frühjahr mit seinen schweren, hohen, holzbesohlten Stiefeln auf einen Neufundlanddampfer.

Oft fand er bei seiner Rückkehr in das Häuschen auf den Klippen ein neues Kind vor. Er hatte neun, und nur eins ist ganz klein gestorben.

Die Mädchen gingen mit dreizehn oder vierzehn Jahren irgendwo in Dienst. Ein Junge ist Polizist in Le Havre geworden, ein anderer hat es zum Oberkellner an Bord eines Ozeandampfers gebracht.

Sie haben alle nacheinander geheiratet. Der Vater wurde alt und vertauschte die Arbeit an den Neufundlandbänken mit der Heringsfischerei.

Als er erwerbsunfähig wurde, lebten sie allein in ihrem Haus, er und seine Frau. Er pflegte sein Stück Garten und fuhr mit seinem Boot aufs Meer hinaus, um Reusen für Langusten auszulegen.

Einmal in der Woche zog er seinen besten Pullover und seinen blauen Tuchanzug an und ging in Fécamp mit seinen alten Kameraden ein Glas trinken.

Waren diese Versammlungen nicht, auf einer anderen Ebene, so etwas wie die Diners im Grand Véfour?

Eines Morgens rief ihn seine Frau aus dem Garten, wo sie ihn vermutete, weil es etwas zu reparieren gab; ein Wasserhahn war es nicht, denn sie holten das Wasser aus dem Brunnen. Sie rief seinen Namen in alle Richtungen, und eine Stunde später fand sie ihn erhängt im Schuppen, wo die Werkzeuge und Netze lagen.

Man hat nie erfahren, warum er es getan hat. Die alten Männer hier aber leben. Sie besitzen nichts, kein Haus, keine Frau, keine Kinder, die sich um sie kümmern, und sie beziehen keine Rente.

Damit sie nicht auf den Trottoirs sterben und dort einen unerfreulichen Anblick bieten, werden sie von der Gesellschaft eingesperrt. Sie sind natürlich nicht wirklich eingesperrt. Zu bestimmten Zeiten dürfen sie in Bicêtre umherirren und Schaufenster anschauen. Sie bekommen Tabak zugeteilt, man lindert ihre Gebrechen, man wäscht sie, man legt ihnen Verbände an, und ab und zu werden sie rasiert.

Und sie leben! Das ist die Entdeckung, die er gemacht hat. Seine Freunde würden über ihn lächeln. Aber sie verursacht ihm ein schlechtes Gewissen, er möchte jemanden um Verzeihung bitten. Nur wen? Ist es nicht ihre Welt, in die er von rechts wegen gehört? Er ist in ihr geboren, er hat in ihr seine ersten Lebenserfahrungen gemacht. Und dann hat er sie verraten.

In seiner Zeitung befaßt er sich täglich mit den erschütterndsten Schlagzeilen, mit der Mutter, die ihre vier Kinder ertränkt und dann selbst ins Wasser geht, der alten Frau aus der Rue Lamark, die einmal bessere Zeiten gesehen hat und nun den Gashahn aufdreht, dem Bahnbeamten, der Weichensteller ist und sich die Pulsadern öffnet, weil er ein Eisenbahnunglück verursacht hat und vom Untersuchungsrichter vorgeladen wird ... Man hat lediglich die Mühe der Auswahl, der Verkauf ist gesichert.

Er selbst hat seinen Mitarbeitern beigebracht, wie man auswählt.

»Aber nein, das rührt doch keinen zu Tränen ...«

Sein berühmter Riecher! Er hat ein Gespür dafür, welches Ereignis Mitleid hervorrufen wird, welcher Titel zieht. Er gehört zu denen, die draußen stehen, die von außen urteilen, die nicht mitbetroffen sind.

Er wohnt im feudalsten Palais von Paris, mit der unpersönlichsten Atmosphäre, und wenn dort mitten in der Nacht ein Arzt gerufen wird, dann deswegen, weil einer zu viel Champagner und Whisky gesoffen, weil er Drogen oder Schlaftabletten geschluckt hat, grundlos, aus reiner Lust und Tollerei, aus Ekel, manchmal auch, um einem Ehegatten oder einem Liebhaber einen Schrecken einzujagen.

Die lieben Alten von Mademoiselle Blanche sitzen

auf ihren Bänken, schauen verloren ins unauslotbare Nichts und ziehen von Zeit zu Zeit an ihrer Pfeife.

Sie sind der Grund, warum er jetzt eine Pfeife hat. Die Schwester hat ihn gefragt:

»Fällt es Ihnen schwer, nicht zu rauchen?«

Vor drei Jahren ist es ihm schwergefallen, und manchmal hat er hinter einer Tür eine Zigarette geraucht, als wolle er es vor sich selbst verheimlichen.

»Ich weiß nicht. Vielleicht ...«

Nicht nur, um sich ihnen etwas näher zu fühlen, hat er kurz darauf vor sich hingemurmelt:

»Ich überlege grade ...«

»Möchten Sie eine Zigarette?«

Nein. Keine Zigarette.

»Glauben Sie, der Professor würde es erlauben?«

»In den Sälen rauchen die meisten.«

»Würden Sie mir eine Pfeife kaufen?«

»Heute abend?«

»Nein, gleich. Es gibt sicher einen Tabakladen in der Nähe.«

»Gegenüber dem Haupteingang. Was für eine Pfeife? Ich fürchte, hier in der Gegend ...«

»Irgendeine. Und ganz gewöhnlichen Tabak.«

Wie in Fécamp. Später hat er englische Mischungen geraucht, aber jetzt möchte er wieder den Geschmack von ganz einfachem Kraut.

Sie hat ihren Mantel über die Schwesternkleidung geworfen und ist gegangen. Er hat sie beim Weggehen und beim Wiederkommen über den Hof gehen sehen, und beim Zurückkommen hat sie ihm von unten herauf kurz zugewinkt.

Es ist eine kurze Pfeife, sie hat einen Metallring und ein Mundstück aus Horn.

»Was besseres gab's leider nicht.«

Eine Pfeife, wie sie die alten Männer unten im Hof haben.

»Wollen Sie sie ausprobieren?«

Da er nur über eine Hand verfügt, muß sie sie für ihn stopfen. Ihre Ungeschicklichkeit amüsiert ihn.

»Ich muß den Tabak zusammendrücken? ... So?«

Er macht ein paar Züge, und es wird eine Enttäuschung. Damit hätte er rechnen müssen. Er hat nicht daran gedacht, daß ihm seine Kiefer nicht recht gehorchen. Sobald seine Hand die Pfeife losläßt, fällt sie ihm aus dem Mund, und die Schwester muß die Tabakfunken auslöschen, die sich über den Morgenmantel zerstreut haben.

»Ein paar Tage müssen Sie sie noch in der Hand behalten. Versuchen Sie es noch einmal?«

Sie nimmt seine Lust zu rauchen für ein gutes Zeichen. Was beweist, daß sie trotz allem seinen Gedankengängen nicht ganz folgen kann. Der scharfe Rauch bringt ihn zum Husten. Er versucht es noch eine Weile, dann gibt er auf.

»Es reicht fürs erste Mal ...«

»Haben Sie wieder Geschmack daran gefunden?«

Auf jeden Fall ist ein anderer Geruch im Zimmer.

Er hat Bouillon bekommen, Rübenmus und Johannisbeergelee. Seit über dreißig Jahren hat er aus unerfindlichen Gründen kein Johannisbeergelee mehr gegessen.

Er träumt vor sich hin, weder traurig noch froh,

weder zuversichtlich noch verzweifelt. Dieser Tag ist der eigenartigste von allen, die er bisher im Krankenhaus verbracht hat, und als das Klappbett abgeholt wird, fühlt er etwas wie eine Leere.

Lina hat nicht angerufen. Sicher hat sie eine Freundin oder einen Freund, vielleicht auch mehrere, gefunden, die ihr Gesellschaft leisten. Sie liegt gern im Bett und ist von Leuten umgeben. Möglicherweise hat sie mittags nur einen kleinen Eintopf und etwas Obst gegessen. Ungefähr einmal im Monat denkt sie an Selbstmord.

Er hat auch schon daran gedacht, nur seltener. Manchmal war er sicher, daß es eines Tages soweit kommen würde, und diese Aussicht hat ihn nicht etwa deprimiert, sondern getröstet.

Sie bestätigte ihm, daß er, was immer geschehen würde, die Wahl und die Möglichkeit hatte zu gehen.

Seiner Ansicht nach hat dieser Akt nichts Negatives. Er würde das Spielfeld verlassen, dieses Recht konnte ihm keiner nehmen.

Eine Stunde darauf ist er dann wieder am Stehsatz gestanden und hat das Seitenbild der letzten Ausgabe umgeworfen, oder er saß in seinem Büro und hielt, wie auf der Karikatur, einen Telefonhörer in jeder Hand, seine Sekretärin saß eifrig beschäftigt ihm gegenüber, und Fernand Colère hatte wie üblich eine Hand auf der Türklinke.

Und die da unten, in dem Hof mit den geometrisch zugestutzten Bäumen und in all den halbdunklen Zellen, wo sich die Betten beinahe berühren und Schwestern und Pfleger sich zu schaffen machen, die leben!

Er lebt, der Mann, der etwa so alt ist wie er, mit seinem gekrümmten Rücken und dem herabhängenden Unterkiefer, der auf dem Spazierweg wie geistesabwesend vor sich hinschlurft, gefolgt von einem wachsamen Pfleger.

Kann es sein, daß das alles nichts bedeutet?

Die beiden Besuche, die er bekommen hat, vermerkt er nicht in dem blaßgrünen Notizbuch, so als sollte keine Spur von ihnen zurückbleiben, und dabei hätten sie an jedem anderen Tag seine Aufmerksamkeit gefesselt.

Man hat die Absperrung um ihn und sein Zimmer herum wohl gelockert, denn seine Tochter Colette hat ungefragt an seiner Tür klopfen können. Mademoiselle Blanche hat überrascht die untersetzte, reizlose und ziemlich schlecht gekleidete Frau mit dem orthopädischen Schuh angeblickt.

»Lassen Sie sie hereinkommen«, hat er gesagt.

Nach einer Weile fügte er hinzu:

»Darf ich Ihnen meine Tochter vorstellen ...«

Colette ist dicker geworden, ihr Gesicht ist teigig, und sie ähnelt bereits den Frauen aus den Arbeiterwohnvierteln, die schon mit dreißig Jahren kein Alter mehr haben.

»Guten Tag«, sagt sie, den Blick auf den Rollstuhl gerichtet.

Sie nennt ihn nicht Vater und schon gar nicht Papa. Als Kind hat sie ihn stocksteif wie einen Fremden behandelt, angestachelt von ihrer Tante, die ihn nicht hat leiden können. Aber sie sagt du zu ihm.

»Störe ich dich auch nicht?«

Er sitzt im Gegenlicht vor dem Fenster, und erst als sie sich auf einen Stuhl ihm gegenüber setzt, kann sie sein Gesicht erkennen. Alle anderen, die mit ihm zu tun haben, Audoire, Besson, Clabaud, Mademoiselle Blanche, sind darauf bedacht gewesen, bei seinem Anblick kein Erstaunen zu zeigen. Colette als erste zeigt sich betroffen und sagt unverzüglich:

»Du bist mager geworden ... Ich habe erst gestern von Dr. Libot, der es zufällig wußte, erfahren, daß du hier bist.«

Sie ist ungezwungener als bei ihren Besuchen in der Zeitung. Sein Verdacht meldet sich wieder: Ist es für seine Tochter nicht eine Genugtuung zu sehen, daß er noch behinderter ist als sie?

»Hast du sehr gelitten?«

»Nein. Es ist keine schmerzhafte Krankheit.«

Sie sprechen wie Fremde miteinander, obwohl sie sich duzen. Sie haben sich nie etwas zu sagen gehabt oder konnten sich auch nichts sagen. Sie betrachtet ihn aufmerksamer als sonst, nicht wie den ungeliebten Vater, eher wie einen Menschen, den man eben erst entdeckt.

»Wirst du gut gepflegt? Mein Chef sagt, Professor Audoire ist der beste Frenologe in Frankreich, und man hat Glück, wenn man ein Bett auf seiner Station bekommt.«

Sie mustert das ziemlich kahle Zimmer, den abblätternden Verputz an den Wänden, den abgenutzten Rollstuhl.

»Du fühlst dich nicht allzu unbehaglich?«

Anschließend macht sie sich über sich selbst lustig.

»Ich weiß, es ist nicht üblich, einen Kranken zu besuchen, ohne ihm was mitzubringen. Die Besucherinnen, die ich im Gang gesehen habe, hatten alle Orangen, Trauben oder Bonbons dabei. Aber ich konnte mir nicht vorstellen, mit Pralinen bei dir aufzukreuzen.«

Sie sieht nicht mehr so häßlich aus wie früher. Ihr Gesicht ist nach wie vor ausdruckslos, aber nun, da man nicht mehr mit dem jugendlichen Glanz darin rechnet, nicht unangenehm. Warum lächelt sie nicht öfter?

Ihr Blick folgt dem ihres Vaters und fällt in den Hof, auf die Alten in ihrer graublauen Anstaltskleidung, die auf ihren Bänken sitzen oder ihren eintönigen Spaziergang wieder aufgenommen haben.

»Es erinnert mich an unsre kleine Klinik. Natürlich läßt sich das nicht vergleichen. Bei uns ist alles sehr bescheiden, wir bekommen nur kümmerliche Unterstützung.«

Auch er betrachtet sie eingehender als sonst.

»Verstehst du langsam, warum mich meine Arbeit begeistert? Stell dir anstelle der Alten Kinder vor, die noch nie eine Chance im Leben hatten ...«

Gewiß! Trotzdem hat er ein altes Mißtrauen Leuten gegenüber, die sich aufopfern, ob es nun Männer sind oder Frauen. Schon in Fécamp hat er eine instinktive Abneigung gegen die Leiter der Jugendgruppe gehabt, in der er nur einen Sommer lang war.

Er liebt die Apostel nicht, die barmherzigen Schwestern, all die Leute, die sich im Umkreis von Wohltätigkeitsvereinen bewegen. Er hat sie in Verdacht, daß sie nur sich selbst bewundern und sich für besser halten als die anderen.

Ist das bei Colette auch der Fall? Er dachte es immer. Er war sogar überzeugt, daß sie absichtlich, um ihn zu beschämen, beschlossen hatte, in einer trübseligen Vorstadtstraße zu wohnen. Hat sie sich nicht gedacht:

»Ich könnte von meinem Vater soviel Geld kriegen, wie ich wollte, mich komfortabel einrichten, meine Kleider in den teuersten Läden kaufen, mich in denselben Kreisen bewegen wie er, man würde mich hofieren, weil ich seine Tochter bin ... Ich verzichte darauf.«

Sie hat auf dem Fensterbrett die Pfeife und das angebrochene Päckchen Tabak entdeckt.

»Du rauchst wieder?«

»Ich hab's versucht.«

»Und wie ist es dir bekommen?«

»Es war eigenartig ...«

»Hast du schon mit der Krankengymnastik begonnen?«

Sie ist auf dem laufenden. Sie arbeitet allerdings auch mit behinderten Kindern, und unter ihnen gibt es sicher Gelähmte.

Im großen und ganzen ist der Besuch ganz gut verlaufen. Von den Worten, die sie gewechselt haben, ist allerdings nichts übriggeblieben. Eine gute Stunde war sie da, und er könnte nicht sagen, worüber sie gesprochen haben. Vor allem haben sie sich mit unverhüllter Neugier angesehen.

»Ich nehme an, ich darf nicht lange bleiben. Besucht dich deine Frau jeden Tag?«

Hat sie sich deswegen mehrere Male nach der Tür umgedreht? Hat sie befürchtet, Lina zu begegnen, die sie nicht kennt? Er hat ihr mit einer anderen Frage geantwortet:

»Wie geht es deiner Mutter?«

»Nach den letzten Auskünften geht es ihr gut. Ich habe eine Postkarte aus dem Libanon bekommen, wo sie auf Tournée war. Sie bereisen den ganzen Vorderen Orient, und sie haben viel Erfolg.«

Sie sind nicht im entferntesten zu den wesentlichen Dingen gekommen. Schließlich ist sie aufgestanden.

»Ich komme nächste Woche wieder. Oder störe ich dich?«

»Nein, im Gegenteil.«

Sie haben sich weder geküßt noch die Hand gedrückt. Er ist ihr mit dem Blick gefolgt, als sie zur Tür ging. Mademoiselle Blanche ist wieder hereingekommen, aber nicht für lange, man hat sie kurz darauf wieder hinausgerufen. Der Tag der Frauen!

»Eine Dame möchte Sie sprechen. Hélène Portal ... Kann ich sie hereinkommen lassen?«

Warum nicht? So wie die Dinge liegen, ist es wohl besser, er findet sich damit ab. Sie kommt herein, lächelnd und schön. Denn sie ist mit ihren fünfundvierzig Jahren schöner, als sie mit zwanzig war. Sie zieht die Handschuhe aus und gibt ihm die Hand.

»Guten Tag, René.«

In der Zeitung nennt sie ihn Chef. Seit vielen Jahren ist ihre Liebesbeziehung schon zu Ende. Sie ist verheiratet, sie hat einen Anwalt geheiratet, der jünger ist als sie und in den sie leidenschaftlich verliebt ist.

»Ich habe Professor Besson um Besuchserlaubnis gebeten.«

Jahrelang haben sie fast jede Nacht zusammen verbracht, in äußerster körperlicher Intimität, und sie haben sich nie geduzt.

Es begann, als er gegen 1963 bei der Zeitung, deren Chefredakteur er war und die nach dem Krieg einging, die Pariser Lokalnachrichten leitete. Hélène Portal hatte gerade ihr Abitur gemacht. Sie hatte ein gescheites Gesicht, war unaufhörlich in Bewegung, und man konnte ihr jedes Interview anvertrauen.

Die männlichen Reporter waren eifersüchtig auf sie, denn sie schaffte es, selbst von den widerborstigsten Persönlichkeiten ein Interview zu kriegen, und man unterstellte ihr, sie bediene sich ihres weiblichen Charmes.

Es dauerte lange, bis er sich in sie verliebte und sie nicht mehr nur als Mitarbeiterin und Kollegin betrachtete. Eines Nachts, als sie nach einem aufreibenden Arbeitstag in der Zeitung noch zusammen essen gegangen waren und er ihr gute Nacht sagen wollte, hat er leise geflüstert:

»Müssen wir uns denn schon trennen?«

»Das kommt drauf an.«

»Auf was?«

»Darauf, was Sie wollen. Wenn Sie es nicht allzu ernst nehmen und morgen wieder vergessen können, einverstanden. Sonst nicht, mein lieber René ...«

Er wohnte am Boulevard Bonne-Nouvelle bei der

Porte Saint-Denis. Es war seine vierte Wohnung in Paris. Am nächsten Morgen um acht Uhr ging sie wieder.

Sie ist noch oft zu ihm gekommen, und wie sie es von Anfang an vorgehabt hatte, entwickelte sich nichts Ernstes daraus. In der Zeitung, beim Satz, auf den Abendgesellschaften, auf denen sie sich trafen, waren ihre Beziehungen nach wie vor die gleichen.

Der Krieg brachte sie sich näher, denn sie zogen sich mit einem Teil des Personals zuerst nach Clermont-Ferrand, dann nach Lyon zurück. Das Leben war schwierig, man mußte zusammenhalten. Da sie beide keine Wohnung hatten, lebten sie einige Zeit zusammen. Hélène ist Jüdin mütterlicherseits, und er machte sich Sorgen um sie.

»Was hindert uns daran, zu heiraten?«

»Nichts, René, gar nichts. Aber wenn ich eines Tages heiraten sollte ...«

Sie sprach ihren Satz nicht zu Ende, um ihn nicht zu verletzen. Er übersetzte es für sich:

»Ich liebe Sie nicht.«

Es stimmt. Sie kennt ihn zu gut. An allen berühmten und angesehenen Persönlichkeiten entdeckt sie Schwächen, und das macht sie zu einer gefürchteten Journalistin.

Als was sieht sie ihn? Sie war damit einverstanden gewesen, sein Bett zu teilen, aber das Leben teilen wollte sie mit ihm nicht. Als er aufstieg, übernahm sie die Pariser Seite, und nach der Befreiung folgte sie Maugras zu der neuen Tageszeitung, mit deren Gründung man ihn beauftragt hatte.

Einige Monate später verliebte sie sich. Alle wußten es, nur wußte keiner in wen. Auch er wußte es, er sah, wie sie sich veränderte; sie wurde nervös und aggressiv und brach von einer Sekunde auf die andere in Tränen aus.

Ohne jemandem Bescheid zu sagen, ließ sie alles stehen und liegen und verschwand plötzlich für einen Monat.

Später erfuhr man, daß sie sich in ein kleines Dorf in Morbihan geflüchtet hatte, um zu vergessen. Der Mann, den sie liebte, war zehn Jahre jünger als sie und hatte nicht die Absicht, sie zu heiraten.

Er änderte jedoch seine Meinung, und sie fanden sich von neuem. Sie kam wieder zurück, schön und strahlend, und einige Wochen später wurde die Hochzeit gefeiert.

»Unnötig, Ihnen zu sagen, daß der arme Colère so hilflos ist wie ein herrenloser Hund. Er behauptet, daß Sie ihn nicht sehen und nicht einmal mit ihm telefonieren wollen.«

Sie bemüht sich nicht. Wenn sie fröhlich ist, so, weil sie einen fröhlichen Charakter hat.

»Es war schwierig, sich hier in diesem Gebäude zurechtzufinden, wo man sich verirren kann oder ziemlich greulichen Dingen begegnet. Was es noch schlimmer machen würde, wenn Sie mich wegschicken ...

Ich frage nicht, wie es Ihnen geht, Besson hat mich schon unterrichtet. Er ist zur Stunde einer der gefragtesten Männer in Paris, denn jeder will wissen, wie es Ihnen geht, und er ist der große Neuigkeitenverteiler. Nun?«

Sie sieht ihm in die Augen, als wolle sie sich vergewissern, ob er noch da ist.

»Die Verfassung ist nicht die großartigste, hm?«

»Ich bin nicht verstimmt.«

»Es geht nicht um verstimmt oder nicht verstimmt. Sie verstehen mich ganz gut ... Und Lina?«

»Sie ist Samstag abend zu Marie-Anne gefahren, hat sich erkältet und liegt im Bett.«

Sie weiß alles über die Beziehungen zwischen René und seiner Frau.

»War sie hier?«

»Einmal.«

»Sie mögen keine Besuche?«

»Nein.«

»Den meinen auch nicht? Genieren Sie sich nicht. Ich bin alt genug, um die Wahrheit zu ertragen.«

Vor einer halben Stunde ist Colette auf ihrem Platz gesessen, ohne Anmut und häßlich angezogen.

Hélène trägt die Kleider der berühmtesten Modeschöpfer und ist eine der elegantesten Frauen von Paris. Hauptsächlich sie war es gewesen, die aus Lust an der Herausforderung die Mode der Bison-gefütterten Gabardines eingeführt hatte.

Er beobachtet sie, wie er seine Tochter beobachtet hat, wie er die Gewohnheit angenommen hat, alle zu beobachten, immer in der Hoffnung, etwas zu entdecken.

Hélène bringt das nicht aus der Fassung.

»Ist es soweit? Bin ich abfotografiert? ... Gut, dann sagen Sie mir jetzt, woran Sie denken.«

Er wäre in Verlegenheit, wenn er antworten sollte,

selbst wenn er es wollte. Hélène hat in seinem Leben wahrscheinlich die wichtigste Rolle gespielt, und dennoch fühlt er sich mit ihr nicht vertraut. Warum?

Alles zählt, unsere Taten, unsere Worte, unsere Gedanken, sagte der Abbé Vinage.

Wie kommt es nun, daß von ihrer intimen Beziehung nichts übriggeblieben ist, abgesehen von einer bestimmten Freundschaftlichkeit, gegenseitigem Vertrauen und einem unbefangenen Umgang? Vor ihr schämt er sich nicht, schwach zu sein.

»Ich vermute, Sie haben keinerlei Sehnsucht nach Neuigkeiten aus der Zeitung oder von unserem lieben Monsieur Schneider? Wundern Sie sich nicht, wenn er eines Morgens hier auftaucht, Sie fehlen ihm schrecklich, und er ist überzeugt, daß in Ihrer Abwesenheit die Katastrophe über das Käseblatt hereinbricht ...«

Maugras hat drei Frauen in seinem Leben gehabt, kurzfristige Abenteuer nicht mitgerechnet. Hélène ist die einzige von den Dreien, die begriffen hat. Genauer will er es nicht formulieren. Gedanken wie diesen läßt er lieber in der Schwebe.

Auch bei Lina ist das so, obwohl der Fall ganz anders liegt. Hélène Portal läßt ihn an seine Frau und das George v denken.

»Gleich legen sie mich wieder ins Bett«, sagt er, als er sieht, wie sich die alten Männer unten im Hof zu den verschiedenen Türen begeben wie Schüler am Ende der Pause.

Er möchte nicht, daß sie zusieht, wenn der Pfleger ihn aus seinem Sessel hebt und ins Bett legt. Ist sie glücklich? Hat sie nicht Angst vor dem Altwerden neben einem so viel jüngeren Mann, und ist ihre Ausgeglichenheit wirklich echt?

»Trotzdem bin ich froh, daß ich gekommen bin.«

»Warum ›trotzdem‹?«

»Es ist nicht leicht, den Kontakt mit Ihnen herzustellen. Das soll kein Vorwurf sein. Halten Sie sich tapfer, mein lieber René.«

›Mein lieber René‹ sagt sie, wie Besson. Sie hat ihn immer so genannt, wenn sie zusammen waren, obwohl er viel älter ist als sie.

»Es geht vorüber, Sie werden sehn ...«

Er fragt sie nicht, was vorübergehen wird, denn er errät, was sie denkt. Er lächelt innerlich, entschlossen, daß es nicht vorübergehen wird ...

Sonst war heute nichts. Nichts außer dem sorgfältig im Notizbuch vermerkten Satz:

Aber sie leben!

Auch er lebt. Heute nacht wird nicht Josefa neben seinem Bett liegen, er wird nur einen Klingelknopf in Reichweite haben, für den Fall, daß er in Panik gerät. Denn dazu neigt er. Zweimal im Leben hat er sich in Harmonie mit der Natur gefühlt, zweimal ist er beinahe mit ihr verschmolzen. Er ist von ihr durchdrungen gewesen, er war ein Teil von ihr.

Und beide Male hat er Angst bekommen!

Das erstemal am Ufer der Loire, in der sanftesten und beruhigendsten Umgebung, die es geben kann, das zweite Mal an einem lichten und klaren Postkartenmittelmeer.

An der Loire, in der ein Mann mit einem Strohhut angelte, hatte eine Wolke genügt und ein kühler Luftzug. In Porquerolles schien nur der Strand zurückzuweichen, und schon war seine Kehle wie zugeschnürt und er dachte nur noch an Flucht.

War es das, was Hélène damals begriff?

»Gute Nacht, mein lieber René.«

Seine Kameraden im Gymnasium Guy-de-Maupassant haben ihm immer nachgerufen:

»Blödmann!«

Er ist vierundfünfzig Jahre alt, und heute abend beim Einschlafen wird er sich die Frage stellen, ob man jemals erwachsen wird.

11

Sie haben eine Blutentnahme gemacht, und gegen seine Gewohnheit hat er gefragt warum. Er hat sich auch nach seinem Blutdruck erkundigt. Audoire hält ihn für ausgezeichnet.

Auf der halben Seite vom Mittwoch gibt es zwei Eintragungen untereinander.

Busen.
Ich verabscheue Léon.

Er grübelt den ganzen Tag, wie das zusammengehört. Eigentlich müßte die zweite Eintragung als erstes kommen, denn sie ist direkt oder indirekt die Ursache für die erste.

Von der ersten Berührung an ist ihm der Pfleger mit den behaarten Armen zuwider gewesen. Er leidet darunter, von ihm wie ein lebloser Gegenstand behandelt zu werden. Es ist aber noch schlimmer gekommen. Er hat sich nicht geirrt in der Annahme, daß es nun jeden Tag etwas Neues geben würde. Die Massagen beginnen, nicht nur an Armen und Beinen, sondern am ganzen Körper, und der Masseur ist niemand anderer als Léon.

Maugras liegt nackt auf seinem Bett, hilflos ausgeliefert, während harte Hände ihn betatschen, und der Schweißgeruch des Pflegers ekelt ihn an.

Er verabscheut nicht nur Léon, sondern überhaupt alle Männer, die so sind wie er. Er nennt sie auftrumpfende Männchen, weil sie immer so aussehen, als würden sie stolz ihr Glied vor sich her tragen.

Er war nie neidisch gewesen auf die Intelligenz der anderen oder auf ihre Geschicklichkeit. Worauf er eifersüchtig ist, das sind ihre Muskeln und ihre Männlichkeit.

Dieser Tatsache sieht er nur ungern ins Auge. In einem Anfall von übler Laune hat er sich gerächt. Nicht an Léon. An Mademoiselle Blanche, die ihn seiner Vorstellung nach diesem Mann sozusagen ausgeliefert hat.

Nach der Massage haben sich die beiden daran gemacht, ihn in seinen Rollstuhl zu setzen. Die linke Hand von Maugras befand sich in der Nähe der Brust von Mademoiselle Blanche, Léon konnte es nicht sehen.

Da griff er, zynisch und boshaft, nach ihrem Busen und drückte ihn so fest er nur konnte.

Sie gab keinen Laut von sich. Mindestens eine Stunde lang hat er nicht gewagt, sie anzusehen. Auch als sie allein waren, hat sie keinerlei Anspielung auf seine Geste gemacht, und er wagt auch nicht, sie um Verzeihung zu bitten, so lächerlich und hassenswert kommt er sich vor.

Insbesondere nachdem ihm neuerliche Indizien bestätigen, daß sie in den Assistenzarzt mit den dicken Brillengläsern verliebt ist. Er heißt Gaston Gobet.

Er könnte auch noch in das Notizbuch schreiben: *Schlechter Tag.*

Aber die beiden anderen Anmerkungen genügen. Seine Gedanken verlieren langsam wieder das Sanfte und Geheimnisvolle, das sie hier im Krankenhaus angenommen hatten.

Auch wenn das Geheimnisvolle manchmal beängstigend war, er trauert ihm doch nach. Er ist verwirrt. Er befindet sich im Niemandsland, er fühlt sich zwischen zwei Welten.

Lina hat nicht angerufen. Er hat keine Nachricht von ihr, denn Besson ist noch nicht bei ihm gewesen, und er rechnet auch nicht mehr damit, ihn jeden Tag zu sehen.

Die Seite vom nächsten Tag, vom Donnerstag, wäre beinahe leer geblieben, so gleichgültig ist ihm alles gewesen. Der Himmel war bedeckt, das Wetter lau und trüb. Schließlich hat er ohne große Lust hingeschrieben: *Die Bänke.*

Wird er all das noch verstehen, wenn er später einmal das Notizbuch durchblättert wie ein Fotoalbum? Er schaut nicht gern alte Fotos von sich an, vor allem nicht Amateurfotos, auf denen man mit Leuten ist, die man längst aus den Augen verloren hat; man faßt sich gegenseitig vertraulich um die Schulter oder um die Taille, am Meeresstrand, auf einer Wiese, in weiß Gott welcher vergessenen Umgebung.

Die Bänke. Das soll ihn an einen Gedanken erinnern, dem er am Fenster lange nachgehangen ist.

Er beginnt von weitem die Alten voneinander zu unterscheiden. Erst waren sie sich, aufgrund der Entfernung, alle gleich, wie die Ameisen.

Was ihm zu Hilfe kommt, sind die Bärte, die

Schnurrbärte, die Art der Gebrechen, der Gang. Es gibt solche, die immer allein sind, solche, die zu zweit herumgehen, solche, die sich in kleinen Gruppen zusammenschließen, solche, die ständig umherlaufen, und solche, die immer nur dasitzen.

Die Anmerkung bezieht sich auf die Letztgenannten. Er hat festgestellt, daß sie unbeweglich und teilnahmslos sind wie manche Fische, die er im klaren Wasser des Mittelmeers beobachtet hat. Sobald sich ein anderer Alter nähert, kommt ein Zittern auf, man merkt, daß sie unruhig werden, bereit, ihren Lebensraum zu verteidigen. Erst wenn der Eindringling vorüber ist, dem sie noch eine Weile nachsehen, beruhigen sie sich wieder und nehmen allmählich ihre einsame Versponnenheit wieder auf.

Wird dieses Detail für ihn in einigen Monaten, in einigen Wochen, ja in einigen Tagen noch einen Sinn haben? Er hat unter dem Datum vom Donnerstag die Worte hinzugefügt: *Nicht die Gänge.*

Wieder handelt es sich um eine harmlose Sache. Als man ihn gegen elf Uhr – Audoire war nach der Massage vorbeigekommen und einige Zeit geblieben – in den Rollstuhl setzte, hat Mademoiselle Blanche ihm vorgeschlagen:

»Möchten Sie gern draußen eine Runde machen?«

Der Gang und der Krankensaal sind ihm nur von Geräuschen her bekannt und von den Gestalten, die vor seiner Tür vorbeiziehen. Er hat die Schwester fast erschreckt angesehen, als würde er sie verdächtigen, daß sie ihn neuen Gefahren entgegenschickt, und protestierend ausgerufen:

»Nein!«

Er schämte sich und setzte hinzu:

»Noch nicht.«

Voraussichtlich wird man seine sprunghaften Launen nicht länger dulden. Man erwartet von ihm, daß er sich langsam vernünftig und wie ein normaler Mensch benimmt. Wie soll er ihnen erklären, daß der Augenblick noch nicht gekommen ist, daß er sich erst wieder daran gewöhnen, sich damit abfinden muß? Könnten sie den verschlungenen Wegen seiner Gedanken überhaupt folgen?

Hinter der Tür gibt es Gruppen wie drunten im Hof. Er beobachtet die einen wie die anderen, aus der Entfernung, unter dem Schutze einer sicheren Abschirmung, ohne dazuzugehören. Was aber geschieht, wenn man ihn im Gang spazierenfährt und er den Krankensaal mit eigenen Augen sieht?

Ist es nicht ein menschliches Grundbedürfnis, einer Gemeinschaft anzugehören? Wenn sein Vater die Gewohnheit annahm, jeden Tag zur gleichen Zeit ins Café zu gehen, dann wollte er nicht nur trinken, sondern mehr noch seinen Platz unter den anderen einnehmen. Sie warteten auf ihn, bevor sie mit dem Kartenspielen anfingen. Er bekam sein Glas Wein, ohne es bestellen zu müssen. Und wenn er auf die Uhr über der Theke schaute, rief ihm einer zu:

»Dein Sohn kann zehn Minuten warten ...«

In allen Gesellschaftsschichten ist das so. Auch im Grand Véfour bilden sie eine Gruppe. Wer weiß? Vielleicht ist nicht die Eitelkeit, nicht die Vorliebe für Ehrungen und Medaillen der Grund, daß ein Besson den Vorsitz bei so vielen Komitees führt, daß ein Marel und ein Couffé in die Akademie eingetreten sind und Literaturpreise verteilen.

Sie haben mehrere Ämter inne, bewegen sich in verschiedenen Milieus, und das schenkt ihnen die Illusion, eine vielfältige Persönlichkeit zu besitzen.

Auch er gehört zahlreichen Gruppierungen an. Und Lina läuft jeden Abend weg, um ihren kleinen Kreis zu treffen, und am Sonntag trifft sie ihn bei Marie-Anne.

Immer noch keine Nachricht von ihr. Er überlegt, ob er Mademoiselle Blanche bitten soll, in der Résidence George v anzurufen, beschließt dann aber, nichts zu unternehmen. Nicht aus Stolz oder Teilnahmslosigkeit.

Zwei- bis dreimal hält ihm die Schwester ein angezündetes Streichholz über seine Pfeife, die ihm langsam besser schmeckt und die er schon fast bis zu Ende raucht.

Wenn es so weitergeht, werden die Seiten im Notizbuch fortan leer bleiben. Die Tage werden in dem Maße kürzer, als sie ausgefüllter sind. Mehrere Minuten lang muß er neben dem Bett stehen. Er hat begonnen, sich mit der linken Hand zu rasieren, und das gelingt ihm auch, nur dauert es länger. Er hat sich über der Lippe leicht geschnitten.

Am Freitag vormittag kommt Besuch. Er hätte damit rechnen können, Hélène Portal hat ihn angekündigt. Von seinem Fenster aus hat er einen Rolls Royce aus dem Torbogen auftauchen und majestätisch über den Hof fahren sehen.

Er hielt unter seinem Fenster, wo er ihn nur hätte

sehen können, wenn er sich hinausbeugte. Er kann sich noch nicht hinausbeugen, und außerdem ist das Fenster geschlossen, denn es ist kalt geworden, es kann jeden Augenblick schneien.

Die Stationsschwester bemüht sich persönlich und führt François Schneider, tadellos gekleidet und glattrasiert, ins Zimmer. Er ist ein hagerer Mann, robust trotz seiner fünfundsechzig Jahre, und sein Haar ist kaum angegraut.

François Schneider hat in seiner Stadtvilla in der Avenue Foch nur für den eigenen Bedarf einen ganzen Frisiersalon einrichten lassen nebst einem Gymnastikraum mit sämtlichen Geräten. Jeden Morgen erscheint sein Friseur, seine Maniküre, sein Yogalehrer. Er hat den weichen und rhythmischen Gang eines Turners oder eines Tänzers.

»Sie haben also beschlossen, sich nicht mehr für die Zeitung zu interessieren. Befürchten Sie nichts, ich komme nicht, um darauf zu dringen, daß Sie sich hier damit beschäftigen ...«

Auch er bewegt sich in den verschiedensten Kreisen, er ist an der Börse, auf den Rennplätzen, in den mondänen Salons und in Verwaltungsräten, aber der einzige Verein, der ihn interessiert, der Jockey Club, hat ihn noch nicht als Mitglied aufgenommen.

Seine Frau ist genauso alt wie er, sie ist unglaublich dick und trägt ihre Körperfülle mit herausfordernder Miene zur Schau. Sie begleitet ihn niemals irgendwohin und mokiert sich darüber, daß er seinen Maîtressen Schmuck schenkt, denn der größte Teil des Vermögens gehört ihr.

Essen ist ihre einzige Leidenschaft. Sie stopft sich voll, vor allem mit Süßigkeiten, verbringt ihre Tage auf einer Chaiselongue oder beim Canasta-Spielen mit Freunden, die ebensolche Vielesser sind wie sie, und sie geht keine hundert Meter am Tag.

Das ist von keinerlei Bedeutung. Er sucht nicht mehr nach einem Sinn. Er registriert die Dinge lediglich. Oder er holt sie aus der Tiefe seines Gedächtnisses, spielt eine Weile mit ihnen und läßt sie wieder fallen.

Warum ist François Schneider gekommen? Er ist hier so fehl am Platz wie nur möglich, er ist die glatte Antithese gegen die Unheilbaren im Hof wie gegen die Kranken im großen Saal.

Dennoch wird auch er eines Tages krank werden und sterben, an einem Infusionsschlauch hängend oder unter einem Sauerstoffzelt liegend.

Er hat ihn persönlich aufsuchen wollen, vielleicht um für Colère einzutreten, den seine Verantwortung erdrückt.

Wie Maugras ihn kennt, hat er bei Audoire vorgesprochen und ihm eingehende Fragen gestellt.

Als er wieder geht, läßt er einen feinen Parfümduft zurück. Mademoiselle Blanche mag ihn nicht. Sie braucht es ihm nicht zu sagen, er merkt es auch so, und es freut ihn. Für Männer wie Léon wird sie gewiß auch nicht mehr übrig haben ...

Sie haben ihn wieder in sein Bett gelegt, gleich wird das Essen kommen. Da wird ein unfrankierter Brief gebracht mit dem Monogramm des George v. Er erkennt Linas Handschrift. Sie hat ihm die Nachricht durch Victor geschickt, der nicht eigens nach Besuchserlaubnis gefragt hat und gleich wieder gegangen ist.

René,

Sie schreibt nicht *Mein lieber René,* und das weiß er zu schätzen. René, kurz und bündig, das ist direkter und vertraulicher. *Mein lieber* schreibt man an jeden.

Ich weiß nicht mehr, was mit mir los ist. Ich bin noch nie so unglücklich gewesen. Ich brauche Dich. Ich flehe Dich an, gib mir Nachricht!

Ich liebe Dich, René.

Lina.

Mademoiselle Blanche schaut diskret woandershin, während er mehrmals die Karte liest. Die Schrift ist zittrig, Lina ist also nüchtern gewesen. Wenn sie noch kein Glas getrunken hat, zittern ihre Hände so sehr, daß sie dem nicht Herr werden kann.

Liegt sie noch immer im Bett? Er war es, der fast gestorben wäre. Er war so krank gewesen, daß man ohne Übertreibung sagen kann, es war ein grundlegender Einschnitt in sein Leben. Er ist noch nicht geheilt, und sie ist es, die ihn um Hilfe bittet.

So ist Lina. Es interessiert sie nicht, was außerhalb ihrer Person geschieht. Sie braucht es, daß man sich mit ihr beschäftigt, so wie sie sich von morgens bis abends mit sich beschäftigt. An Problemen fehlt es ihr nicht, und sie erfindet ständig neue.

Sie hat Angst vor dem Leben, sie hat Angst vor dem Alleinsein, sie hat Angst vor den Menschen, vor denen, die sie nicht kennt, und vor denen, die sie zu gut kennt. Und weil sie Angst hat, sogar vor einer Frau wie Marie-Anne, trinkt und redet sie und versucht sich zu bestätigen, daß sie existiert und daß sie trotz allem ein bißchen wichtig ist.

»Kann ich Ihnen das Essen bringen?«

Warum nicht! Er kann ja nicht zum George v laufen!

»Ich möchte Sie dann bitten, meine Frau anzurufen und ihr zu sagen, daß ich ihre Nachricht bekommen habe und daß sie kommen kann, wenn sie möchte.«

Sie wittert Probleme, läßt sich jedoch nichts anmerken.

Während sie ihn mit dem Löffel füttert, drängt es sie aber doch zu fragen.

»Sind Sie schon lange verheiratet?«

Er hat es ihr schon einmal gesagt. Hat sie es vergessen, oder irrt er sich?

»Nächsten Monat sind es acht Jahre ...«

Hätte sie den Mut, das Verhör weiterzuführen, würde jetzt wahrscheinlich kommen:

»War sie da auch schon so?«

»Fast.«

Nur trank sie noch nicht.

»Wo sind Sie ihr begegnet?«

»Beim Französischen Fernsehen in der Rue Cognacq-Jay im Gang.«

Ja, so war es. Das Fernsehen hat an diesem Vormittag eine Gesprächsrunde aufgenommen, an der er als Vertreter der großen Pariser Zeitungen teilnahm. Als er aus dem Studio kam, hat er im Gang noch mit einem ehemaligen Mitarbeiter gesprochen. Vor der

Tür eines Nachbarstudios standen etwa dreißig junge Mädchen Schlange, alle ungefähr im selben Alter.

»Worauf warten die?«

»Sie brauchen Statistinnen für ein Bühnenstück, zwei glaube ich, und das sind die Kandidatinnen ...«

Sie haben ihr Gespräch im Gang fortgesetzt, und Maugras hat schließlich nur noch zu einem der jungen Mädchen hinübergesehen, dem vorletzten in der Reihe.

Was an dem Mädchen hat seine Aufmerksamkeit erregt? War es ihr klägliches oder trauriges Aussehen? Ihr langes, blasses Gesicht erschien noch länger durch ihr schlechtfrisiertes Haar, das ihr die Wangen herabhing und auf die Schultern fiel.

Sie trug einen zerknautschten Mantel, ihre Absätze waren schiefgetreten, und einer ihrer Strümpfe hatte eine Laufmasche.

Sie machte einen ärmlichen und herzerweichenden Eindruck. Ihr Blick war derart starr auf die Tür gerichtet, hinter der sich ihr Schicksal entscheiden würde, daß man das Bedürfnis hatte, sie zu beruhigen.

»Kennst du sie?«

»Ein paar, die jedesmal da sind. Manche stellen sich automatisch vor, sobald ein Stück ausgeschrieben wird.«

»Und die Vorletzte?«

»Die mit den strähnigen Haaren? Nie gesehn. Sie muß zum ersten Mal hier sein ...«

Hat sie gespürt, daß sie über sie sprachen? Hat sie gemerkt, daß sie bei dem einen der beiden Männer, die sich hier wie zu Hause benahmen, eine empfindliche

Saite angerührt hatte? Ihr Blick heftete sich auf Maugras, zugleich resigniert und flehentlich.

Immer wieder hat er den Kopf abgewendet, um dann doch wieder zu ihr hinzuschauen.

»Sie sieht aus, als wär sie völlig am Ende.«

»Manche fallen in Ohnmacht, weil sie seit vierundzwanzig Stunden nichts mehr gegessen haben ...«

»Glaubst du, sie hat Chancen?«

»Das würde mich wundern. Es ist ein Kostümstück, und ich kann sie mir kaum am Hof Ludwigs XVI. vorstellen.«

Bodin war erstaunt über das Interesse, das sein früherer Vorgesetzter zeigte, und Maugras wäre beinahe weggegangen, ohne sich länger um das junge Mädchen zu kümmern, das da stand und wartete, bis es an der Reihe war. Ein Zufall kam ihm zu Hilfe. Man rief Bodin in das Studio, aus dem sie eben gekommen waren, und sie gaben sich die Hand.

»Bis bald ...«

Maugras hat nur kurz gezögert. Es waren jetzt mehrere, die ihn hoffnungsvoll anblickten, in der Annahme, er sei eine einflußreiche Persönlichkeit im Haus. Warum hat eine vor Lachen losgeprustet? Auch dieses Lachen hätte beinahe Linas Schicksal entschieden.

Er überwand seine Befangenheit, und da er schon einmal in ihrer Nähe stand, sagte er:

»Möchten Sie mit mir kommen, Mademoiselle?«

»Ich?«

Sie gingen bis zum Ende des Ganges, dann nach links, dann wieder nach links. Er wußte nicht, wohin er sie führen sollte.

Er war sicher, daß er nur aus Neugier oder aus Mitleid so handelte. Vergeblich machte er zwei bis drei Türen auf. Er fand kein freies Zimmer.

»Gehn wir hinaus.«

Sie folgte ihm wie eine Schlafwandlerin. Auf dem Gehsteig lief Léonard herbei und öffnete den Wagenschlag.

»Noch nicht. Warte auf mich.«

Er führte das Mädchen ins nächstgelegene Café.

»Was nehmen Sie?«

»Einen Café-crème.«

Er bestellte, und sie sah ihn immer noch intensiv an.

»Sie sind nicht vom Fernsehen, nicht wahr?«

»Das stimmt.«

»Sie sind Zeitungsverleger. Ich hab Ihr Foto schon mal gesehen. Warum haben Sie mich mitgenommen?«

»Ich habe mir sagen lassen, daß Sie da oben keinerlei Chancen haben.«

»Was wollen Sie von mir?«

Sie verhielt sich mißtrauisch und aggressiv.

»Mit Ihnen reden.«

»Ist das alles?«

»Ich könnte Statistenjobs für Sie finden, vielleicht auch kleine Rollen.«

»Das glauben Sie doch selbst nicht.«

»Möglicherweise kann ich Sie auch bei der Zeitung unterbringen.«

»Ich kann nichts. Ich kann weder Steno noch Maschine schreiben, ich beherrsche keine Orthographie, und ich bin nicht besonders ordentlich.«

Sie starrte auf den Korb mit Croissants auf dem Tisch.

»Darf ich?«

»Aber bitte.«

»Sieht man's mir an, daß ich hungrig bin? Haben Sie mich deshalb hierhergeführt? Ich weiß, es klingt wie in einem Groschenroman, aber es ist wahr, ich habe seit gestern mittag nichts mehr gegessen.«

»Wo wohnen Sie?«

»Seit heute morgen nirgendwo.«

»Und Ihre Eltern?«

»Ich habe keine Eltern mehr. Nur eine Tante, die mich aufgezogen hat.«

»Wohnt sie in Paris?«

»In Lyon.«

»Und sie kümmert sich nicht um Sie?«

»Ich bin weggelaufen.«

»Wann?«

»Vor einem Monat.«

»Und Sie wollen nicht nach Lyon zurück?«

»Zum einen würde sie mich nicht wieder aufnehmen, denn ich habe alles Geld mitgenommen, das ich finden konnte. Viel nicht. Ich hab keins mehr. Und außerdem will ich in Paris bleiben.«

»Warum?«

Sie zuckte die Achseln und streckte die Hand nach einem zweiten Croissant aus.

»Und Sie, warum leben Sie in Paris? Sind Sie hier geboren?«

Sie hat acht Croissants gegessen, zuletzt hat sie die Bissen kaum mehr hinuntergebracht. Als er seine

Brieftasche aus der Tasche zog und Geldscheine herausnahm, folgte sie seinen Händen mit den Augen.

»Sind Ihre Sachen im Hotel?«

»Notgedrungen. Sie geben sie mir erst zurück, wenn ich bezahle, was ich schuldig bin.«

»Wird das reichen?«

»Das ist viel zu viel. Sie wollen mir doch nicht all das Geld geben!«

»Doch.«

»Warum tun Sie das?«

Er wußte nicht, was er auf diese direkten Fragen antworten sollte, und von ihnen beiden war sicher er derjenige, der befangen war.

»Nur so. Damit Sie wieder Mut fassen. Besuchen Sie mich morgen in der Zeitung.«

»Lassen die mich rein?«

Sie war an Vorzimmer gewöhnt und an den Hochmut von Angestellten. Er gab ihr eine Karte und schrieb ein paar Worte darauf.

»Am besten nach vier Uhr.«

»Danke.«

Sie stand auf dem Gehsteig, sah zu, wie er in seinen Wagen stieg, und rührte sich nicht vom Fleck, bis dieser um die Straßenecke bog.

So hatte alles angefangen.

Mademoiselle Blanche läuft zwischen dem Zimmer und dem Telefon im Gang hin und her.

»Ihre Frau fragt, zu welcher Zeit sie Sie am wenigsten stört.«

Es ist ihm angenehmer, wenn sie ihn in seinem Sessel

vorfindet. Das letzte Mal war er mit dem Kopf nach unten gelegen.

»Zwischen drei und vier Uhr.«

Findet es die Krankenschwester nicht egoistisch und lächerlich, daß er keinen Telefonanschluß im Zimmer haben will? Es wird noch kommen. Am Ende wird er nachgeben. Er sieht es kommen, daß er alles tut, was sie wollen, und er wehrt sich nur noch aus Prinzip dagegen.

Und auch, um ein paar Tage zu gewinnen. Er ist noch nicht bereit, er ist hin- und hergerissen zwischen Vergangenheit, Gegenwart und Zukunft. Es gelingt ihm nicht einmal mehr, seinen Dämmerzustand zu erreichen. Er bleibt hellwach während der Mittagsruhe und starrt an die Decke, während die Schwester von Zeit zu Zeit in ihrem Buch eine Seite umblättert.

Lina wird kommen, und er weiß nicht, was er ihr sagen, welche Haltung er ihr gegenüber einnehmen soll. Er liebt sie, das ist sicher. Er hat sie zweifellos vom ersten Tag an geliebt, ohne es zu wissen.

Als er am Tag nach ihrer ersten Begegnung in der Rue Cognacq-Jay in seinem Büro saß und sich fragte, ob sie kommen würde oder nicht, war er sich hilflos und nervös vorgekommen wie nie zuvor.

Er machte sich Vorwürfe, weil er sich ihre Adresse nicht hatte geben lassen, er stellte sie sich vor, wie sie verloren in Paris umherirrte, er war derart gereizt, daß er Leute hinauswarf, im Büro auf- und ablief und eine Zigarette nach der anderen rauchte.

Sie ist gekommen. Und als sie ihm gegenüber saß, wußte er nicht, was er ihr sagen sollte. Endlich stellte er ihr ungeschickte Fragen, unter anderem nach ihren Eltern, und sie erzählte, daß alle beide, als sie noch klein war, bei einem Eisenbahnunglück in der Nähe von Avignon ums Leben gekommen waren.

Hatte sich seine Erregung gelegt? Er hat sie in das verglaste Büro geführt, wo die Antworten auf Kleinanzeigen sortiert werden. Das war der einzige Ort, wo er sie beschäftigen konnte.

Mehrere Angestellte sehen dort die Postsäcke durch, die ein Postauto mehrmals täglich bringt, und sortieren sie nach den Nummern auf den Briefumschlägen. Eine Abteilungsleiterin, die ähnlich aussah wie die Stationsschwester, beaufsichtigte die Mädchen in ihren grauen Kitteln.

»Wann soll ich anfangen?«

»Morgen früh, wenn Sie wollen.«

War es eine Enttäuschung? Er beschränkte sich am nächsten Morgen darauf, die Abteilungsleiterin anzurufen, um sich zu vergewissern, ob Lina an ihrem Arbeitsplatz erschienen war, und dachte, nun sei die Sache erledigt. Drei Tage später aber ging er abends, als ihre Arbeitszeit zu Ende war, nach innerem Kampf hinunter.

»Ich begleite Sie«, sagte er, als sie sich zum Fortgehen bereit machte.

Er merkte sehr wohl, daß die anderen Blicke tauschten, aber es kümmerte ihn wenig, was sie dachten. Er führte sie in ein Restaurant im Quartier Latin, wo man ihn nicht kannte, zum Essen aus, und stellte ihr weiter Fragen, als wäre es ihm ein inneres Bedürfnis, alles über sie zu wissen.

Was hat ihn so angezogen? Acht Jahre ist es her, und er findet keine ausreichende Erklärung. Beziehungsweise findet er zu viele Erklärungen, und sie widersprechen sich alle.

Auch sie hat Fragen gestellt, präzise und indiskrete Fragen.

»Sie haben sicher eine tolle Wohnung?«

»Im Augenblick nicht. Ich wohne noch in meiner alten Wohnung am Boulevard Bonne-Nouvelle. Ich richte gerade in einer alten Stadtvilla in der Rue de la Faisanderie eine neue ein.«

»Ist das ein elegantes Viertel?«

»Es gilt als eines.«

»Sind Sie verheiratet oder geschieden?«

»Geschieden.«

»Leben Sie mit einer Frau zusammen?«

»Nein.«

»Schlafen Sie mit Ihren Sekretärinnen?«

Er hat die Frage verneint. Die Wahrheit wäre dazwischen gelegen. Ab und zu tat er es.

Die Wohnung bei der Porte Saint-Denis, in die er nie Leute einlud, hatte er ein wenig auch deshalb so lange behalten, weil es ihm nicht leichtfiel, die letzten Verbindungen zu seiner Vergangenheit abzubrechen.

Nicht aus Sentimentalität. Eher aus Aberglauben. Von seinen Fenstern aus blickte er auf das Schauspiel des Lebens von Arbeitern und Angestellten, auf lärmendes Alltagsgewimmel.

Seine Position erforderte es jedoch, daß er Gäste einlud. In zwei Monaten sollten die Arbeiten soweit beendet sein, daß er einziehen konnte.

»Kommen Sie aus einer armen Familie?«

»Mein Vater war Angestellter.«

Sie verfolgte ihren Gedanken mit einem Ernst, als wüßte sie genau, worauf sie hinauswollte.

»Haben Sie Lust auf mich? Geben Sie's zu! Wenn Sie keine Lust drauf hätten, hätten Sie nicht vor dem Büro auf mich gewartet. Wo gehn wir hin?«

Sie war nicht wie die anderen. Aber war er denn wie die anderen? Hält sich nicht jeder für anders als die anderen, und ist er es nicht tatsächlich auch?

Er hat sie mit nach Hause genommen, und als erstes hat sie ihn gebeten, ein Bad nehmen zu dürfen. Spät in der Nacht unterhielten sie sich noch immer, sie nackt auf dem durchwühlten Bett, er im Schlafanzug in einem Sessel sitzend.

»Ich war zwölf, als mein Onkel anfing, mich zu streicheln, und er zwang mich dazu, ihn auch zu streicheln. Mit dreizehneinhalb hat er mich genommen, es hat sehr weh getan. Nachdem sie mich aus Mitleid aufgenommen hatten, konnte ich nichts dagegen tun.

Meine Tante kam dahinter, denn sie hat die Angewohnheit, durch Schlüssellöcher zu gucken. Sie ist eine böse Frau, sie hat mir nur das Leben schwer gemacht. Ihm auch.

Er hat trotzdem die Mittel gefunden, ab und zu zu mir zu kommen. Er konnte es nicht ohne mich aushalten, und manchmal, beim Essen, wenn er mich ansah, fing er an zu zittern. Ich bin sicher, daß ihn meine Tante allmählich vergiftet hat, denn er ist nie krank gewesen.«

»Wann ist er gestorben?«

»Vor einem Jahr. Danach ließ mich meine Tante nicht mehr aus dem Haus und sperrte mich ein, wenn sie einkaufen ging.«

Eine Woche darauf bekam er den Bericht von seinem Korrespondenten aus Lyon. Lina hatte wegen der Sozialversicherung dem Personalchef ihren Personalausweis vorlegen müssen. Ihre Adresse in Lyon war Rue Voiron, im Viertel La Guillotière, einem ebenso dichtbesiedelten Stadtteil wie die Porte Saint-Denis oder die Rue des Dames.

Ihr Familienname war Delaine, und bei der angegebenen Adresse wohnte auch eine Madame Delaine. Sie arbeitete als Kassiererin in einem Kino in der Avenue Gambetta.

Es war allerdings nicht die Tante, sondern die Mutter, bei der das junge Mädchen bis vor einem Monat gewohnt hatte. Sie war die Witwe eines Schlossermeisters, der zehn Jahre zuvor von einem Kran erschlagen worden war. Lina hatte in Lyon in einer Pappwarenfabrik gearbeitet.

Eine Tante und einen Onkel gab es nicht. Nur ein kleines Mädchen, das ab dem zwölften Lebensjahr mit Jungens herumlief.

»Warum haben Sie diese Geschichte erfunden?«

»Damit Sie mich interessant finden. Niemand hat sich jemals für mich interessiert, außer meiner Mutter, die mich verprügelt hat, wenn ich zu spät nach Haus kam. Ich zähle nicht. Es ist, als würde ich gar nicht existieren. Jetzt schmeißen Sie mich raus, was? Meine Schuld. Am besten würde es mich gar nicht geben.«

Auch wenn sie etwas vorspielte, sie war wirklich

unglücklich. Nach den acht Jahren, die sie jetzt zusammen lebten, sucht sie immer noch nach Sicherheit. Es ist, als bestehe ein Abgrund zwischen ihr und den anderen Menschen, und als würde sie, unfähig, ihn zu überbrücken, in sich selbst versinken.

Wollte er sie beschützen? Hat er sich für sie verantwortlich gefühlt? Ist er fasziniert gewesen von ihrer etwas erkünstelten wunderlichen Art? Er weiß es nicht mehr. Sie wird gleich kommen, und er ist nicht in der Lage, eine neue Entscheidung zu treffen.

Hat es bei seiner Entscheidung von damals eine Rolle gespielt, daß sie ihm alles verdanken würde? Bei Marcelle, die er sich aus einer Conciergeloge holte – wobei er sie allerdings nur in ein möbliertes Zimmer in der Rue des Dames verpflanzte –, hat es eine Rolle gespielt.

Wozu nach einer Antwort suchen? Keine befriedigt ihn. Weder was ihn noch was sie betrifft. Sie lügt, und dann bittet sie um Verzeihung. Sie verbringt ihr Leben damit, sich zu quälen, ohne sich klarzumachen, daß sie ihn damit auch quält.

Sie fühlt sich nirgendwo am rechten Platz, und sie verdächtigt jeden, daß er schlecht über sie denkt. Sie bezieht alles auf sich, selbst Sätze aus belanglosen Gesprächen, die sie nicht betreffen und in denen sie einen Angriff auf ihre Person erblickt.

Schon in der ersten Woche hat sie sich mit der Abteilungsleiterin, die das Sortieren der Post beaufsichtigte, zerstritten. Er hat gar nicht weiter versucht, sie woanders unterzubringen, und sie ist am Boulevard Bonne-Nouvelle eingezogen und hat Hausfrau gespielt.

Sie setzte es sich in den Kopf, für ihn zu kochen, mit

Überraschungen aufzuwarten, wenn er heimkam, und er fand sie in Tränen aufgelöst, weil sie das Ragout hatte anbrennen lassen.

»Einmal bemüht sich einer, mich zu verstehen, und ich mache ihm nur Ärger.«

»Aber nein, Lina. Hör mir zu ...«

»Du redest auch noch mit mir wie mit einem kleinen Mädchen.«

Er hat es nicht über sich gebracht, sich von ihr zu trennen, und gleichzeitig hat er nicht gewußt, was er mit ihr anfangen sollte. Er hat versucht, irgendein Interesse in ihr zu wecken, zum Beispiel an Büchern, aber die langweilten sie schnell, oder sie geriet außer sich, wenn sie darin Parallelen zu sich selbst entdeckte. Er hat ihr sogar an den Abenden beigebracht, Karten zu spielen!

»Was hast du nach der Arbeit gemacht, bevor du mich von der Straße aufgelesen hast?«

»Du weißt sehr gut, daß ich dich nicht von der Straße aufgelesen habe.«

»So gut wie. Ich hätte sowieso mit dem erstbesten mitgehen müssen, um nicht im Freien zu schlafen. Was hast du vor mir gemacht?«

»Ich bin ausgegangen.«

»Und warum gehst du jetzt nicht aus?«

»Weil ich mit dir zusammensein will.«

Das stimmte. Er brauchte ihre Gegenwart.

»Und was hindert dich daran, mit mir auszugehn? Schämst du dich?«

Er hat sich vorgenommen, lange nachzudenken, bis ins Innerste vorzustoßen, aber jetzt geht es nicht mehr. Er hätte es tun müssen, solange er noch ans Bett gefesselt war, bevor er aus dem Fenster wieder in die Welt draußen sah.

Das Drama ihrer acht gemeinsamen Jahre ist vielleicht, daß sie es ebenso nötig hat, daß man sich mit ihr beschäftigt, wie er es nötig hat, daß man sich mit ihm beschäftigt. Er hatte geglaubt, ein Haustier aus ihr machen zu können, das auf seine Stimme hört, und er hat sein Leben mit einem Wesen verbunden, das nur nach seinem eigenen Kopf handelt.

Sie möchte, daß er glücklich ist, und sie meint es ehrlich. Er ist ziemlich sicher, daß sie ihn liebt und daß sie für ihn sterben würde.

Sterben, aber nicht leben!

Sie leidet darunter, daß sie für ihn ein Klotz am Bein ist, und sie quält ihn damit, daß sie sich quält.

Zehnmal, hundertmal hat er gedacht, sie sei ein Ungeheuer an Egoismus. Und wenn er sie dann schluchzend in seinen Armen hielt, hat er sich Vorwürfe gemacht deswegen.

Um halb neun Uhr mußte er in der Zeitung sein, mit klarem Kopf, Herr seiner selbst, fähig, folgenschwere Entscheidungen zu treffen, und wie oft ist er erst um drei oder vier Uhr morgens ins Bett gekommen, nach einer zermürbenden Szene, in der sie drohte, sich umzubringen; zuletzt war er selbst nahe daran gewesen, es zu tun.

Nach und nach hat er sie seinen Freunden vorgestellt. Manchen warf sie sich sofort an den Hals, und später wollte sie sie nicht wiedersehen. Anderen gegenüber zeigte sie sich ohne jeden Grund mißtrauisch und aggressiv. Ihr Verhalten schuf peinliche Situationen und brachte ihm Zwistigkeiten ein.

»Sie akzeptieren mich nur, weil ich deine Geliebte bin, und hinter unserm Rücken fragen sie sich, warum du dir so ein minderwertiges Weibsstück wie mich aufgehalst hast. Jawohl! Das bin ich. Du hast es selbst gesagt, an dem Abend nach dem Theater, als du mich auf offener Straße geohrfeigt hast.«

Zum äußersten getrieben, hat er ihr alles mögliche an den Kopf geworfen, und ein paar Stunden später hat er sie um Verzeihung gebeten. Was alles ihn nicht daran hinderte, sie zu heiraten, als sie in die Rue de la Faisanderie gezogen waren.

Er dachte, er könne sie nach und nach formen, eine Hausherrin aus ihr machen, sie ins Pariser Gesellschaftsleben einführen. Er zeigte ihr, wie man sich anzog, ein Menü zusammenstellte, Gäste zu Tisch bat ...

»Was stellst du dir vor, daß ich tun soll, wenn du mich den ganzen Tag allein läßt?«

»Mein Kleines, ich habe meine Arbeit, und die erlaubt es mir nicht ...«

»Ich weiß. Du, du bist jemand. Du erteilst Befehle. Man hört auf dich. Du machst etwas, was von allgemeinem Interessse ist. Alle Welt kennt und respektiert dich. Aber mich betrachten deine Freunde als Kuriosität, wenn sie hierherkommen ...«

Das ging solange so, bis sie auf Marie-Annes Clique stieß, wo sie sich aufgehoben fühlte, weil es dort keine Regeln gab, weil dort alles erlaubt war.

Er traf sie nicht mehr so häufig zu Hause an, wenn er heimkam.

»Madame läßt Monsieur ausrichten, daß sie zum Essen nicht nach Hause kommt.«

»Sie wissen nicht, wo sie hingegangen ist?«

»Sie hat sich zu den Champs-Elysées fahren lassen.«

Sie haben es versucht, beide, denn gerechterweise muß man sagen, daß sie es auch versucht hat. Aber es ist stärker als sie, es ist wie eine Droge. Sie kann nicht der ungezwungenen Atmosphäre der bekannten Nachtlokale widerstehen, wo man sie mit den Worten empfängt:

»Ah! Da ist Lina!«

Sie weiß, daß es zu nichts führt, daß es sie ins Verderben stürzt, daß der Alkohol sie ruiniert.

»Wir lassen uns besser scheiden, René. Du bekommst deine Freiheit wieder, und du mußt dich nicht mehr um eine Verrückte kümmern. Glaubst du, ich bin wirklich verrückt? Ich frag es mich ... Dein Freund Besson ist davon überzeugt.

Als ich meine Depression hatte und er mir die Schlafkur verordnet hat, wollte er, daß ich sechs Monate in ein Schweizer Sanatorium gehe, wo man Leute wie mich behandelt.

Im Grunde wär es besser, ich wär gleich ganz verrückt. Aber das kommt schon noch. Ich hoffe, daß es schnell geht, dann hast du deine Freiheit. Aber ich liebe dich, René. Ich schwöre dir, daß ich dich liebe und daß ich immer nur dich geliebt habe ...«

Während er diese zusammenhanglosen Szenen heraufbeschwört, hat er das sanfte und ruhige Profil Mademoiselle Blanches vor Augen, die in ihre Lektüre vertieft ist.

Es ist soweit. Léon kommt herein. Sie helfen ihm auf. Er steht. Die Schwester macht ihm den Vorschlag, einen frischen Schlafanzug anzuziehen, so als müßte er sich für Lina herrichten, und obwohl es ihm albern vorkommt, erklärt er sich einverstanden.

Nun sitzt er in seinem Rollstuhl, den sie zum Fenster geschoben haben, und er sieht wieder seine Alten. Sie sind melancholisch, weil der Tag grau ist, und noch langsamer in ihren Bewegungen als sonst.

»Sind Sie nervös?«

»Nein.«

»Versuchen Sie, sich nicht aufzuregen. Ihr Privatleben geht mich nichts an, aber im gegenwärtigen Zustand kommt es sehr auf Ihre innere Verfassung an.«

Er beruhigt sie mit einem Lächeln. Es wird keine Szene geben. Er wird zu Lina sehr freundlich und liebevoll sein.

Hat sie das nicht sehr oft gesagt: daß sie liebevolle Behandlung braucht? Er hat ihr alles gegeben, seinen Namen, Kleider, Pelze, Schmuck, Freunde. Er hat ihr die Liebe gegeben, deren er fähig war. Und Nachsicht. Und auch das Mitleid, das sie so wütend macht.

Was versteht sie unter liebevoller Behandlung? Sieht er nicht alle Leute mit einem liebevollen Blick, und sie, die in seinen Augen den Ausbund aller Schwächen darstellt, mehr als alle anderen?

Manchmal nimmt er sie bei den Schultern und sieht sie tiefbewegt und neugierig an. Es ist dann, als würde sie auf etwas warten. Worauf wartet sie? Wenn es Worte sind: die findet er nicht.

Bräuchte nicht auch er von Zeit zu Zeit jemanden?

Er darf nicht bitter werden. Er muß entspannt sein, wenn sie kommt. Er sieht den Bentley über den Hof fahren und erkennt Léonards kleinen Schnurrbart.

Sie kommt herauf. Bald hört er ihre Schritte, und seine Brust ist beklommen wie damals, als er sie zum ersten Mal in seinem Büro erwartet hat und fürchtete, sie würde nicht kommen und er hätte keine Möglichkeit, sie wiederzusehen.

Als sie klopft, hat Mademoiselle Blanche schon die Hand auf der Türklinke.

»Du sitzt?«

Es verwirrt sie. Ihre Augen glänzen. Von dem Zeitpunkt an, wo sie die Karte geschrieben hat, bis jetzt hat sie Zeit gehabt zu trinken. Sie ist angespannt, überreizt, ruhelos, sie weiß nicht, wo sie hinschauen, woran sie sich festhalten soll.

»Verzeih mir, wenn ich dir auf die Nerven gehe. Wie geht's dir? Du willst mich also noch sehen?«

»Setz dich.«

»Darf ich rauchen?«

Sie raucht so nervös, als wolle sie die Zigarette zerbeißen.

»Laß mich dich ansehen ... Du bist ruhig. Offenbar bist du mir nicht böse.«

Sie versucht sich zu beherrschen, aber er spürt sehr wohl, daß sie den Tränen nahe ist. Sie weint, das Gesicht auf der Lehne des Rollstuhls. Ihr magerer Rükken wird von Schluchzen geschüttelt.

»Ich brauche dich so sehr, René! ...Und ich war ganz sicher, daß du mich nicht mehr sehen willst ... Es ist so gräßlich! Ich weiß nicht mal, wie es gekommen ist ... Es ist viel getrunken worden bei Marie-Anne, wie immer, und ich war aufgeregt, weil ich das Gefühl hatte, daß sie sich über mich lustig machen.«

Er betrachtet sie wie gebannt. Er ist gar nicht neugierig darauf zu wissen, was im Schloß von Candines geschehen ist und wofür sie sich schämt. Er betrachtet sie und überlegt, ob sie beide, sie und er ... Es ist schwer, das genau zu sagen. Sie haben, einer wie der andere, jeder im Dunkeln seinen Weg gesucht. Er scheint den seinen gefunden zu haben. Alle Welt glaubt das jedenfalls ...

»Und dann hab ich alles ausgezogen, weil Jean-Luc nicht geglaubt hat, daß ich's tu ... Und dann ...«

Er hebt die linke Hand und legt sie auf den Kopf seiner Frau, auf ihr glattes Haar, das jetzt nicht mehr strähnig ist.

»Scht!«

»Nein! Ich will, daß du es weißt ... Jean-Luc hat mich auf die Schulter genommen und weggetragen, und die andern sind mit Kerzenleuchtern hinterher ...«

»Aber ja ... Ich weiß ... Scht! Denk nicht mehr dran.«

Sie weint und weint, als könnten ihre Tränen nie mehr versiegen. Seine Hand liegt auf ihrem Haar, und er blickt regungslos auf die abblätternde Wand.

12

Immer mehr Seiten bleiben leer. Die jetzige Phase scheint sich wieder dem Leben anzugleichen, das er früher geführt hat. Tage ohne Bedeutung, ohne Geschmack und Geruch reihen sich aneinander.

Trotzdem macht er ein kleines rotes Kreuz neben jedes Datum, und fast auf allen halben Seiten steht in Schwarz ein Buchstabe: *L.*

Das bedeutet Lina. Wird es so bleiben? Ist es nicht nur ein Versuch? Sie kommt nachmittags Schlag drei Uhr und setzt sich ihm gegenüber, so daß sie in sein Gesicht sehen kann.

»Ich beklage mich nicht, René. Ich kenne meine Fehler. Ich stelle dir nur eine Frage: Hast du jemals mit mir wirklich geredet, außer am Anfang, als du mich über mein Leben ausgefragt hast? ... Ich bin dumm, ich weiß, und ich bin ungebildet ...«

Alle beide geben sie sich Mühe. Es gibt lange Pausen des Schweigens, dann drückt sie ihre Zigarette im Aschenbecher aus und zündet sich eine neue an, und sie bekunden Haltung, indem sie in den Hof blicken oder so tun, als würden sie sich für das interessieren, was im Gang vor sich geht.

Er schreibt unter das Datum des 16. Februar: *Die sogenannten Schwachen.*

Werden auch diese Worte ihren Sinn verlieren? Als

er sie mit der linken Hand ins Notizbuch schreibt, ist ihm ganz klar, was er meint. Vor einer Stunde hat sie geseufzt:

»Du bist stark! Du brauchst niemanden ...«

Macht er diesen Eindruck? Er ist falsch. Oder er ist nur stark im Vergleich zu den Schwachen. Und die Schwachen sind es, die es zu beneiden gilt, denn sie verlassen sich auf die Starken.

Den Starken hilft niemand, niemand ermutigt sie, niemand bemitleidet sie. Wenn sie fallen, sind die anderen ohne Erbarmen und freuen sich eher über das, was sie dann die höhere Gerechtigkeit nennen.

Ist er ein starker oder ein schwacher Mensch? Er stellt sich diese Fragen, ohne den Versuch zu machen, sie zu beantworten. Er hat nur festgestellt, daß in Linas Stimme eine Spur Groll lag, bei aller Sanftmut, die sie während ihrer fast täglichen Besuche an den Tag legt und die ihrem ehelichen Gespräch eine gedämpfte Atmosphäre verleiht.

Körperlich gesehen ist Lina trotz ihres zerbrechlichen Aussehens, ihrer Exzesse und ihrer regelmäßig auftauchenden Todessehnsucht widerstandsfähiger als er. Daß er es ist, der im Krankenhaus liegt, und sie ihn besuchen kommt, beweist das. Seine Krankheit wird Spuren hinterlassen. Eines Tages wird es einen Rückfall geben, von dem er sich nicht mehr erholt. Dann ist sie Witwe.

Kein Kontakt.

Das steht unter dem Datum des 19. Februar, aber es mußte schon am 18., am Donnerstag, stattgefunden haben. Mademoiselle Blanche hat ihn im Rollstuhl durch den Gang geschoben, und er hat gesehen, wie es auf seiner Station aussieht.

Er hat den Krankensaal gesehen, und er ist so groß, wie er ihn sich vorgestellt hat. Er hat die Patienten in ihren Betten gesehen, andere, die auf dem Bettrand oder auf einem Stuhl saßen, und einige saßen im Rollstuhl wie er.

Alle Stadien des Schlaganfalls waren vertreten, so daß er mit einem Blick die verschiedenen Etappen seiner Krankheit überschauen konnte, das, was war, das, wie es jetzt ist, und das, was ihn noch erwartet.

Er fuhr draußen vor dem Saal vorbei, aber die meisten Blicke wandten sich ihm zu. Das Ereignis hinterließ in ihm ziemlich große Bitterkeit.

Sicher wissen sie, daß er der Patient aus dem Privatzimmer ist. Sie haben ihn zum ersten Mal gesehen, und keinerlei Wohlwollen, nichts, das wie eine Begrüßung aussah, keinerlei Kontaktversuch zeigte sich auf ihren Gesichtern.

Feindseligkeit auch nicht. Nur Gleichgültigkeit. Mademoiselle Blanche hat es sofort gespürt und ihn schnell in die entgegengesetzte Richtung gefahren, in den Teil des Ganges, wo ein Sprechzimmer liegt und ein etwas tristes kleines Zimmer, in dem die Krankenschwestern essen.

Hat er sich geirrt, was die Patienten im Saal betrifft? In der kurzen Zeit, die er sie beobachtet hat, hat er auch zwischen ihnen untereinander keinen Kontakt festgestellt. Sie haben sich sozusagen in ihre Krankheit eingeschlossen, wie er es auch gern tat.

Knospen.

Einige Seiten weiter. Auch an diesem Tag ein Frühlingshimmel, und die Vögel sangen ab halb sechs Uhr morgens. Es wird immer früher Tag. Der berühmte Kastanienbaum auf dem Boulevard Saint-Germain beginnt sicher schon zu blühen.

Die letzten Wochen war außergewöhnlich mildes Wetter gewesen. Zum ersten Mal in seinem Leben hat er, auf den Bäumen im Hof, Knospen aufbrechen sehen.

Er hat die Arbeit in ihrem Innern verfolgt, die Anstrengung der noch so zarten Blätter, sich ihrer braunen Hüllen zu entledigen. So viele Stunden hat er sie beobachtet, daß er eine lebhafte Vorstellung davon behalten hat, wie nach einem Film, der das Aufgehen einer Blüte zeigt.

Zum ersten und zum letzten Mal. Bald wird er nicht mehr die Muße haben, aufgehende Knospen zu beobachten. Das wird ihm wohl kaum mehr einfallen.

Die Tage vergehen immer schneller. Besson kommt nur noch selten auf einen Sprung vorbei. Audoire studiert ihn weiterhin, als würde er die Fortschritte einer Bakterienkultur im Laboratorium überwachen.

Anscheinend nimmt sein Fall plangemäß den üblichen Verlauf. An manchen Tagen beklagt er es, an anderen wieder ist er ungeduldig, daß es so langsam vorwärtsgeht.

Er kann auf dem rechten Bein stehen und seine Finger bewegen, und er betrachtet sie mit einem Gefühl, als würde er ein Stück von sich selbst wiederentdecken.

Er ist böse auf Mademoiselle Blanche, und er verbirgt es nicht immer. Sie nimmt die Gewohnheit an, immer öfter wegzugehen und ihn allein zu lassen, und das nicht nur zur Essenszeit. Tratscht sie mit den anderen Schwestern? Läuft sie zu Doktor Gobet, dem Assistenzarzt mit den dicken Brillengläsern?

Sie ist bei ihm im Dienst, ihre ganze Zeit gehört ihm. Auch ihre gute Laune ist nicht mehr so konstant wie am Anfang, und er ist nicht weit davon entfernt zu bedauern, was er Gutes über sie gedacht hat. Sie ist auch nur eine Frau wie die anderen. Kaum geht es ihm besser, schon vernachlässigt sie ihn.

Unter dem 26. Februar steht eine Anmerkung über sie. Wie alle ist sie in einem Wort verschlüsselt.

Die Schwiegermutter.

Sie haben über persönliche Dinge geredet. Es begann mit Lina, die inzwischen einen ruhigeren Eindruck macht und nicht mehr so viel trinkt.

»Ich finde es sehr gut, was Sie machen«, hat die Schwester zu ihm gesagt, als wüßte sie genau Bescheid über seine Beziehung zu seiner Frau, »sie hat Beruhigung dringend nötig.«

»Und Sie?« hat er erwidert.

Sie ist rot geworden. Dann hat sie gelacht.

»Hat es Ihnen jemand erzählt?«

»Niemand hat mir was erzählt.«

»Sie sind von allein darauf gekommen?«

»Warum heiratet er Sie nicht?«

»Wir müssen noch ein paar Jahre warten. Er lebt bei seiner Mutter, und es geht ihr gesundheitlich nicht gut. Seine finanzielle Situation ist nicht gerade glänzend, er will sich nur der Klinik und der Forschung widmen und keine Privatpraxis aufmachen.

Wie viele Frauen, die ein schweres Leben hinter sich haben, ist seine Mutter eifersüchtig und kann nicht allein sein. Und einem jungen Haushalt zur Last fallen, das will sie auch nicht.«

Er hört zu, ohne daraus Schlüsse zu ziehen. All das wird sich irgendwo in seinem Gehirn einnisten, und wer weiß, ob sich nicht eines Tages diese kleinen Fakten und Eindrücke zu einem einheitlichen Bild zusammenfügen?

Dann wird er alles verstehen! Was wird er verstehen? Wonach sucht er so im Dunkeln? Ist es nicht schon zu spät?

Er nimmt es der Schwester jetzt nicht mehr so übel, daß sie ihn ab und zu seinem Schicksal überläßt; er bedauert sie aber auch nicht.

Schlange stehen.

Der 26. Februar. Es sollte ein großer Tag werden. Aber man hat zu viel im vorhinein darüber gesprochen, und dann hat er keinen Spaß mehr daran gehabt. Im Gegenteil.

Sein Rollstuhl wurde in den großen Aufzug geschoben, in dem er am ersten Tag in sein Zimmer hinaufgefahren wurde, ohne es zu wissen, und mit dem er zum Röntgen gefahren ist.

Diesmal wird er durch den Hof gefahren, und er sieht die »lieben Alten« ganz aus der Nähe. Sie kümmern sich nicht mehr um ihn wie die Patienten im großen Saal.

Was ihn verblüfft, ist die Ausdehnung des Gebäudekomplexes, in dem er nur eine winzige Zelle bewohnt. Reduziert das nicht seine Bedeutung? Er war und ist lediglich ein Einzelner in einer Vielheit.

Er hatte sich vorgenommen, die Fenster zu zählen, wenn er Zeit dazu haben würde. Es gibt viel zu viele davon, zu viele Türen, zu viele bezifferte Treppen, Gänge, Patienten, die vor den verschiedenen Stationen warten, Männer und Frauen in weißen Kitteln, die Gott weiß wo hinlaufen.

Sie überqueren ein Stück des Hofes, fahren unter einem der Torbögen hindurch, von denen es mehrere gibt, und befinden sich in einem kleineren Hof vor einem Gebäude, das aussieht wie eine Turnhalle.

Es ist auch eine, es ist die krankengymnastische Station, und hier soll er die Beweglichkeit seiner Gliedmaßen wiedererlangen.

Hat er gedacht, es würde einzeln ablaufen, wie die erste Zeit seiner Krankheit? Neben der Eingangstür sitzt an einem Tisch eine Schwester, die nach jedem Patienten, der ankommt, eine Eintragung auf einer maschinengeschriebenen Liste abhakt.

»Maugras? Warten Sie ... Ist es die erste Sitzung?«

Mademoiselle Blanche spricht halblaut mit ihr. Sie hat ihn draußen im Torweg stehen lassen, und er befürchtet, daß die Patienten, die an ihm vorbeigehen, hinken, die Beine zur Seite werfen und an Krücken gehen, an seinen Rollstuhl stoßen.

Er wird zu einem Barren in der Mitte des Turnsaals gefahren. Große weiße und schwarze Felder sind auf den Boden gemalt wie bei einem Damespiel. Männer und Frauen stehen davor Schlange.

»Wir müssen warten, bis wir drankommen«, flüstert ihm die Schwester zu.

Er muß also warten, er, der seit über dreißig Jahren in keiner Schlange mehr gestanden hat.

Einige Patienten um ihn herum sind allein gekommen und benehmen sich wie Stammgäste. Von den Frauen sind die meisten älter, er entdeckt nur zwei junge, und die sind häßlich.

Ein Arzt oder ein Pfleger, das weiß er nicht, führt die Patienten einen nach dem anderen zwischen die Holme, an denen sie sich festklammern und zwischen denen sie durchgehen. Was ihn am meisten erstaunt, ist ihr Ernst, ihre Sammlung.

Es könnte aussehen wie ein Spiel, aber es ist keines, und alle wissen das. Manche versuchen sich einen Platz zu erobern, andere schauen mit leerem Blick zu, was die anderen für Fortschritte machen.

Soweit er es beurteilen kann, gehören die meisten der Mittelschicht oder den Unterschichten an, zu denen er seit langem den Kontakt verloren hat.

»Maugras«, ruft jemand.

Mademoiselle Blanche hilft ihm aus seinem Rollstuhl: »Sie sind an der Reihe. Nur Mut!«

Hier ist für sie nichts zu tun, sie hat ihn nur hergebracht und übergibt ihn nun Fachleuten.

»Die Hand auf den Barren. So, ja ... Den Daumen mehr ausgestreckt. Aber ja doch! Sie können den Daumen durchaus noch mehr ausstrecken ...«

Empfinden Kinder dieselbe Angst, wenn sie versuchen, ihre ersten Schritte zu tun? Leider erinnert man sich nicht an solche Dinge.

Er geht von einem Quadrat zum anderen, genauso konzentriert wie die, die vor ihm dran waren. In einiger Entfernung ist ein Fahrrad am Boden festgeschraubt, und ein Mann mit grauem Schnurrbart tritt in die Pedale, ohne um sich herum etwas wahrzunehmen.

Maugras befürchtet, daß man ihn ebenfalls auf dieses Gerät setzt. Aber das steht heute nicht auf dem Plan. Man führt ihn noch weiter von der Schwester fort zu einem Holzrad, das er an einem Griff zum Drehen bringen soll.

»Nicht mit der linken Hand. Mit der rechten.«

Seine Hand wird auf den Griff gelegt.

»Drehen Sie. Haben Sie keine Angst vor der Anstrengung.«

Er sucht mit den Augen die Schwester, um sie zu Hilfe zu rufen. Aber hier ist er keine Ausnahme wie oben in seinem Zimmer. Hier gibt es keine Einteilung in private und gewöhnliche Patienten, er steht nicht mehr höher im Rang als die anderen. Er ist nicht Soldat gewesen, aber so ähnlich stellt er sich das Kasernenleben vor.

Als er den Saal verläßt, ist er in Schweiß gebadet, weniger wegen der Übungen als wegen der Erfahrung, die er eben gemacht und die ihn zutiefst verunsichert hat. Wenn es nach ihm ginge, wenn es irgendwie möglich wäre, er würde nicht mehr hierherkommen.

Unter dem Datum des 28. Februar steht: *Initialen.*

Seine Schlafanzüge sind aus Seide und auf der linken Seite mit Initialen bestickt. Das ist ihm unangenehm, wenn er in den Gymnastiksaal muß, und er achtet darauf, daß sein Morgenmantel vorne dicht geschlossen ist.

Nicht sie führen ein ungewöhnliches Leben, und auch ihre Armut stellt keine Ausnahme dar. Die Ausnahme, das Unmoralische, ist auf seiner Seite und auf der Seite derer, die wie er ein Dasein außerhalb der Gesellschaft führen, in erster Linie Männer wie die Brüder Schneider.

Er hat nichts gemein mit Leuten wie den Schneiders. Warum hat er sich auf ihre Seite geschlagen? Ist es nicht ein Verrat?

Den ganzen Abend lang fühlt er sich unbehaglich. Und am nächsten Morgen, als er die Glocken hört, die er seit einigen Tagen nicht mehr gehört hat, wieder. Nicht die Glocken sind verstummt, er ist es, der nicht mehr auf sie geachtet, sich nicht mehr für sie interessiert hat. Er schreibt also in sein Notizbuch noch das Wort: *Nadelöhr.*

Das bringt ihn wieder auf den Abbé Vinage. Er würde seine Stimme in einer Menschenmenge heraushören, vor allem seine eindringliche Vortragsweise, die die Worte noch tiefer ins Herz dringen läßt als in den Kopf.

»Eher geht ein Kamel durch ein Nadelöhr als ein Reicher ein in ...«

Was soll ihm das Reich Gottes, an das er nicht mehr glaubt? Glaubt er wirklich nicht mehr daran? Er fühlt sich unaufhörlich schuldig, und er steht jetzt mit Vergnügen in der Schlange und läßt sogar andere Patienten vor.

Hier ist er nicht an seinem Ort. Hier ist er der Eindringling.

Sein Ort ist aber auch nicht mehr in der Résidence George v und nicht im Schloß von Arneville. Wo ist er?

Manchmal sehnt er sich nach der Rue des Dames zurück, nicht wegen Marcelle, er trauert ihr nicht nach, sondern um des Vergnügens willen, an einer Theke etwas zu essen und einen Café-crème zu trinken, sehnsüchtig die Auslage eines Metzgerladens zu betrachten, sich eine kleine, lang ersehnte Freude zu gönnen.

Und als er in der Rue des Dames wohnte, hat er nur davon geträumt, ihr zu entfliehen!

Welches ist die richtige, die angemessene Ebene? In welchem Augenblick verliert man den Sinn für Gerüche, Klänge, aufbrechende Knospen?

Die Mitmenschen unten im Hof, die Alten, schauen sie sich die Knospen an? Und die Männer und Frauen hier, die sich von einem Gerät zum anderen schleppen, beschäftigen sie sich noch mit etwas anderem als damit, daß wieder Leben in ihre Muskeln kommt?

Gewiß, immer wieder in der Geschichte hat es Menschen gegeben, die alles opferten und Eremiten wurden oder sich der Disziplin und der Armut in Klöstern unterwarfen.

Er mißtraut dem, er glaubt an die Heiligen ebensowenig wie an die Leute, die sich »guten Werken« widmen.

Er kann in seiner eigenen Zeitung nicht wieder ein bescheidener Redakteur werden. Er kann auch nicht als Verleger das Leben seiner Angestellten leben und mit der Metro fahren ...

Dienstag, den 6. März. Ihm ist nicht zu Bewußtsein gekommen, daß er nun schon über einen Monat hier ist. Aber seine Freunde, die wie an jedem ersten Dienstag im Monat im Grand Véfour versammelt sind, die denken daran.

Besson hat ihnen sicher erzählt, daß er sich auf dem Wege der Besserung befindet, und einen Vortrag darüber gehalten, wie viel Willenskraft man bei der Krankengymnastik aufbringen muß.

Um seinen Wunsch nach schneller Heilung anzustacheln, haben sie ihm die Menükarte geschickt, und alle haben unterschrieben.

Es kommt ihnen nicht in den Sinn, was es für jemanden, der hier drin ist, heißt, zu wissen, was andere Leute essen:

Hummersuppe Nantua
Lachsrouladen mit Austern
Blätterteigpastete mit Kalbsbries Montgelas
Grüner Salat mit Trüffeln
Eisbombe Royale

Ein livrierter Diener hat ihm die Menükarte gebracht, auf kostbares Papier gedruckt, und von Scham gepackt, zerreißt er sie in kleine Stücke, ohne sie zuvor Mademoiselle Blanche zu zeigen.

Dennoch kommt Lina jeden Nachmittag in einem Bentley zu Besuch, gelenkt von einem livrierten

Chauffeur, und er wird Bicêtre in diesem Bentley verlassen.

Packt ihn nicht manchmal Ungeduld, wenn er das lärmende Leben draußen vor den Torbögen des Krankenhauses betrachtet?

Zwei Tage später erklärt er sich einverstanden, daß ein Telefon in sein Zimmer gelegt wird. Nur für den Fall, daß seine Frau mit ihm sprechen möchte. Sie hat ihn darum gebeten.

»Abends, wenn ich an dich denke und mir einfällt, daß ich dich nicht erreichen kann ...«

Der Apparat steht auf seinem Nachttisch. Er hat ihn noch nicht benutzt. Bisher ist er nur ein Symbol.

13

Der erste Dienstag im April. Wieder sind sie im Grand Véfour versammelt, und sein Platz ist immer noch leer. Es sind wohl auch andere nicht gekommen, denn es sind Pfingstferien. Diesmal denkt niemand daran, ihm die Menükarte zu schicken. Vielleicht hat einer der Teilnehmer plötzlich unvermittelt gefragt:

»Übrigens, wie geht es René?«

Und ein anderer hat gesagt:

»Wird er jemals wieder der Mann werden, der er einmal war?«

Was hat Besson geantwortet?

In seinem Notizbuch gibt es immer mehr leere Seiten. Kein *L* die letzten Tage.

»Sie ruft mich pausenlos an, René. Ich weiß nicht mehr, was ich ihr antworten soll.«

Sie, das ist Marie-Anne. Lina hat sie sechs Wochen lang nicht mehr besucht, entweder um sich zu bestrafen oder um wieder ein ehrbareres Ansehen zu gewinnen.

»Warum willst du sie nicht wiedersehen?«

»Meinst du, ich soll?«

Nun ist Lina für einige Tage mit Marie-Anne nach Cannes gefahren. Sie sind losgezogen wie die Pennäler, wie sie sich ausgedrückt haben. Er hat viel an seine Frau gedacht, obwohl es ihn immer mehr Mühe kostet, sich zu konzentrieren, wenn er nicht gar Abneigung dagegen empfindet.

Wenn Lina mittags mit dumpfem Kopf, ausgetrockneter Kehle und Angstkrämpfen in der Brust aufwacht, kommen ihr dann nicht Bilder in den Sinn wie ihm, als er hier in den ersten Tagen aufwachte und auf den Klang der Glocken horchte?

So wie er manchmal an Fécamp gedacht hat und über sich gerührt gewesen ist: Fallen ihr nicht die belebten Straßen in Guillotière wieder ein, wo ein kleines Mädchen die ersten Schritte ins Leben machte?

Jeder hat sein Fécamp, seine bitteren und traurigen Schwarzweißbilder.

Am 10. April hat er ins Notizbuch eingetragen: *Jeder hat seines.*

Noch eine Bemerkung, die er in einigen Monaten nicht mehr verstehen oder die ihn zum Erröten bringen wird.

Wenn er schon nicht an die Opferbereitschaft der Menschen glaubt, könnte man dann nicht wenigstens für den einzelnen die Möglichkeit ins Auge fassen, daß er ein Wesen liebt und glücklich macht?

Diese Gedanken kommen ihm so naiv und albern vor, daß er nach unverständlichen Worten sucht, in die er sie zusammenfaßt.

Es ist richtig Frühling geworden. Samstag und Sonntag fahren ein paar hundert Meter von seinem Fenster entfernt Stoßstange an Stoßstange die Autos vorbei. In einer Stunde, in weniger als einer Stunde, sind die Leute, die darin sitzen, trotz der Staus, die den Verkehr behindern, auf dem Land.

Er hat auch geschrieben: *Josefa.*

In einem Anfall von sexuellem Verlangen hat er sich an die Nachtschwester erinnert. Schon kann er sich nicht mehr ihr Gesicht vorstellen. Er sieht noch ihren auf dem Klappbett liegenden Körper vor sich, ihre schwellenden Lippen, den Brustansatz, die Hand, die sich in die warme Grube zwischen den Schenkeln schmiegt.

Er hatte sich vorgenommen, mit ihr zu schlafen, aber er hat sie nicht wiedergesehen. In welchem Krankenhaus, in welcher Klinik verbringt sie jetzt ihre Nächte?

Josefa und das Wiedererwachen seines sexuellen Verlangens veranlassen ihn am nächsten Morgen zu der Anmerkung: *Barbès.*

Der Name eines Boulevards, eines Platzes und einer Metrostation. Er erinnert ihn an Dora Ziffer, die einzige Frau bei den Diners im Véfour.

Es war vor fünfundzwanzig Jahren oder mehr, und er hatte bis tief in die Nacht in der Druckerei mit ihr für die Frauenzeitschrift gearbeitet, die er noch immer leitet.

Sie suchten auf der Straße ein Taxi, und als sie schließlich eins gefunden hatten, schlug er vor:

»Kann ich Sie bei Ihnen zu Hause absetzen?«

»Nein. Am Barbès.«

Er begriff nicht. Was wollte sie um vier Uhr morgens in diesem anrüchigen Viertel?

»Ihnen kann ich es ja sagen, René, da schäme ich mich nicht. Ich brauche heut nacht einen Mann.«

Sie hatte, wie sie ihm erklärte, nie eine Liebesbeziehung gehabt. Nach dem Geschlechtsakt empfand sie immer Ekel und Haß gegen ihren Partner.

»Vielleicht ist es Stolz, ich weiß es nicht. Da ich keinen Liebhaber habe und sehr sinnlich bin, treibe ich mich bisweilen in bestimmten Straßen herum, vor bestimmten Hotels. Sie verstehen ...«

Damals verstand er es nicht, jetzt versteht er es.

Wenn es sich nun ein Mann in den Kopf setzen würde, Dora Ziffer zu ändern, sie gegen ihren Widerstand zu retten?

Hat er mehr Recht, Lina zu ändern? Und war es nicht das, was er versucht hat? Bald hat sie guten Willen gezeigt, bald hat sie sich gewehrt, und manchmal kam es so weit, daß sie ihn haßte.

Er muß sie so nehmen, wie sie ist.

Sie hat ihm einen Koffer voll Kleider und persönlicher Sachen geschickt. Da der Schrank zu klein ist, um alles zu fassen, steht der Koffer in einer Ecke des Zimmers.

Als erstes hat er Flanellhosen und eine Hausjacke angezogen. Er geht am Arm von Mademoiselle Blanche umher. Es bereitet ihm noch Schwierigkeiten, den Fuß zu heben, er lahmt sozusagen.

Bei der Krankengymnastik gehen viele so. Langsam kennt er ihre Gesichter. Es gibt da vor allem eine alte Frau, die kaum noch Zähne hat; sie ist fast kahl, eine Schulter hängt niedriger als die andere, und sie lächelt ihm jedesmal zu, wenn sie ihn sieht.

Es ist, als würde sie darauf warten, daß er kommt. Er lächelt zurück und begibt sich zu den Geräten.

Über eine Woche lang ist er entmutigt gewesen, es schien rückwärts zu gehen statt vorwärts.

»Das machen alle Patienten durch«, hat ihm Mademoiselle Blanche versichert.

Er will es nicht wahrhaben. Er schiebt die Schuld auf die anderen, überzeugt, daß sie nicht das Mögliche tun, daß die Krankengymnasten ihm nicht freundlich gesinnt sind und ihm weniger Zeit widmen als anderen.

Er beobachtet die anderen Patienten und zählt bei den Übungen mit, so wie ein Kind die Bonbons zählt, die seine Schwester bekommt.

Auch das geht vorüber. Und eines Nachmittags bittet er Lina, die in der Sonne neben ihm sitzt:

»Hilf mir beim Aufstehen.«

Es ist das erstemal, und sie ist aufgeregt. Er läßt sich zum Bett bringen und streckt sich darauf aus. Sie versteht noch immer nicht.

»Komm ...«

»Du willst ...?«

Sie schaut zur Tür, die kein Schloß hat. Jederzeit kann sie von jemand aufgestoßen werden.

»Soll ich mich ausziehen?«

»Zieh nur den Schlüpfer aus.«

Er hat nicht damit gerechnet, daß er sie so glücklich machen würde. Sie hatte die aktive Rolle, und sie war es, die auf dem Gesicht ihres Mannes nach dem Grad der Erregung forschte.

Wer weiß, vielleicht kommt alles in Ordnung mit Lina und mit ihm. Er hat Geduld, und er ist so zärtlich wie irgend möglich.

Ballett.

Das ist die Eintragung vom 27. April. Um elf Uhr vormittags sind Neuzugänge gekommen.

Von seinem Fenster aus und manchmal unten im Hof hat er oft gesehen, wie Patienten eingeliefert oder entlassen worden sind. Es ist immer der gleiche Vorgang. Die Neuen kommen im Ambulanzwagen, und immer ist das Personal zum richtigen Zeitpunkt im Hof, die Pfleger mit der Bahre, der diensthabende Assistenzarzt mit dem Stethoskop um den Hals, die Stationsschwester ...

Das erinnert ihn an das Empfangsritual in den Grand Hotels; da kommt der Portier herbeigelaufen, die Kofferträger, der Empfangschef, der Concierge, eifrig beschäftigte Diener in Livrée ... Alles geschieht mit der Präzision eines Balletts, schon wird Professor Audoire in den Sälen gesucht, werden die Spritzen vorbereitet, die Infusion am Kopfende des Bettes ...

Diejenigen, die entlassen worden sind, werden oft von Frau und Kindern begleitet. Der Patient hat noch einen unsicheren Gang, die Familie trägt sein Gepäck. Auf manche wartet ein Taxi, andere gehen zu Fuß über den Hof und warten draußen an der Straße auf den Bus.

Er vertauscht die Flanellhose gegen eine leichtere, und man bringt ihm jeden Morgen die Zeitung. Um elf Uhr ruft er Colère an.

Die Stunden, die er nichts zu tun hat, sind ihm unerträglich. Fünf Minuten bevor er zur Krankengymnastik hinuntergeht, wird er ungeduldig und grollt Mademoiselle Blanche, weil sie ihn warten läßt.

Die letzte Eintragung ins Notizbuch steht unter dem 18. Mai. Ein Name, vielmehr ein Vorname, wie Josefa. Dieser ruft jedoch keinerlei erotische Vorstellungen wach: *Delphine.*

Delphine, so heißt Madame Schneider, die so dick ist, daß sie fast nicht mehr gehen kann, und die ausschließlich ans Essen denkt.

Damit, daß er ihren Namen hinschreibt, macht er sich über sich selbst lustig, denn er beginnt langsam, ihr ähnlich zu werden. Nicht darin, daß er fett wird, nur darin, daß er sich, sobald er aufwacht, damit beschäftigt, was es zu essen gibt. Da die Krankenhausmahlzeiten fade und eintönig sind, ergänzt er sie durch Lebensmittel von draußen, die er sich durch seine Frau besorgen läßt.

Es hat mit einer Wurstsorte begonnen, auf die er plötzlich Lust hatte. Schnell stellte sich die Gewohnheit ein, dem Menü jeden Tag etwas hinzuzufügen, und inzwischen trägt nicht mehr Lina das schwere Paket.

Léonard kommt mit ihr herauf. Es ist Maugras nicht peinlich den anderen Patienten gegenüber, daß sein Chauffeur mit den Sachen auf dem Stockwerk erscheint.

Er hat den Wein, den es im Krankenhaus gibt, durch den Bordeaux ersetzt, den er früher immer getrunken hat. Oliver, der Chef des Véfour, schickt ihm ab und zu eine Pastete, so daß ein Teil des Kühlschranks auf dem Stockwerk allein für ihn reserviert ist.

»Wie lange dauert es noch, Doktor?«

»Können Sie es noch sechs Wochen aushalten? Wenn nicht, müßten Sie jeden Tag zur Krankengymnastik herfahren.«

Das ist zu umständlich. Und in zwei so verschiedenen Lebensbereichen kann man sich nicht ständig abwechselnd bewegen. Er wiederholt die Worte des Arztes:

»Sechs Wochen ...«

Das ist Ende Mai.

»Vielleicht fünf. Das hängt sehr von Ihnen ab.«

Wenn man es ihm überließe, er würde sich bis zur völligen Erschöpfung an die Geräte hängen. Er will nicht verstehen, warum der Gymnastiksaal an Sonn- und Feiertagen geschlossen ist. Mit welchem Recht enthält man ihnen ein bis zwei Tage in der Woche vor?

Zur Urlaubszeit wird er herauskommen. Seitdem er sich wieder bewegen kann, besucht ihn seine Tochter nicht mehr. Fernand Colère kommt mehrmals in der Woche mit Akten und Schriftproben, das Zimmer wird immer voller, und manchmal sieht er Mademoiselle Blanche über zwei Stunden lang nicht.

Er macht weiter Kreuze ins Notizbuch, aus reinem Aberglauben. Sechs Wochen, hat Audoire gesagt, vielleicht fünf, und er zählt die Tage, als wäre er ein Gefangener.

In der Zeitung werden sicher Vorbereitungen getroffen für seinen Empfang, das ganze Personal wird sich versammeln, es wird einen Umtrunk geben mit Wein oder Champagner.

Die Ärzte haben ihn darauf vorbereitet, daß er mehrere Monate lang mit einem Bein hinken und seine rechte Hand unsicher bleiben wird.

Warum sollte das seinen Stolz beeinträchtigen?

Es dauert nicht mehr lang. Noch vier Wochen. Noch drei Wochen. Einlieferungen, Entlassungen.

Die Alten in ihrer blaugrauen Anstaltskleidung sitzen weiterhin auf den Bänken, sie suchen sich einen Platz im Schatten, und für sie gibt es keinen Abschied, es sei denn den letzten.

»Wo sollen wir hinfahren, René? Nach Arneville?«

Nein. Auch nicht nach Porquerolles. Er weiß es nicht. Es ist nicht so wichtig. Vielleicht fährt er überhaupt nicht weg.

Im Juli und im August findet im Grand Véfour kein Essen statt. Er wird also seine Freunde erst im September oder Oktober wiedersehen.

Werden sie an ihm eine Veränderung feststellen? Und seine Mitarbeiter, die ihn so lange nicht gesehen haben?

In der Zeitung werden sie sicher eine Rede halten, auf jeden Fall wird ein Toast ausgegeben.

Unter seinem Fenster hält ein Ambulanzwagen. Aufregung in den Gängen und im Krankensaal. Ein Mann wird im Koma eingeliefert. Er weiß nichts von dem Wirbel, den er auslöst, und er wird alle Stadien durchlaufen, die auch er durchlaufen hat.

Seltsam, es erstaunt ihn und macht ihn zugleich melancholisch. Er ist fast schon nicht mehr hier. Das Zimmer, das voll ist mit seinen Sachen, ist schon beinahe nicht mehr Teil des Krankenhauses.

Es gab eine Zeit, da hat er auf die Geräusche im Gang gelauscht und auf den Klang der Glocken, er lag unbeweglich in seinem Bett und hat morgens aus den Augenwinkeln den aufsässigen Menschen gesehen, der an seine Tür kam und ihn stumm anstarrte.

Wieviele Tage waren es? Recht wenig in Wirklichkeit, dennoch bilden sie einen bedeutenden, wenn nicht gar den wesentlichsten Teil seines Lebens.

Er hat sich den alten Männern in der Anstaltskleidung, die auf den Bänken im Hof ihre Pfeife rauchen, verwandt gefühlt.

Jetzt schenkt er ihnen kaum noch einen zerstreuten Blick, und die Pfeife, die ihm Mademoiselle Blanche gekauft hat, liegt in einer Schublade.

Lina bringt ihm Zigaretten. Sie hat ihm ein goldenes Zigarettenetui und ein goldenes Feuerzeug mit seinen Initialen mitgebracht.

Er wird ungeduldig, und manchmal ist ihm angst und bange.

Wird er es noch können? Das heißt: leben wie die anderen? Denn er ist nicht mehr ganz so wie sie, und er wird es auch nie wieder werden.

Audoire weiß das auch, er beobachtet ihn mit Besorgnis. Und die Patienten, die er in Begleitung ihrer Familien fortgehen sieht, werden sie ...

Auch wenn er keine Antworten gefunden hat, so hat er sich doch Fragen gestellt – zu viele Fragen vielleicht –, die er weiter mit sich herumtragen wird.

Gab es sie nicht schon vorher?

Er wird es machen wie früher. Er wird sich mit tausend Dingen beschäftigen und nicht weiter daran denken.

Er hat bereits damit angefangen.

»Hallo, Colère, bist du's? Welcher Idiot hat da schon wieder ...«

Lina sitzt bei ihm, sieht ihn an, hört ihm zu und wartet, bis sie an der Reihe ist. Oh, er wird sehr zärtlich zu ihr sein! Strömt er nicht geradezu über von Zärtlichkeit?

Wenn es ihm möglich gewesen wäre ...

Nein! Man tut, was man tun muß, das ist alles. Man tut, was man tun kann.

Irgendwann einmal wird er mit Lina seinen Vater in Fécamp besuchen.

Noland, 25. Oktober 1962

Stanley G. Eskin

Simenon

Eine Biographie

Aus dem Amerikanischen
von Michael Mosblech

Stanley G. Eskins Biographie stützt sich auf Gespräche mit Simenon, mit Verwandten, Freunden, Verlegern des Autors sowie auf das riesige, erst bruchstückhaft erschlossene Material des Simenon-Archivs in Lüttich. Eskin gelingt es, Lücken und Widersprüche in den autobiographischen Werken *Intime Memoiren* und *Stammbaum* genau zu durchleuchten und vielfach auch zu schließen und damit eine überzeugende, kritische und spannende Biographie des erfolgreichsten Schriftstellers des 20. Jahrhunderts vorzulegen.

»Ich konnte nie glauben, daß Simenon wirklich existiert. Seine ungeheure Produktion, mein immer neues Staunen über die Vollkommenheit seiner Erzählungen, die psychologische Genauigkeit seiner unendlich vielen Figuren, die Eindrücklichkeit der Landschaftsbeschreibungen vermittelten mir stets das Bild eines hinreißenden Schriftstellers, das aber so ungreifbar und unbestimmt blieb wie etwa das Bild des Frühlings, des Meeres, das Bild von Weihnachten – Bilder, die man mit Vergnügen und unbewußtem Wohlbehagen in sich aufnimmt und erlebt, ohne daß sie imstande wären, die Begriffe in ihrer Dinghaftigkeit und Identität vollständig zu verkörpern.« *Federico Fellini*

»Eine hervorragende Würdigung von Simenons Werk und Ästhetik... Stanley G. Eskin legt hier eine ausgezeichnete Biographie zu Simenons Leben und Werk vor, die es verdient, von allen Maigret-Fans verschlungen zu werden.« *Modern Fiction Studies*

»Mit Sicherheit das umfassendste Werk, das je über mich geschrieben wurde.« *Georges Simenon*

Georges Simenon im Diogenes Verlag

● Romane

Drei große Romane. Der Mörder / Der große Bob / Drei Zimmer in Manhattan. Deutsch von Linde Birk und Lothar Baier. detebe 21596
Brief an meinen Richter. Roman. Deutsch von Hansjürgen Wille und Barbara Klau detebe 20371
Der Schnee war schmutzig. Roman. Deutsch von Willi A. Koch. detebe 20372
Die grünen Fensterläden. Roman. Deutsch von Alfred Günther. detebe 20373
Im Falle eines Unfalls. Roman. Deutsch von Hansjürgen Wille und Barbara Klau. detebe 20374
Sonntag. Roman. Deutsch von Hansjürgen Wille und Barbara Klau. detebe 20375
Bellas Tod. Roman. Deutsch von Elisabeth Serelmann-Küchler. detebe 20376
Der Mann mit dem kleinen Hund. Roman. Deutsch von Stefanie Weiss. detebe 20377
Drei Zimmer in Manhattan. Roman. Deutsch von Linde Birk. detebe 20378
Die Großmutter. Roman. Deutsch von Linde Birk. detebe 20379
Der kleine Mann von Archangelsk. Roman. Deutsch von Alfred Kuoni. detebe 20584
Der große Bob. Roman. Deutsch von Linde Birk. detebe 20585
Die Wahrheit über Bébé Donge. Roman. Deutsch von Renate Nickel. detebe 20586
Tropenkoller. Roman. Deutsch von Annerose Melter. detebe 20673
Ankunft Allerheiligen. Roman. Deutsch von Eugen Helmlé. detebe 20674
Der Präsident. Roman. Deutsch von Renate Nickel. detebe 20675
Der kleine Heilige. Roman. Deutsch von Trude Fein. detebe 20676
Der Outlaw. Roman. Deutsch von Liselotte Julius. detebe 20677
Die Glocken von Bicêtre. Roman. Neu übersetzt von Angela von Hagen. detebe 20678
Der Verdächtige. Roman. Deutsch von Eugen Helmlé. detebe 20679
Die Verlobung des Monsieur Hire. Roman. Deutsch von Linde Birk. detebe 20681
Der Mörder. Roman. Deutsch von Lothar Baier. detebe 20682
Die Zeugen. Roman. Deutsch von Anneliese Botond. detebe 20683
Die Komplizen. Roman. Deutsch von Stefanie Weiss. detebe 20684
Die Unbekannten im eigenen Haus. Roman. Deutsch von Gerda Scheffel. detebe 20685
Der Ausbrecher. Roman. Deutsch von Erika Tophoven-Schöningh. detebe 20686
Wellenschlag. Roman. Deutsch von Eugen Helmlé. detebe 20687
Der Mann aus London. Roman. Deutsch von Stefanie Weiss. detebe 20813
Die Überlebenden der Télémaque. Roman. Deutsch von Hainer Kober. detebe 20814
Der Mann, der den Zügen nachsah. Roman. Deutsch von Walter Schürenberg. detebe 20815
Zum Weißen Roß. Roman. Deutsch von Trude Fein. detebe 20986
Der Tod des Auguste Mature. Roman. Deutsch von Anneliese Botond detebe 20987
Die Fantome des Hutmachers. Roman Deutsch von Eugen Helmlé. detebe 21001
Die Witwe Couderc. Roman. Deutsch von Hanns Grössel. detebe 21002
Schlußlichter. Roman. Deutsch von Stefanie Weiss. detebe 21010
Die schwarze Kugel. Roman. Deutsch von Renate Nickel. detebe 21011
Die Brüder Rico. Roman. Deutsch von Angela von Hagen. detebe 21020
Antoine und Julie. Roman. Deutsch von Eugen Helmlé. detebe 21047
Betty. Roman. Deutsch von Raymond Regh. detebe 21057
Die Tür. Roman. Deutsch von Linde Birk detebe 21114
Der Neger. Roman. Deutsch von Linde Birk. detebe 21118
Das blaue Zimmer. Roman. Deutsch von Angela von Hagen. detebe 21121
Es gibt noch Haselnußsträucher. Roman Deutsch von Angela von Hagen. detebe 21192
Der Bürgermeister von Furnes. Roman Deutsch von Hanns Grössel. detebe 21209
Der Untermieter. Roman. Deutsch von Ralph Eue. detebe 21255
Das Testament Donadieu. Roman. Deutsch von Eugen Helmlé. detebe 21256
Die Leute gegenüber. Roman. Deutsch von Hans-Joachim Hartstein. detebe 21273
Die Katze. Roman. Deutsch von Angela von Hagen. detebe 21378
Weder ein noch aus. Roman. Deutsch von Elfriede Riegler. detebe 21304
Auf großer Fahrt. Roman. Deutsch von Angela von Hagen. detebe 21327
Der Bericht des Polizisten. Deutsch von Markus Jakob. detebe 21328

Die Zeit mit Anaïs. Roman. Deutsch von Ursula Vogel. detebe 21329
Der Passagier der Polarlys. Roman. Deutsch von Stefanie Weiss. detebe 21377
Die Schwarze von Panama. Roman. Deutsch von Ursula Vogel. detebe 21424
Das Gasthaus im Elsaß. Roman. Deutsch von Angela von Hagen. detebe 21425
Das Haus am Kanal. Roman. Deutsch von Ursula Vogel. detebe 21426
Der Zug. Roman. Deutsch von Trude Fein detebe 21480
Striptease. Roman. Deutsch von Angela von Hagen. detebe 21481
45° im Schatten. Roman. Deutsch von Angela von Hagen. detebe 21482
Die Eisentreppe. Roman. Deutsch von Angela von Hagen. detebe 21557
Das Fenster der Rouets. Roman. Deutsch von Stefanie Weiss. detebe 21558
Die bösen Schwestern von Concarneau Roman. Deutsch von Ingrid Altrichter detebe 21559
Der Sohn Cardinaud. Roman. Deutsch von Linde Birk. detebe 21598
Der Zug aus Venedig. Roman. Deutsch von Liselotte Julius. detebe 21617
Weißer Mann mit Brille. Roman. Deutsch von Ursula Vogel. detebe 21635
Der Bananentourist. Roman. Deutsch von Barbara Heller. detebe 21679
Monsieur La Souris. Roman. Deutsch von Renate Heimbucher-Bengs. detebe 21681
Der Teddybär. Roman. Deutsch von Ingrid Altrichter. detebe 21682
Die Marie vom Hafen. Roman. Deutsch von Ursula Vogel. detebe 21683
Der reiche Mann. Roman. Deutsch von Stefanie Weiss. detebe 21753
»... die da dürstet.« Roman. Deutsch von Irène Kuhn. detebe 21773
Vor Gericht. Roman. Deutsch von Linde Birk detebe 21786
Der Umzug. Roman. Deutsch von Barbara Heller. detebe 21797
Der fremde Vetter. Roman. Deutsch von Stefanie Weiss. detebe 21798
Das Begräbnis des Monsieur Bouvet. Roman. Deutsch von H.J. Solbrig. detebe 21799
Die schielende Marie. Roman. Deutsch von Eugen Helmlé. detebe 21800
Die Pitards. Roman. Deutsch von Ingrid Altrichter. detebe 21857
Das Gefängnis. Roman. Deutsch von Michael Mosblech. detebe 21858
Malétras zieht Bilanz. Roman. Deutsch von Irmgard Perfahl. detebe 21893
Das Haus am Quai Notre-Dame. Roman Deutsch von Eugen Helmlé. detebe 21894
Der Neue. Roman. Deutsch von Ingrid Altrichter. detebe 21895

● Maigret-Romane und -Erzählungen

Weihnachten mit Maigret. Zwei Romane und eine Erzählung. Leinen
Der Goldene Gelbe 88. Einmalige Sonderausgabe. Enthält folgende Romane: Maigret amüsiert sich / Mein Freund Maigret / Maigret und die junge Tote. Deutsch von Renate Nickel, Annerose Melter und Raymond Regh detebe 21697
Maigrets erste Untersuchung. Roman Deutsch von Roswitha Plancherel detebe 20501
Maigret und Pietr der Lette. Roman. Deutsch von Wolfram Schäfer. detebe 20502
Maigret und die alte Dame. Roman. Deutsch von Renate Nickel. detebe 20503
Maigret und der Mann auf der Bank. Roman. Deutsch von Annerose Melter. detebe 20504
Maigret und der Minister. Roman. Deutsch von Annerose Melter. detebe 20505
Mein Freund Maigret. Roman. Deutsch von Annerose Melter. detebe 20506
Maigrets Memoiren. Roman. Deutsch von Roswitha Plancherel. detebe 20507
Maigret und die junge Tote. Roman. Deutsch von Raymond Regh. detebe 20508
Maigret amüsiert sich. Roman. Deutsch von Renate Nickel. detebe 20509
Hier irrt Maigret. Roman. Deutsch von Elfriede Riegler. detebe 20690
Maigret und der gelbe Hund. Roman Deutsch von Raymond Regh. detebe 20691
Maigret vor dem Schwurgericht. Roman. Deutsch von Wolfram Schäfer. detebe 20692
Maigret als möblierter Herr. Roman Deutsch von Wolfram Schäfer. detebe 20693
Madame Maigrets Freundin. Roman Deutsch von Roswitha Plancherel detebe 20713
Maigret kämpft um den Kopf eines Mannes Roman. Deutsch von Roswitha Plancherel. detebe 20714
Maigret und die kopflose Leiche. Roman. Deutsch von Wolfram Schäfer. detebe 20715
Maigret und die widerspenstigen Zeugen Roman. Deutsch von Wolfram Schäfer detebe 20716
Maigret am Treffen der Neufundlandfahrer Roman. Deutsch von Annerose Melter detebe 20717
Maigret bei den Flamen. Roman. Deutsch von Claus Sprick. detebe 20718
Maigret und das Schattenspiel. Roman Deutsch von Claus Sprick. detebe 20734

Maigret und die Keller des Majestic. Roman Deutsch von Linde Birk. detebe 20735
Maigret contra Picpus. Roman. Deutsch von Hainer Kober. detebe 20736
Maigret läßt sich Zeit. Roman. Deutsch von Sibylle Powell. detebe 20755
Maigrets Geständnis. Roman. Deutsch von Roswitha Plancherel. detebe 20756
Maigret zögert. Roman. Deutsch von Annerose Melter. detebe 20757
Maigret und die Bohnenstange. Roman Deutsch von Guy Montag. detebe 20808
Maigret und das Verbrechen in Holland Roman. Deutsch von Renate Nickel detebe 20809
Maigret und sein Toter. Roman. Deutsch von Elfriede Riegler. detebe 20810
Maigret beim Coroner. Roman. Deutsch von Wolfram Schäfer. detebe 20811
Maigret, Lognon und die Gangster. Roman. Deutsch von Wolfram Schäfer. detebe 20812
Maigret und der Gehängte von Saint-Pholien Roman. Deutsch von Sibylle Powell detebe 20816
Maigret und der verstorbene Monsieur Gallet Roman. Deutsch von Roswitha Plancherel detebe 20817
Maigret regt sich auf. Roman. Deutsch von Wolfram Schäfer. detebe 20820
Maigret und der Treidler der »Providence« Roman. Deutsch von Claus Sprick detebe 21029
Maigrets Nacht an der Kreuzung. Roman Deutsch von Annerose Melter detebe 21050
Maigret hat Angst. Roman. Deutsch von Elfriede Riegler. detebe 21062
Maigret gerät in Wut. Roman. Deutsch von Wolfram Schäfer. detebe 21113
Maigret verteidigt sich. Roman. Deutsch von Wolfram Schäfer. detebe 21117
Maigret erlebt eine Niederlage. Roman Deutsch von Elfriede Riegler detebe 21120
Maigret und der geheimnisvolle Kapitän Roman. Deutsch von Annerose Melter detebe 21180
Maigret und die alten Leute. Roman Deutsch von Annerose Melter. detebe 21200
Maigret und das Dienstmädchen. Roman Deutsch von Hainer Kober. detebe 21220
Maigret im Haus des Richters. Roman Deutsch von Liselotte Julius. detebe 21238
Maigret und der Fall Nahour. Roman Deutsch von Sibylle Powell. detebe 21250
Maigret und der Samstagsklient. Roman Deutsch von Angelika Hildebrandt-Essig detebe 21295
Maigret in New York. Roman. Deutsch von Bernhard Jolles. detebe 21308
Maigret und die Affäre Saint-Fiacre Roman. Deutsch von Werner De Haas detebe 21373
Maigret stellt eine Falle. Roman. Deutsch von Angela von Hagen. detebe 21374
Sechs neue Fälle für Maigret. Erzählungen Deutsch von Elfriede Riegler. detebe 21375
Maigret in der Liberty Bar. Roman. Deutsch von Angela von Hagen. detebe 21376
Maigret und der Spion. Roman. Deutsch von Hainer Kober. detebe 21427
Maigret und die kleine Landkneipe. Roman Deutsch von Bernhard Jolles und Heide Bideau. detebe 21428
Maigret und der Verrückte von Bergerac Roman. Deutsch von Hainer Kober detebe 21429
Maigret, die Tänzerin und die Gräfin Roman. Deutsch von Hainer Kober detebe 21484
Maigret macht Ferien. Roman. Deutsch von Markus Jakob. detebe 21485
Maigret und der hartnäckigste Gast der Welt Sechs Fälle für Maigret. Deutsch von Linde Birk und Ingrid Altrichter. detebe 21486
Maigret verliert eine Verehrerin. Roman Deutsch von Ingrid Altrichter. detebe 21521
Maigret in Nöten. Roman. Deutsch von Markus Jakob. detebe 21522
Maigret und sein Rivale. Roman. Deutsch von Ingrid Altrichter. detebe 21523
Maigret und die schrecklichen Kinder Roman. Deutsch von Paul Celan detebe 21574
Maigret und sein Jugendfreund Roman. Deutsch von Markus Jakob detebe 21575
Maigret und sein Revolver. Roman. Deutsch von Ingrid Altrichter. detebe 21576
Maigret auf Reisen. Roman. Deutsch von Ingrid Altrichter. detebe 21593
Maigret und die braven Leute. Roman Deutsch von Ingrid Altrichter. detebe 21615
Maigret und der faule Dieb. Roman. Deutsch von Stefanie Weiss. detebe 21629
Maigret und die verrückte Witwe. Roman Deutsch von Michael Mosblech. detebe 21680
Maigret und sein Neffe. Roman. Deutsch von Ingrid Altrichter. detebe 21684
Maigret und Stan der Killer. Vier Fälle für Maigret. Deutsch von Inge Giese und Eva Schönfeld. detebe 21741
Maigret und das Gespenst. Roman. Deutsch von Barbara Heller. detebe 21760
Maigret in Kur. Roman. Deutsch von Irène Kuhn. detebe 21770

Madame Maigrets Liebhaber. Vier Fälle für Maigret. Deutsch von Ingrid Altrichter, Inge Giese und Josef Winiger. detebe 21791
Maigret und der Clochard. Roman. Deutsch von Josef Winiger. detebe 21801
Maigret und Monsieur Charles. Roman Deutsch von Renate Heimbucher-Bengs detebe 21802
Maigret und der Spitzel. Roman. Deutsch von Inge Giese. detebe 21803
Maigret und der einsamste Mann der Welt Roman. Deutsch von Ursula Vogel detebe 21804
Maigret und der Messerstecher. Roman Deutsch von Josef Winiger. detebe 21805
Maigret hat Skrupel. Roman. Deutsch von Ingrid Altrichter. detebe 21806
Maigret in Künstlerkreisen. Roman. Deutsch von Ursula Vogel. detebe 21871
Maigret und der Weinhändler. Roman Deutsch von Hainer Kober. detebe 21872

● Erzählungen

Der kleine Doktor. Erzählungen. Deutsch von Hansjürgen Wille und Barbara Klau detebe 21025
Emil und sein Schiff. Erzählungen Deutsch von Angela von Hagen. detebe 21318
Die schwanzlosen Schweinchen. Erzählungen Deutsch von Linde Birk. detebe 21284
Exotische Novellen. Deutsch von Annerose Melter. detebe 21285
Meistererzählungen. Deutsch von Wolfram Schäfer u.a. detebe 21620

● Reportagen

Die Pfeife Kleopatras. Reportagen aus aller Welt. Deutsch von Guy Montag detebe 21223
Zahltag in einer Bank. Reportagen aus Frankreich. Deutsch von Guy Montag detebe 21224

● Biographisches

Intime Memoiren und Das Buch von Marie-Jo. Deutsch von Hans-Joachim Hartstein, Claus Sprick, Guy Montag und Linde Birk detebe 21216
Stammbaum. Pedigree. Autobiographischer Roman. Deutsch von Hans-Joachim Hartstein. detebe 21217
Simenon auf der Couch. Fünf Ärzte verhören den Autor sieben Stunden lang. Deutsch von Irène Kuhn. detebe 21658

Außerdem liegen vor:

Stanley G. Eskin
Simenon. Eine Biographie. Mit zahlreichen bisher unveröffentlichten Fotos, Lebenschronik, Bibliographie, ausführlicher Filmographie, Anmerkungen, Namen- und Werkregister. Aus dem Amerikanischen von Michael Mosblech. Leinen
Über Simenon. Zeugnisse und Essays von Patricia Highsmith bis Alfred Andersch. Mit einem Interview, mit Chronik und Bibliographie. Herausgegeben von Claudia Schmölders und Christian Strich. detebe 20499
Das Simenon Lesebuch. Erzählungen, Reportagen, Erinnerungen. Herausgegeben von Daniel Keel. detebe 20500

Werke berühmter Simenon-Leser im Diogenes Verlag

● **Alfred Andersch**

»... einmal wirklich leben«
Ein Tagebuch in Briefen an Hedwig Andersch 1943–1975. Herausgegeben von Winfried Stephan. Leinen

Erinnerte Gestalten
Frühe Erzählungen. Leinen

Gesammelte Erzählungen
Leinen

Die Romane
Vier Bände in Kassette: Sansibar oder der letzte Grund / Die Rote / Efraim / Winterspelt. Leinen

Die Kirschen der Freiheit
Ein Bericht. detebe 20001

Sansibar oder der letzte Grund
Roman. detebe 20055

Hörspiele
detebe 20095

Geister und Leute
Zehn Geschichten. detebe 20158

Ein Liebhaber des Halbschattens
Drei Erzählungen. detebe 20159

Die Rote
Roman. Neue Fassung 1972. detebe 20160

Efraim
Roman. detebe 20285

Winterspelt
Roman. detebe 20397

Mein Verschwinden in Providence
Neun Erzählungen. detebe 20591

Aus einem römischen Winter
Reisebilder. detebe 20592

Die Blindheit des Kunstwerks
Literarische Essays und Aufsätze
detebe 20593

Ein neuer Scheiterhaufen für alte Ketzer
Kritiken und Rezensionen. detebe 20594

Neue Hörspiele
detebe 20595

Öffentlicher Brief an einen sowjetischen Schriftsteller, das Überholte betreffend
Reportagen und Aufsätze. detebe 20398

Einige Zeichnungen
Graphische Thesen am Beispiel einer Künstlerin. Mit 25 Zeichnungen von Gisela Andersch und einem Nachwort von Wieland Schmied
detebe 20399

Der Vater eines Mörders
Eine Schulgeschichte. Mit einem Nachwort
detebe 20498

Flucht in Etrurien
Zwei Erzählungen und ein Bericht
detebe 21037

Wanderungen im Norden
Ein Reisebericht mit 32 Farbtafeln nach Aufnahmen von Gisela Andersch. detebe 21164

Hohe Breitengrade oder Nachrichten von der Grenze
Ein Reisebericht mit 48 Farbtafeln nach Aufnahmen von Gisela Andersch. detebe 21165

empört euch der himmel ist blau
Gedichte und Nachdichtungen 1946–1977
detebe 21838

Das Alfred Andersch Lesebuch
Herausgegeben von Gerd Haffmans
Mit Lebensdaten und einer Bibliographie
detebe 20695

● **Marcel Aymé**

Meistererzählungen
Aus dem Französischen von Hildegard Fuchs und Gertrud Grohmann. detebe 21704

● Heinrich Böll

Worte töten, Worte heilen
Gedanken über Lebenslust, Sittenwächter und Lufthändler. Ausgewählt und zusammengestellt von Daniel Keel. detebe 21814

● Agatha Christie

Villa Nachtigall
Sieben Kriminalgeschichten. Auswahl von Peter Naujack. Aus dem Englischen von Günter Eichel und Peter Naujack. detebe 20825

Der Fall der enttäuschten Hausfrau
Sechs Kriminalgeschichten. Auswahl und Einleitung von Peter Naujack. Deutsch von Günter Eichel und Peter Naujack. detebe 20826

● William Faulkner

Die Unbesiegten
Roman. Aus dem Amerikanischen von Erich Franzen. detebe 20075

Sartoris
Roman. Deutsch von Hermann Stresau
detebe 20076

Als ich im Sterben lag
Roman. Deutsch von Albert Hess und Peter Schünemann. detebe 20077

Schall und Wahn
Roman. Revidierte Übersetzung von Elisabeth Kaiser und Helmut M. Braem
detebe 20096

Absalom, Absalom!
Roman. Deutsch von Hermann Stresau
detebe 20148

Go down, Moses
Roman. Chronik einer Familie. Deutsch von Hermann Stresau und Elisabeth Schnack
detebe 20149

Griff in den Staub
Roman. Deutsch von Harry Kahn
detebe 20151

Soldatenlohn
Roman. Deutsch von Susanna Rademacher
detebe 20511

Moskitos
Roman. Deutsch von Richard K. Flesch
detebe 20512

Wendemarke
Roman. Revidierte Übersetzung von Georg Goyert. detebe 20513

Die Freistatt
Roman. Deutsch von Hans Wollschläger, Vorwort von André Malraux. detebe 20802

Licht im August
Roman. Deutsch von Franz Fein
detebe 20803

Wilde Palmen und Der Strom
Doppelroman. Deutsch von Helmut M. Braem und Elisabeth Kaiser. detebe 20988

Die Spitzbuben
Roman. Deutsch von Elisabeth Schnack
detebe 20989

Eine Legende
Roman. Deutsch von Kurt Heinrich Hansen
detebe 20990

Requiem für eine Nonne
Roman in Szenen. Deutsch von Robert Schnorr. detebe 20991

Das Dorf
Roman. Deutsch von Helmut M. Braem und Elisabeth Kaiser. detebe 20992

Die Stadt
Roman. Deutsch von Elisabeth Schnack
detebe 20993

Das Haus
Roman. Deutsch von Elisabeth Schnack
detebe 20994

Brandstifter
Erzählungen. Deutsch von Elisabeth Schnack
detebe 20040

Eine Rose für Emily
Erzählungen. Deutsch von Elisabeth Schnack
detebe 20041

Rotes Laub
Erzählungen. Deutsch von Elisabeth Schnack
detebe 20042

Sieg im Gebirge
Erzählungen. Deutsch von Elisabeth Schnack
detebe 20043

Schwarze Musik
Erzählungen. Deutsch von Elisabeth Schnack
detebe 20044

Der Springer greift an
Kriminalgeschichten. Deutsch von Elisabeth Schnack. detebe 20152

Der große Wald
Vier Jagdgeschichten. Deutsch von Elisabeth Schnack. detebe 20150

New Orleans
Skizzen und Erzählungen. Deutsch von Arno Schmidt. detebe 20995

Briefe
Herausgegeben und übersetzt von Elisabeth Schnack und Fritz Senn. detebe 20958

● Federico Fellini

Giulietta
Erzählung. Aus dem Italienischen von Olga Gloor. Leinen

Roma
Deutsch von Toni Kienlechner. Mit 50 Fotos detebe 20062

La Dolce Vita
Deutsch von Bettina und Toni Kienlechner und Eva Rechel-Mertens. Mit 57 Fotos detebe 20121

8 ½
Deutsch von Toni Kienlechner und Eva Rechel-Mertens. Mit 52 Fotos. detebe 20122

Julia und die Geister
Deutsch von Toni und Bettina Kienlechner und Margaret Carroux. Mit 66 Fotos detebe 20123

Amarcord
Deutsch von Georg-Ferdinand von Hirschau, Eva Rechel-Mertens und Thomas Bodmer. Mit 62 Fotos. detebe 20124

Aufsätze und Notizen
Herausgegeben von Anna Keel und Christian Strich. Mit einer kompletten Fellini-Filmographie. detebe 20125

Casanova
Deutsch von Inez De Florio-Hansen und Dieter Schwarz. Mit 54 Fotos. detebe 20287

La Strada
Mit einem eigens für diese deutsche Erstausgabe geschriebenen Vorwort von Fellini. Deutsch von Georg-Ferdinand von Hirschau, Thomas Bodmer und Dieter Schwarz. Mit 55 Fotos. detebe 20316

Die Nächte der Cabiria
Idee und Drehbuch von Federico Fellini, in Zusammenarbeit mit Ennio Flaiano, Tullio Pinelli und Bruenllo Rondi. Mit 53 Fotos. Herausgegeben von Christian Strich. Deutsch von Dieter Schwarz und Olga Gloor detebe 20317

I Vitelloni
Deutsch von Georg-Ferdinand von Hirschau, Thomas Bodmer und Dieter Schwarz. Mit 56 Fotos. detebe 20318

Orchesterprobe
Idee und Drehbuch von Federico Fellini. Mit 50 Fotos. Herausgegeben von Christian Strich. Deutsch von Trude Fein. detebe 20319

Satyricon
In Zusammenarbeit mit Bernardino Zapponi. Deutsch von Dieter Schwarz. detebe 20767

Die Stadt der Frauen
Deutsch von Beatrice Schlag u.a. detebe 20768

E la nave va
Deutsch von Renate Heimbucher-Bengs detebe 21096

Ginger und Fred
In Zusammenarbeit mit Tonino Guerra und Tullio Pinelli. Deutsch von Renate Heimbucher-Bengs. Mit Fotos. detebe 21389

Intervista
Vollständiges Drehbuch. Mit einem Vorwort von Federico Fellini und 50 Fotos. Deutsch von Renate Heimbucher-Bengs. detebe 21585

Der weiße Scheich
Vollständiges Drehbuch. In Zusammenarbeit mit Tullio Pinelli und Ennio Flaiano. Mit einem Vorwort von Federico Fellini und 38 Fotos. Deutsch von Renate Heimbucher-Bengs. detebe 21586

Die Gauner
Vollständiges Drehbuch. In Zusammenarbeit mit Tullio Pinelli und Ennio Flaiano. Mit einem Vorwort von Federico Fellini und 34 Fotos. Deutsch von Renate Heimbucher-Bengs. detebe 21587

Der Gesang des Mondes
Drehbuch von Federico Fellini. Herausgegeben von Christian Strich. Deutsch von Renate Heimbucher-Bengs. detebe 21852

»Warum machen Sie nicht mal eine schöne Liebesgeschichte?«
Ein intimes Gespräch mit Giovanni Grazzini
Deutsch von Renate Heimbucher-Bengs
detebe 21227

Spielen wie die Kinder
Aus Gesprächen von Federico Fellini mit Journalisten. Ausgewählt von Daniel Keel. Mit Zeichnungen von Federico Fellini
detebe 21830

● Friedrich Glauser

Die Kriminalromane in 6 Bänden
Vollständige Taschenbuchausgabe nach den Erstdrucken. detebe 21740

Wachtmeister Studer
Roman. Mit einem Nachwort von Hugo Loetscher. detebe 21733

Die Fieberkurve
Roman. detebe 21734

Matto regiert
Roman. detebe 21735

Der Chinese
Roman. detebe 21736

Krock & Co.
Roman. detebe 21737

Der Tee der drei alten Damen
Roman. detebe 21738

Gourrama
Ein Roman aus der Fremdenlegion
detebe 21739

● Dashiell Hammett

Der Malteser Falke
Roman. Aus dem Amerikanischen von Peter Naujack. detebe 20131

Rote Ernte
Roman. Deutsch von Gunar Ortlepp
detebe 20292

Der Fluch des Hauses Dain
Roman. Deutsch von Wulf Teichmann
detebe 20293

Der gläserne Schlüssel
Roman. Deutsch von Hans Wollschläger
detebe 20294

Der dünne Mann
Roman. Deutsch von Tom Knoth
detebe 20295

Fliegenpapier
Detektivstories I. Deutsch von Harry Rowohlt, Helmut Kossodo, Helmut Degner, Peter Naujack und Elizabeth Gilbert. Vorwort von Lillian Hellman. detebe 20911

Fracht für China
Detektivstories II. Deutsch von Elizabeth Gilbert, Antje Friedrichs und Walter E. Richartz. detebe 20912

Das große Umlegen
Detektivstories III. Deutsch von Walter E. Richartz, Hellmuth Karasek und Wulf Teichmann. detebe 20913

Das Haus in der Turk Street
Detektivstories IV. Deutsch von Wulf Teichmann. detebe 20914

Das Dingsbums Küken
Detektivstories V. Deutsch von Wulf Teichmann. Nachwort von Professor Steven Marcus. detebe 20915

Meistererzählungen
Ausgewählt von William Matheson. Deutsch von Wulf Teichmann, Walter E. Richartz, Hellmuth Karasek und Elizabeth Gilbert
detebe 21722

● Patricia Highsmith

Suspense
oder Wie man einen Thriller schreibt
Aus dem Amerikanischen von Anne Uhde
Broschur

Carol
Roman einer ungewöhnlichen Liebe. Deutsch von Kyra Stromberg. Leinen

Der Stümper
Roman. Deutsch von Barbara Bortfeldt
detebe 20136

Zwei Fremde im Zug
Roman. Deutsch von Anne Uhde
detebe 20173

Der Geschichtenerzähler
Roman. Deutsch von Anne Uhde
detebe 20174

Der süße Wahn
Roman. Deutsch von Christian Spiel
detebe 20175

Die zwei Gesichter des Januars
Roman. Deutsch von Anne Uhde
detebe 20176

Der Schrei der Eule
Roman. Deutsch von Gisela Stege
detebe 20341

Tiefe Wasser
Roman. Deutsch von Eva Gärtner und Anne Uhde. detebe 20342

Die gläserne Zelle
Roman. Deutsch von Gisela Stege und Anne Uhde. detebe 20343

Das Zittern des Fälschers
Roman. Deutsch von Anne Uhde
detebe 20344

Lösegeld für einen Hund
Roman. Deutsch von Anne Uhde
detebe 20345

Der talentierte Mr. Ripley
Roman. Deutsch von Barbara Bortfeldt
detebe 20481

Ripley Under Ground
Roman. Deutsch von Anne Uhde
detebe 20482

Ripley's Game
oder Ein amerikanischer Freund. Roman
Deutsch von Anne Uhde. detebe 20346

Der Schneckenforscher
Elf Geschichten. Vorwort von Graham Greene. Deutsch von Anne Uhde
detebe 20347

Ein Spiel für die Lebenden
Roman. Deutsch von Anne Uhde
detebe 20348

Kleine Geschichten für Weiberfeinde
Eine weibliche Typenlehre in siebzehn Beispielen. Deutsch von W. E. Richartz. Mit Zeichnungen von Roland Topor. detebe 20349

Kleine Mordgeschichten für Tierfreunde
Deutsch von Anne Uhde. detebe 20483

Venedig kann sehr kalt sein
Roman. Deutsch von Anne Uhde
detebe 20484

Ediths Tagebuch
Roman. Deutsch von Anne Uhde
detebe 20485

Der Junge, der Ripley folgte
Roman. Deutsch von Anne Uhde
detebe 20649

Leise, leise im Wind
Zwölf Geschichten. Deutsch von Anne Uhde
detebe 21012

Keiner von uns
Elf Geschichten. Deutsch von Anne Uhde
detebe 21179

Leute, die an die Tür klopfen
Roman. Deutsch von Anne Uhde
detebe 21349

Nixen auf dem Golfplatz
Erzählungen. Deutsch von Anne Uhde
detebe 21517

Elsie's Lebenslust
Roman. Deutsch von Otto Bayer
detebe 21660

Geschichten von natürlichen und unnatürlichen Katastrophen
Deutsch von Otto Bayer. detebe 21868

Meistererzählungen
Ausgewählt von Patricia Highsmith. Deutsch von Anne Uhde, Walter E. Richartz und Wulf Teichmann. detebe 21723

● Loriot

Loriots Großer Ratgeber
500 Abbildungen und erläuternde Texte
Leinen

Loriots Heile Welt
Neue gesammelte Texte und Zeichnungen
Leinen

Loriots Großes Tagebuch
Erheblich erweiterte Ausgabe von ›Loriots Tagebuch‹ und ›Loriots Kommentare‹. Leinen

Loriots Dramatische Werke
Texte und Bilder aus sämtlichen Fernsehsendungen von Loriot. Leinen

Möpse und Menschen
Eine Art Biographie. Leinen

Ödipussi
Drehbuch mit zahlreichen, meist farbigen Fotos. Leinen

Loriots kleine Prosa
Mit vielen Zeichnungen des Verfassers
detebe 20013

Loriots Tagebuch
Gezeichnete Kommentare zum Zeitgeschehen
detebe 20114

Loriots kleiner Ratgeber
Abbildungen und erläuternde Texte
detebe 20161

Loriots Kommentare
zu Politik, Wirtschaft, Kultur und Sport
detebe 20544

Herzliche Glückwünsche
Ein umweltfreundliches Erzeugnis
Bibliothek für Lebenskünstler
Auch als detebe 20943

Der gute Ton
Das Handbuch feiner Lebensart. detebe 20934

Für den Fall...
Der neuzeitliche Helfer in schwierigen Lebenslagen. detebe 20937

Der Weg zum Erfolg
Ein erschöpfender Ratgeber. detebe 20935

Auf den Hund gekommen
44 lieblose Zeichnungen. Eingeleitet von Wolfgang Hildesheimer. Bibliothek für Lebenskünstler. Auch als detebe 20944

Umgang mit Tieren
Das einzige Nachschlagewerk seiner Art
Bibliothek für Lebenskünstler
Auch als detebe 20938

Wahre Geschichten
erlogen von Loriot. Bibliothek für Lebenskünstler. Auch als detebe 20936

Der gute Geschmack
Erlesene Rezepte für Küche und Karriere
Bibliothek für Lebenskünstler. Auch als detebe 20940

Nimm's leicht!
Eine ebenso ernsthafte wie nützliche Betrachtung. detebe 20939

Neue Lebenskunst
in Wort und Bild. Bibliothek für Lebenskünstler. Auch als detebe 20941

Menschen, die man nicht vergißt
Achtzehn beispielhafte Bildergeschichten
Bibliothek für Lebenskünstler
Auch als detebe 20942

Szenen einer Ehe
Bibliothek für Lebenskünstler
Auch als detebe 21764

Liebesbriefe für Anfänger
Der klassische Liebesbriefsteller von Fritz Ammer und Georg Andreas. Mit einem Anhang von modernen Briefen zum Thema von Loriot. Bibliothek für Lebenskünstler

Loriots mini Ratgeber
Im mini-Format passend für jede Lebenslage und jede Tasche. mini-detebe 79024

Loriots ganz kleine heile Welt
Ein Westentaschen-Almanach
mini-detebe 79026

Loriots kleines Buch der Katastrophen
mini-detebe 79023

Loriots kleines Tierleben von B bis Z
mini-detebe 79025

Loriot's Film Festival Super Pocket Cinemascope
Daumenkino in 11 Bänden

Odyssee im Weltraum
mini-detebe 79401

Vom Winde verweht
mini-detebe 79402

Lohn der Angst
mini-detebe 79403

Manche mögen's heiß
mini-detebe 79404

Der dritte Mann
mini-detebe 79405

Endstation Sehnsucht
mini-detebe 79406

Schwarzwaldmädel
mini-detebe 79407

Dr. Jekyll und Mr. Hyde
mini-detebe 79408

Ein Amerikaner in Paris
mini-detebe 79409

Casanova
mini-detebe 79410

Krieg und Frieden
mini-detebe 79411

Fußballfieber
Loriot's Daumenkino zur Fußballweltmeisterschaft. mini-detebe 79413

Von Loriot illustriert:

Enkel für Anfänger
Von R.G.E. Lempp. Bibliothek für Lebenskünstler

Kinder für Anfänger
Kein Leitfaden von R.G.E. Lempp
detebe 20667

Eltern für Anfänger
Eine Verständnishilfe von R.G.E. Lempp
detebe 20668

Die Ehe für Anfängerinnen
Wie man einen Ehemann erzieht, erläutert von Hans Gmür. detebe 21004

● Pablo Picasso

Über Kunst
Aus Gesprächen zwischen Picasso und seinen Freunden ausgewählt von Daniel Keel. Mit sieben Zeichnungen des Meisters
detebe 21674

Der Zeichner
300 Zeichnungen und Graphiken 1893–1972
Herausgegeben von Jean Jouvet. Mit Essays von Werner Spies, Maurice Jardot und Richard Häsli. Mit einer Biographie und einer Auswahlbibliographie. detebe 21747

● Jean Renoir

La règle du jeu
›Die Spielregel‹. Vollständiges Drehbuch. Aus dem Französischen von Angela von Hagen. Mit einer Erinnerung des Autors und zahlreichen Szenenfotos. detebe 20434

La grande illusion
›Die große Illusion‹. Vollständiges Drehbuch. Deutsch von Angela von Hagen. Mit einer Erinnerung des Autors und zahlreichen Szenenfotos. detebe 20435

● Urs Widmer

Auf auf, ihr Hirten! Die Kuh haut ab!
Kolumnen. Broschur

Der Kongreß der Paläolepidopterologen
Roman. Leinen

Das Normale und die Sehnsucht
Essays und Geschichten. detebe 20057

Die Forschungsreise
Ein Abenteuerroman. detebe 20282

Schweizer Geschichten
detebe 20392

Die gelben Männer
Roman. detebe 20575

Vom Fenster meines Hauses aus
Prosa. detebe 20793

Züst oder Die Aufschneider
Ein Traumspiel in hoch- und schweizerdeutscher Fassung. detebe 20797

Shakespeare's Geschichten
Sämtliche Stücke von William Shakespeare nacherzählt von Walter E. Richartz und Urs Widmer. detebe 20791 + 20792

Liebesnacht
Erzählung. detebe 21171

Die gestohlene Schöpfung
Ein Märchen. detebe 21403

Das Verschwinden der Chinesen im neuen Jahr
Mit einem Nachwort von H.C. Artmann
detebe 21546

Das enge Land
Roman. detebe 21571

Alois / Die Amsel im Regen im Garten
Zwei Erzählungen. detebe 21677

Indianersommer
Erzählung. detebe 21847

Honoré de Balzac
Die großen Romane und Erzählungen im Diogenes Verlag

Die tödlichen Wünsche
Roman. Aus dem Französischen von Emil A. Rheinhardt. detebe 20901

Die Frau von dreißig Jahren
Roman. Deutsch von Erich Noether
detebe 20902

Eugenie Grandet
Roman. Deutsch von Mira Koffka
detebe 20903

Vater Goriot
Roman. Deutsch von Rosa Schapire
detebe 20904

Verlorene Illusionen
Roman. Deutsch von Otto Flake
detebe 20905

Glanz und Elend der Kurtisanen
Roman. Deutsch von Emil A. Rheinhardt
detebe 20906

Zwei Frauen
Roman. Deutsch von Gabrielle Betz
detebe 20907

Junggesellenwirtschaft
Roman. Deutsch von Franz Hessel
detebe 20908

Tante Lisbeth
Roman. Deutsch von Paul Zech
detebe 20909

Vetter Pons
Roman. Deutsch von Otto Flake
detebe 20910

Das ungekannte Meisterwerk
Erzählungen. Deutsch von Heinrich E. Jacob und Hete Maass. detebe 20477

Pariser Geschichten
Deutsch von Otto Flake
detebe 20896

Liebesgeschichten
Ausgewählt von Auguste Amédée de Saint-Gall. Verschiedene Übersetzer
detebe 20897

Mystische Geschichten
Verschiedene Übersetzer
detebe 20899

Das Mädchen mit den Goldaugen
Erzählung. Deutsch von Victor von Koczian. Mit einem Nachwort von Stefan Zweig
detebe 21447

Tolldreiste Geschichten
Deutsch und mit einem Nachwort von Herbert Kühn. Mit vielen Bildern von Gustave Doré. detebe 21751

Außerdem liegen vor:

Über Balzac
Zeugnisse und Aufsätze von Victor Hugo bis Somerset Maugham. Herausgegeben von Claudia Schmölders. detebe 20309

André Maurois
Das Leben des Honoré Balzac
Eine Biographie. Aus dem Französischen von Ernst Sander und Bruno Berger. detebe 21297